中國語言文字研究輯刊

十 六 編

許 學 仁 主編

第 10 冊

王力上古音學說研究

徐 從 權 著

花木蘭文化事業有限公司

國家圖書館出版品預行編目資料

王力上古音學說研究／徐從權 著 -- 初版 -- 新北市：花木蘭
文化事業有限公司，2019〔民 108〕
目 2+214 面；21×29.7 公分
（中國語言文字研究輯刊 十六編；第 10 冊）
ISBN 978-986-485-700-5（精裝）
1. 聲韻學 2. 古音
802.08   108001144

ISBN-978-986-485-700-5

中國語言文字研究輯刊
十六編　　第 十 冊　　　　　ISBN：978-986-485-700-5

王力上古音學說研究

作　　者　徐從權
主　　編　許學仁
總 編 輯　杜潔祥
副總編輯　楊嘉樂
編　　輯　許郁翎、王　筑　美術編輯　陳逸婷
出　　版　花木蘭文化事業有限公司
發 行 人　高小娟
聯絡地址　235 新北市中和區中安街七二號十三樓
　　　　　電話：02-2923-1455／傳眞：02-2923-1452
網　　址　http://www.huamulan.tw 信箱 hml810518@gmail.com
印　　刷　普羅文化出版廣告事業
初　　版　2019 年 3 月
全書字數　153907 字
定　　價　十六編 10 冊（精裝）　台幣 28,000 元

王力上古音學說研究

徐從權 著

作者簡介

徐從權，南京大學博士，商務印書館副編審，古代漢語辭書編輯室主任，從事圖書編輯和漢語史研究工作。《辭源》（第三版）骨幹編輯，負責《辭源》（第三版）後期出版、品牌維護、產品開發等工作，審讀過《新華字典》《現代漢語詞典》《古漢語常用字字典》《古代漢語詞典》《古音匯纂》等國家重點辭書。在《古漢語研究》《語言研究》《語文研究》《漢語學習》等刊物上發表過論文。

提　要

一代語言學宗師王力先生道德高尚，思想深邃，著作等身，貢獻至偉。上古音是王力先生研究時間最長，取得成果最豐的一個領域，本書以王力先生的上古音學說作爲研究對象。王力先生上古音學說是指王力先生上古音研究的內容、方法、思想、觀點的總和。王力先生上古音研究大約經歷了五六十年，可分爲早、中、晚三個時期。我們從「變化發展」的角度來研究王先生上古音學說變化發展的歷程，「動態觀」是本書的特點。

聲母方面，王先生堅持歷史比較法原則，所分上古聲母類別較多。早期將上古聲類分爲四十一類，中期將上古聲母定爲三十二類，爲每類作了構擬，晚期增加了「俟」母，成三十三類。王先生對複輔音說持愼重態度，堅持「日母不歸泥」，主張「喻四擬爲邊音•」「章組擬爲舌面音」。

韻母方面，王先生早期以「開合」「洪細」全面整理了上古音系，提出了脂微分部學說，主張「一部一主元音」；中期，王先生推出了嶄新的現代化構擬體系，實踐了「一部一主元音」的主張，堅持陰、陽、入三分體系，將陰聲韻構擬爲開音節；晚期王先生進一步修訂、完善自己的上古音學說。

聲調方面，王先生接受了段玉裁的「古無去聲說」，並進行了改造，將音長引入上古聲調中，形成了自己獨特的上古聲調學說。

王先生在上古音研究上取得了輝煌的成就：一、提出了脂微分部學說；二、將上古音研究從傳統的韻部系統提高到了韻母系統水平；三、是實踐「一部一主元音」主張的第一人；四、堅持陰、陽、入三分體系，將陰聲韻構擬爲開音節；五、爲上古二等韻構擬了介音；六、堅持歷史比較法原則，將上古聲母定爲三十二（或三十三）個；七、將音長引入上古聲調中，對段玉裁聲調學說加以改造，形成新的聲調學說。

王力先生的上古音學說是一筆寶貴遺產，在中國語言學史上佔有十分重要的地位。本書還對有關問題作了討論，旨在繼承、發揚優良傳統。

序

郭錫良

　　王先生是現代中國語言學的重要奠基人，是中國語言學現代化的一代宗師。他 1931 年以《博白方音實驗錄》獲得巴黎大學博士學位，1932 年回國任教清華大學，講授普通語言學和中國音韻學。1936 年音韻學課的講義被列爲大學叢書由商務印書館出版了《中國音韻學》（1956 年由中華書局再版時改名《漢語音韻學》）。羅常培、李方桂先生給它寫的《序》都給與了肯定。羅《序》說：「王先生這部書的《本論》，先把《廣韻》講明白（《本論》上），然後再根據它來上考古音（《本論》中），下推今音（《本論》下），對於語音在時間和空間上的演變能夠縱橫兼顧。」作爲「一部教科書」，「能搜羅眾說，抉擇精當，條理清晰，容易了解的，便算是好著作。」李《序》更讚揚：「了一先生是精於語音學的，更是從實驗語音入手的人。他給我們的語音知識，就是了解漢語音韻的基礎。」又說：「這部書的旨趣不僅僅乎是作入門之用。他不但把漢語幾個重要時期的音韻的大概情況何如……聲韻變化的情形何如，等等告訴我們。他還引了許多古今中外的學者的學說作爲參考資料……這差不多是代表一部清代古音學史。」

　　在這裏，我們還想從另一角度指出：它是最先介紹了高本漢的上古音系和中古音系的擬音系統的，也可說是第一本把我國傳統小學中的音韻學與西方語言學理論方法相結合的漢語音韻學。高本漢講漢語中古音系的《中國音韻學研

究》（法文本），由趙元任、羅常培、李方桂三人花了多年功夫才翻譯出來（1940年才出版）。王力先生居然輕易地就把高著的中古音系構擬系統製成了表格，還把高本漢所用的音標改成了國際音標，同時翻譯了高著的三段議論作爲參考資料。這是由於他在留法期間就已成了有名的法文翻譯家。王先生考察高本漢的上古音系構擬則是以高本漢的《詩經譯注》《中日漢字形聲論》爲依據的。高著未立韻部名稱，王先生的《中國音韻學》則按照夏炘二十二部之名稱及次序，再體會高氏之意加「谷鐸瑞沒」四部，給二十六部定了名。又在各部之下的「各類及擬音」（【歌】類 a）之前加上《廣韻》的韻目（歌韻：【歌】類 a）。這是王力先生的第一部語言學專著，它具有漢語語音史和漢語音韻學史的性質。它重視理論方法，材料豐富，內容深入淺出，影響深遠，一直是音韻學的初學者和研究者無可取代、必備的參考書。

在這個時期，王先生還寫了多篇音韻學論文，如《類音研究》《南北朝詩人用韻考》《古韻分部異同考》《上古韻母系統研究》等，都能從歷史比較語言學的觀點來考察問題。《上古韻母系統研究》更是王先生早期的力作之一，文中提出的「脂、微分部」，是作者從「語言是一個系統」的觀點出發，認眞研究諧聲材料和先秦入韻字所得出的創見，也是「章黃」以後，今人對古韻分部研究的一大貢獻。

1937 年抗日戰爭爆發，王先生南下昆明，任教西南聯合大學，教授中國文法研究和語言學概論。出版了《中國現代語法》《中國語法理論》兩部創立語法新體系的名著，發表了一系列語法論文。抗戰勝利，王先生準備隨清華大學北返，中間被中山大學挽留任中大文學院院長，創建了我國第一個語言學系，寫成了《漢語詩律學》，發表、出版了《新訓詁學》《漢越語研究》《廣東人學習國語法》等論文、著作。這前後十多年，王先生的主要研究方向都是現代漢語語法。

解放後，爲了創建一門漢語史新學科和培養漢語史研究生，1954 年王先生被中央從中山大學調到北京大學。他廢寢忘食，綜合前人的學術成果和個人二三十年的研究心得，三四年之間，三易其稿，寫作、整理出漢語史課的講義，1957 年由科學出版社出版了《漢語史稿》上冊，1958 年出版了中、下冊。這無疑是研究漢語發展史這一艱巨工程的開山之作，爲漢語史這一新學科奠定了基

礎。在講語音發展方面，王先生改變了三十年代贊同考古派定古韻爲二十三部的觀點；這時更重視語言的系統性，改持審音派的觀點，定古韻爲十一類二十九部。在擬音方面，改高本漢的一部多個主要元音爲一部一個主要元音；改兩套輔音韻尾爲一套輔音韻尾，貫徹了「平上爲一類，去入爲一類」的原則；提出了上古入聲韻有兩個聲調（長入、短入）；還取消了高本漢的複輔音。王先生的這一上古音分部系統和擬音體系不但比高本漢及董同龢、陸志韋的體系合理，也比後出的李方桂體系可信一些。這一時期王先生所寫的論文，如《上古漢語入聲和陰聲的分野及收音》《古韻脂微質物月五部的分野》《先秦古韻的擬測問題》等都是採用《漢語史稿》的分部和擬音體系。普及讀物《漢語音韻》（中華書局，1963 年）也基本上依照《漢語史稿》，只有歌部和魚、鐸、陽 4 部的擬音稍有不同。歌部由 a 改爲 ai。魚、鐸、陽三部韻腹由 ɑ 改爲 a（《王力文集》第 5 卷 155 頁）。

王先生來到北大就擔任漢語教研室的主任，《史稿》出版後，1959 年爲了解決古代漢語課程教學效果欠佳的問題，親自上古代漢語課、編寫講義，提出了文選、常用詞、通論三結合的教學、教材新體系，效果良好。1961 年召開文科教材會議，對長期影響很壞的極左路線有所批判，王先生被周揚點名主編全國通用的古代漢語教材。這部教材（一、二分冊 1962 年由中華書局出版）將先秦古韻分爲三十部（第二冊 540 頁），只是把《漢語史稿》侵部合口分出爲冬部，列在第二類（幽—覺—冬），也就是孔廣森、江有誥分出的冬部。

解放初期，國家重視漢語規範化和文字改革，王先生 1954 年來到北京就擔任了中國文字改革委員會委員。他爲制定拼音方案做出了重要貢獻，爲推廣普通話、拼音方案寫了不少文章。此時漢語語法體系出現了多個爭論問題，王先生也發表了具有決定意義的論文，如《關於漢語有無詞類的問題》《漢語實詞的分類》等。十年之間培養了近十個漢語史研究生和五位以上的進修教師，1958 年還整理、出版了《漢語詩律學》。可以說，這時王先生多方面成績卓著，已成爲中國語言學界的首席領頭人。

1966 年，史無前例的十年動亂爆發，北大首當其衝，年近古稀的王先生被抄家、批鬥，挨打，關牛棚，強迫勞改，受盡折磨，直到 1973 年夏才得以住回家中。王先生竟然又撲向了科研，「開始著手撰寫在『牛棚』中就構思好了的《詩

經韻讀》《楚辭韻讀》」，而且「是背著人偷著幹的」（《王力傳》168 頁）。1974年又撰寫《同源字典》，三易其稿，1978 年完稿；接著修改漢語史，重寫《漢語語音史》，1980 年完成。《詩經韻讀》分古韻爲 11 類 29 部，與《漢語史稿》相同，《楚辭韻讀》從侵部分出多部，代表戰國時代的 30 部。四部著作的擬音與《漢語史稿》比較，有較大改動。（1）幽部、覺部由 əu\əuk 改爲 u\uk；（2）宵部、藥部由 au\auk 改爲閉口 ô\ôk；（3）歌部、月部、元部由 ɑ\ɑt\ɑn 改爲 ai\at\an。這都是從系統平衡的角度來改動的，其實幽、覺、宵、藥的改動，拿上古、中古和現代方言來考察，應該說不太可信。文革後，王先生受到領導和學界的高度尊重，他在《庚申元旦遣興》中說：「漫道古稀加十歲，還將餘勇寫千篇。」這表現出，他希望積極探索更多學術問題，作出更多新貢獻。

　　徐君從權認眞閱讀了王力先生有關上古音韻學說所有論著及某些人的古韻觀點或評議，進行了深入細緻研究，多方比較，撰寫了《王力上古音學說研究》專著，頗多己見創獲。應該說，徐著對希望瞭解王先生音韻學說的讀者，是很有參考價值的。他將初稿和修改稿寄我，讓提意見，並索序。我們多年交往，無可推脫，只得寫了一些個人看法，以應囑託。

2019 年 2 月 4 日於北京守拙齋

目

次

第一章　緒　論

　　王力先生，字了一，原名王祥瑛，1900 年 8 月 10 日生於廣西博白岐山坡。1924 年考入上海私立南方大學國學專修班，1926 年考取清華國學研究院，1927 年留學法國，1932 年回國，此後一直從事教學和科研工作，1986年 5 月 3 日逝世。

　　語言學的各個領域王先生均有重大建樹。《中國現代語言學家傳略》：「王力在五十多年的學術活動中，寫下了近千萬字的學術論著，其中專著四十多種，論文二百餘篇。他對漢語語音、語法、詞匯的歷史和現狀，以及漢語詩律、漢字改革等方面，都進行了精深的研究。」〔註 1〕郭錫良、魯國堯兩位先生（2006）說：「王先生在音韻學、語法學、詩律學、漢語史、語言研究史、語源學、歷史詞典學和古漢語教材建設等八個方面都作出了不可磨滅的貢獻。」〔註 2〕

〔註 1〕中國語言學會《中國現代語言學家傳略》編寫組，2004《中國現代語言學家傳略》，
　　　　河北教育出版社，P1297。

〔註 2〕郭錫良、魯國堯《一代語言學宗師》，《古漢語研究》2006 年第 4 期，P4。

第一節 研究對象與研究概況

一、研究對象

王力先生於語言學各領域均有傑出的成就，在他的諸項成就中，古音學的成就尤為突出，論著多，影響大，本書以王先生的古音學說作為研究對象。

王先生的上古音學說主要通過《上古韻母系統研究》和《漢語史稿》構建起來的。《上古韻母系統研究》對《詩經》所有的字進行研究、分類，從而構建了上古韻母系統，此文為王先生上古音學說奠基之作，後來的《漢語史稿》「由上古到中古的語音發展」導源於此。《漢語史稿》全面構擬了上古韻母系統，探討了上古聲母、聲調等問題。與上古音學說有關的論著還有：《中國音韻學》《古韻分部異同考》《古代漢語》《上古漢語入聲和陰聲的分野及其收音》《古韻脂微質物月五部的分野》《漢語音韻》《先秦古韻擬測》《詩經韻讀》《楚辭韻讀》《同源字典》《漢語語音史》《中國語言學史》《清代古音學》等。

王先生上古音學說從時間角度來看，可以分為三個階段：早、中、晚三期。二十世紀二十年代到四十年代為王先生上古音研究的早期階段，這一階段王先生提出了脂微分部學說，並將上古音系整理了一遍，這一時期王先生注重音類的區分，將自己的上古音學說牢牢地建在傳統基礎之上。二十世紀五十年代到六十年代為王先生上古音研究的中期階段，這一時期王先生由早期的考古派轉向了審音派，注重語音的系統性，全面構擬了上古音。二十世紀七十年代到八十年代為王先生上古音研究的晚期階段，這一階段主要是對中期的修訂，力圖使自己的上古音學說更加完善。

二、研究概況

從目前發表的學術成果來看，完全以王力先生上古音為研究對象的有一篇論文和一部專著。論文是耿振生、趙慶國兩位先生的《王力古音學淺探——紀念王力先生逝世 10 週年》，專著為張慧美先生的《王力之上古音》。

耿振生、趙慶國兩位先生將王力先生在古音學上的貢獻概括為四個方面：完成了上古韻部系統的劃分工作；確立了科學的構擬原則；修訂了前人的古音構擬；對清初以來的古音學做了全面的總結。耿振生、趙慶國（1996）認為王力先生在古韻部系統劃分方面的主要貢獻是提出了脂微分部學說，繼章炳麟後

完成了古韻部系統的劃分工作。他們說：「清代古音學已經攀到頂峰，如能再有補苴，非獨具卓識的大學者不可。這樣的大學者後來真的出現了，這就是章炳麟和王力先生。章炳麟先生提出隊部獨立說，王力先生則提出了脂微分部說。古韻部劃分工作最後在二人手上完成。」王力先生除了提出了脂微分部說，還對上古韻部歸字問題進行了考察。耿振生、趙慶國（1996）認為王力先生批判地吸收了前人構擬成果，不僅自己構擬了上古聲韻系統，並且從理論上提出了構擬古音的原則，最主要的有四條：第一、古音的構擬，應該是音位性質的描寫。第二、同一韻部必須構擬相同的主元音。第三、構擬要合乎陰陽對轉的規律和韻部之間的遠近關係。第四、構擬的古音系統在類型學上應該符合世界語言的一般性質，更要符合漢藏系語言的一般性質。耿振生、趙慶國（1996）認為王力先生不斷修訂自己的上古音構擬系統，1957 年王力先生於《漢語史稿》（上冊）第一次發表了他的構擬體系，以後多次修改，修改的內容有：韻母方面，歌部的韻母有 a 改為 ai，幽部的韻母由 əu 改為 u（覺部隨之改為 uk），宵部的韻母由 au 改為 o（藥部隨之改為 ok），魚部的韻母由 ɑ 改為 a，侯部的韻母由 o 改為 ɔ（屋、東隨之改為 ɔk、ɔŋ）。聲母方面，原先全濁聲母擬作送氣音，後來改為不送氣音，喻母原先構擬為 d，後來擬為舌面的邊音 ʎ 音，在照二組聲母裏增加一個濁擦音俟母。耿振生、趙慶國（1996）認為王力先生總結歷代古音學，批判叶音說，評述清代古音學家的成就與缺點，分析評價了高本漢等人上古音學說。

　　張慧美先生的專著將王力先生上古音學說放在整個上古音的研究歷史上來探討，圍繞如下問題進行研究：他接受了哪些前人的成績？又有哪些是不肯接受的？自己提出的意見是否因為有了新的材料發現？新的觀念產生？如果前後其意見有所不同，是否曾接受了其他學者的意見而修正自己的說法？究竟哪些是其貢獻？是否還有沒注意到的地方？或有與各家意見未盡相同的問題？通過這些問題，張慧美先生將王力先生上古音學說進行了梳理，從學術史的角度指出其因承與創新，評論其上古音學說的得失和學者對王力學說的看法。聲母方面，張慧美先生贊同王力先生說法的部分有：1. 古無輕唇音說，古無舌上音說；2. 古音娘歸泥說；3. 喻三古歸匣說；4. 反對「輕唇鼻音聲母說」；5. 濁母字送氣不送氣是隨意的；6. 上古有邪母的說法。仍值得商榷的部分有：1. 古音日紐不歸泥說；2. 喻母的擬音問題；3. 照二部歸精系。照三不歸端系；4. 反對上古有複輔音存在的看法；5. 認為上古就有獨立的俟母。張慧美先生認為：「王

力在上古音研究方面，聲母部分似最不足。或許是因爲他過於謹慎從事，並且固守歷史語言學原則——在同樣條件下，不能有不同的演變，導致他的上古類三十三聲母，過於接近中古聲母系統。而對於複聲母的問題，王力始終不願多談，這似乎也是不足之處。」韻母方面，張慧美先生贊同王力先生説法的部分有：1. 脂、微應分爲兩部；2. 主張一部一元音及擬定之音值；3. 陰聲韻無輔音韻尾的卓見。仍值得商榷的部分有：1. 多併於侵部；2. 祭部不獨立而歸入月部的説法；3. 陰、陽、入三分；4. 二等介音的音值擬定。張慧美先生認爲：「在韻母部分，王力在擬測介音音值時，避開了重紐問題而不談，這似乎也是個缺陷。在陳澧《切韻考》裏，有所謂的重紐現象，若從中古音的互相對立的立場來看，王力似乎也應該找出它們在上古的不同來源，做爲到中古的分化條件。但是王力在擬測上古介音音值時，卻避開了重紐問題而不管，甚至將重紐擬爲同音，這似乎是個疏忽與不足之處。並且違反了他所固守的歷史語言學原則——在同樣的條件下，不能有不同的演變。」聲調方面，張慧美先生贊同王力先生上古有四個聲調的觀點，但不贊成王力先生接受的古無去聲觀點，張慧美先生認爲：「王力的上古聲調部分，由於他不太重視統計的數據，因此有時立論的基礎便站不住腳，當然也就影響到他的可信度。」

除以上發表的一篇專文和一部專著外，還有兩篇未發表的以王力先生上古音爲研究對象的學位論文，分別是 2004 年劉蕊的《王力上古音研究》，2011 年梁永斌的《王力古音學研究》，它們都是碩士學位論文。

劉蕊的《王力上古音研究》認爲古音學是王力先生一生學術研究的重要領域之一。王先生的古音體系，在海內外學術界都產生了巨大影響，已經成爲當代中國語言學的重要組成部分。論文主要從聲母、韻母、聲調三個方面系統地考察了王力先生的上古音體系，通過回顧傳統上古音韻學的研究成果，參照高本漢的古音構擬，與同期的李方桂、陸志韋、董同龢三位當代語言學家的古音學研究作對比，展現王力先生上古音學説的發展歷程和學術特色。論文由七章組成。第一章，緒論。簡要介紹王力先生的學術生涯。概述研究王力古音學的意義、方法及論文的框架。第二章，上古聲類考證。通過考證王力先生對七條清儒的局部考證成果的總結，探尋王力先生聲類劃分的學術淵源。第三章，上古聲母構擬。首先介紹高本漢聲母構擬體系的材料、方法以及對各聲母具體音值的構擬，作爲王力先生上古聲母構擬的參照。然後，比較王力先生上古聲母

構擬與陸、董、李三家聲母構擬的異同。各家都承認諧聲時代早於《詩經》時代，但《詩經》時代是否存在複輔音則有爭議。對於複輔音的數量和構擬複輔音的具體型式也都還沒有定論，有待於將來漢藏比較研究提供更多的材料。第四章，上古韻部考證。介紹清儒古韻分部的沿革狀況，總結了王力先生古韻十一類二十九部各部的來源。突顯王力先生對古韻分部研究的貢獻。第五章，上古韻母構擬。首先介紹高本漢上古韻母構擬的原則、方法和基本格局，然後比較王力先生的古韻構擬體系與陸、董、李三家構擬的異同。各家對陰聲韻部有無塞音韻尾存在分歧。王力先生堅持陰陽入三分的傳統學說，認爲陰聲韻部無塞音韻尾。這一理論能夠很好地解釋陰陽入對轉在語音變遷中的發展。第六章，上古聲調問題。系統梳理了清代古音學家的聲調學說，試圖揭示王力先生發明「平入兩類，各有舒促」聲調說的學術淵源。另外，引證高本漢以及李、陸、董三家聲調說，把聲調和韻尾結合起來討論。各家對於如何解釋異調通押問題，主要是去入通押，莫衷一是。不同的解釋方式都服務於各自的語音體系，強調從語音體系的整體上看待個別語言現象的重要性。第七章，結論。總結前述各章主要內容，闡明作者對王力上古音研究的態度，認爲只有在概念明確的前提下才能客觀地認識針對王力古音體系的紛爭，以及通過論文寫作取得的一些經驗和體會，爲進一步研究提出作者的觀點和看法。〔註3〕

　　梁永斌的《王力古音學研究》認爲王力先生是舉世公認的 20 世紀中國最有成就的語言學家之一，古音學是王力先生一生學術研究的重要領域之一。他在古音學上的主要貢獻有三個方面：（一）完成了上古韻部系統的劃分工作；（二）確立了科學的構擬原則，修訂了前人的古音構擬；（三）對清初以來的古音學做了全面的總結。論文從王力先生古韻學、古聲學、古調學三個方面入手，在充分吸收前人研究成果的基礎上，對王力先生的古音學說做了梳理和研究，所得結論如下：一、古韻研究方面：（1）「脂微分部」自王力提出後，在學界就不斷有人反對，經論證，反對者的意見到目前爲止還不是很成熟很嚴謹，王力的「脂微二分」說是值得信賴的。（2）先秦韻部不是韻攝，每一個韻部只能有一個主元音；陰聲韻應該構擬成以元音收尾或沒有韻尾的開口音節，入聲韻應該構擬爲以清塞音爲韻尾的閉口音節，同類相配的陰陽入三聲韻部的主要元音應該相

〔註3〕《王力上古音研究》，廣西師範大學碩士學位論文，2004 年。

同；古音構擬應照顧到韻部的遠近。二、古聲研究方面：王力確定上古聲母共三十三個，他的上古聲母研究主要是按照內部擬測法從中古音往上推的。對於諸家考究古聲的結論，王力只採納了錢大昕的「古無輕唇音」「古無舌上音」及曾運乾的「喻三歸匣」說，對於章太炎的「娘日二紐歸泥」說只採用一半，即並娘母於泥，對於黃氏的「照二歸精」、錢氏的「照三歸端」以及曾氏的「喻四歸定」則持審慎的保留態度。此外，王力不太贊成構擬複輔音聲母，不肯輕易運用諧聲、異文、假借、親屬語等材料去證明複輔音聲母的存在，但也不反對別人這樣去做，這種開明的學術態度無疑是正確的。三、古調研究方面：上古漢語沒有去聲，入聲分長短是王力先生的觀點，我們反對這一主張。我們認為，上古的調類和中古的調類並無不同，就是說上古的調類也分為平上去入四類，不多也不少。〔註4〕

其他有關王先生上古音學說的論述散見於各種論著中，如陳新雄（2003）、耿振生（2005）、郭錫良、魯國堯（2006）、郭錫良（2002、2003）、梅祖麟（2002、2005）、潘悟雲（2000）、唐作藩（2003、2006）、張慧美（2004）等。此外，音韻學通論性書、一些中國語言學史之類的書，以及有關論文，對王力先生的上古音均有所提及，茲不贅述。

目前，學界對王先生上古音學說的研究大體可分為三種情況：1. 正面突出王力先生上古音研究的貢獻的，如耿振生、趙慶國《王力古音學淺探——紀念王力先生逝世 10 週年》。2. 攻擊王力先生上古音學說的，如梅祖麟《有中國特色的漢語歷史音韻學》。3. 反擊梅祖麟進攻的，如郭錫良《歷史音韻學研究中的幾個問題》。

第二節　研究材料、方法、意義

一、材料與方法

（一）材　料

研究材料是由研究對象決定的，本書研究對象為王力先生上古音學說，圍繞此對象的材料大體可以分為三層：1. 王先生有關上古音的論著，如《中

〔註4〕《王力古音學研究》，西北師範大學碩士學位論文，2011 年。

國音韻學》《上古韻母系統研究》《漢語史稿》《先秦古韻擬測問題》等；2. 對
王力先生上古音攻擊與反攻擊的論著，如陳新雄（2003）、耿振生（2005）、
郭錫良、魯國堯（2006）、郭錫良（2002、2003）、梅祖麟（2002、2005）、潘
悟雲（2000）、唐作藩（2003、2006）、張慧美（2004）等；3. 上古音本體材
料，如上古韻文、諧聲系統、異文、聲訓、方言、民族語等。

　　材料中王力先生《中國音韻學》的出版時間存在分歧，有必要說明一下。
從目前掌握的資料看，《中國音韻學》至少出了五版：1936 年版，1940 年版（黎
澤渝 1994），1956 年版，1980 年版，《王力文集》版。《1980 年重版序》：「這本
《漢語音韻學》（原名《中國音韻學》）是 1935 年的舊作。」《自序》的落款時
間是「一九三五年五月三十日」，《羅序》落款時間是「一九三五年九月十六日」。
《王力文集·序》「1935 年，《中國音韻學》出版。這是我的第一部語言學著作。」
《王力先生年譜》「1936 年（民國二十五年丙子）」條下記有：「這年，先生的
第一部學術著作《中國音韻學》（2 冊）由商務印書館列爲『大學叢書』出版。」
我們所見到的版本最早爲「中華民國二十六年八月初版」，也就是 1937 年。這
樣，初版時間就有三種說法：一、王力先生本人，1935 年說；二、《王力先生
年譜》，1936 年說；三、1937 年《中國音韻學》後面列的出版時間「中華民國
二十六年八月初版」，即 1937 年說。我們認爲，《中國音韻學》初版的時間爲
1936 年較爲合理，因爲：1. 《自序》《羅序》均作於 1935 年，並且《羅序》成
於 1935 年 9 月，離 1936 年只有三個多月了；2. 序成的第二年，即 1936 年出
版可能性較大；3. 1937 年《中國音韻學》書後附有「《中國音韻學》補文及修
改文」「《中國音韻學》補注」「全書勘誤表」等內容，一般來說，初版不會出現
這些內容的。我們既然認爲《中國音韻學》初版的時間爲 1936 年較爲合理，那
麼其他兩說該如何解釋呢？王力先生所說的「1935 年的舊作」「1935 年，《中國
音韻學》出版」，很可能是指 1935 年《中國音韻學》寫成和準備出版的時間。《中
國音韻學》作爲教科書，1937 年的本子很可能是重新印刷的。

（二）方　法

　　本書是對王力先生上古音學說進行研究，所以要對王力先生上古音論著進
行全面爬梳、整理，在此基礎上再進行評價。爬梳儘量細緻，評價力求公允。
　　王力先生上古音學說是不斷發展的，我們將通過細緻的對比來顯示其發展

脈絡。爲了突顯王力先生上古音學說特色，與其他人的上古音學說進行比較也是很重要的方法。通過王力先生上古音學說內部、外部的比較，再對比較的結果進行必要的解釋與討論。

上古音本身的研究方法涉及到漢語語音史的研究方法，魯國堯先生（2003、2003a）提出了歷史文獻考證法與歷史比較法相結合的「二重證據法」，這應該是最佳方法或最佳方法之一。本書在討論到某一具體上古音問題時會用到這種方法。

二、意　義

王力先生在漢語研究的各個領域都取得了很大成就，上古音方面的研究貢獻尤大，我們無論是學習還是研究上古音都繞不過王力先生。因此對王力先生上古音學說進行研究是十分必要的，有現實意義，具體來說：1. 爲我們進一步學習和深入研究上古音提供平臺和經驗。2. 給王力先生上古音一個公允的評價。3. 爲上古音學術史添磚加瓦。

第二章　王力上古音學說基本內容

　　王力上古音研究歷經了五六十年，涉及到上古音各個方面，內容豐富。本章對王力上古音研究的起點、分期進行研究，詳細考察王力的「上古音」概念，敘述王力上古音學說的大體內容。

第一節　王力上古音研究的起點與分期

一、起　點

　　目前，學術界一般將王力上古音研究的起點定在三十年代，如郭錫良（2002）、唐作藩（2003）。這主要是由於王力於三十年代發表了兩篇重要的上古音論文，即《古韻分部異同考》和《上古韻母系統研究》。

　　我們認爲將王力上古音研究的起點定於三十年代過晚。早在二十年代，王力就發表了《諧聲說》，王力這篇文章只收於《王力文集》第十七卷，〔註1〕王力其他論文集均未收錄，故此文流播不廣，鮮爲人提起。近年郭錫良、唐作藩均提到此文，郭錫良的文章主要在於駁梅祖麟的觀點，沒有過多關注王力上古音的研究起點問題，但郭錫良駁論一開始就說道：「事實到底怎樣呢？我們知道，1937 年王力發表了兩篇音韻學論文：《古韻分部異同考》和《上古韻母系

〔註1〕中國音韻學研究會會刊《音韻學研究通訊》2006 年 8 月總第 25 期，P36～37 收此文。

統研究》。它們是互相配合的姊妹篇，也是奠定王力古音學基礎的兩篇重要論文。」從這裡我們可以看出，郭錫良在某種程度上把王力上古音研究的起點定在三十年代。唐作藩在《王力諧聲說》一文中把王力音韻學研究分成了三個階段，並對王力《諧聲說》有所敘述，然而，唐作藩並沒有把《諧聲說》納入任何一個階段，並且唐作藩把第一階段定為上世紀三十年代。我們認為，王力在《諧聲說》中提出了一些上古音研究方面的觀點和方法，可以據此確定王力上古音研究的起點。

二、分　期

唐作藩（2003）將王力音韻學研究分為三個階段，然而，唐作藩並沒有給出分期的標準。王力也曾將自己的古音學說大體分為早年、晚年。〔註2〕在《詩經韻讀》中，王力又將自己上古音研究概括為三個時期，王力所用的詞語分別是「早年」「後來」「最近」。〔註3〕

根據王力對自己上古音學說所作的分期概括，再結合唐作藩對王力音韻學所作的分段，我們將王力的上古音研究劃分為三個時期或階段：

第一階段：早期（二十年代到四十年代）

第二階段：中期（五十年代到六十年代）

第三階段：晚期（七十年代到八十年代）

第一階段，王力的上古音論著有：諧聲說 1927，古韻分部異同考 1937，上古韻母系統研究 1937，中國音韻學 1936（漢語音韻學 1956）。主要涉及到諧聲、上古韻部劃分、上古韻母系統、清儒韻部劃分貢獻等內容。

第二階段，王力的上古音論著有：漢語史稿 1958，上古漢語入聲和陰聲的分野及其收音 1960，古韻脂微質物月五部的分野 1963，漢語音韻 1963，中國語言學史 1963／1981，先秦古韻擬測問題 1964。主要涉及到上古韻部劃分、古音構擬、古音學史、古音發展史等內容。

第三階段，王力的上古音論著有：黃侃古音學述評 1978，音韻學初步 1980，詩經韻讀 1980，楚辭韻讀 1980，漢語語音史 1980，同源字典 1982，

〔註2〕《漢語音韻》，北京：中華書局，1991，P141、P145。

〔註3〕《詩經韻讀》，上海古籍出版社，1980。

清代古音學 1983，《詩經韻讀》答疑 1985。主要涉及到古音構擬、古音學史、古音發展史、古音應用等內容。

第二節　王力上古音學說界定

一、王力的上古音概念

對於人類來說，時間是一個基本概念，但人們對它的認識、界定卻經歷了很長的發展過程，早在古羅馬時代，奧古斯丁就曾經追問到：「時間究竟是什麼？沒有人問我，我倒清楚，有人問我，我想說明，便茫然不解了。」﹝註 4﹞後來牛頓的絕對時間、愛因斯坦的相對時間、康德的先驗時間、胡塞爾現象學時間、海德格爾的存在論時間，時間的概念在不斷衍化之中。這正如赫拉克利特所認為：一切皆流，無物常住。我們要說的上古音概念雖然與時間概念相隔甚遠，但二者都具有發展變化的特點是一致的。因此，我們想從這個角度來探討王力上古音概念。

上古音，傳統謂之「古音」。古人很早就有了古音意識，如劉熙《釋名》：「車，古者曰車，聲如居，言行所以居人也；今曰車，聲近舍，行者所處若車舍也（卷七）」。但這種古音意識不成體系，並且沒有確定的對象，比較籠統，它們本質上是古人古今時間觀在個別字音上的投射，因而沒能形成古音概念。

古音研究可以追溯到宋代，如吳棫《韻補》《詩補音》，程迥《音式》。然而古音概念的確立當始於明陳第，他在《毛詩古音考》中明確提出了音變的觀點：「蓋時有古今，地有南北，字有更革，音有轉移，亦勢所必至。」有清一代，古音學昌盛，當得益於陳第對古音概念的確立。明末清初，崑山顧炎武作《音學五書》，對《詩經》用韻進行窮盡式分析歸納，得出古韻十部的結論，開創了清代的古音學研究，明確了古音研究的對象為《詩經》音系。乾嘉鴻儒段玉裁將諧聲系統納入古音研究中，使古音研究如虎添翼。從顧炎武到段玉裁，古音分部日密，然古音概念基本上未變，這也是顧炎武之後清儒們能不斷「後出轉精」的原因之一。清儒所謂的古音，即為陳第的「毛詩古音」。

﹝註 4﹞《懺悔錄》，北京：商務印書館，1963，P242。

二十世紀，漢學研究大家瑞典高本漢的上古音概念更爲明確，他認爲上古音是周初首都的語音。實際上高氏的上古音仍然是《詩經》音，只不過他（1997：3）對《詩經》音進行了定性而已。李方桂在《中國上古音聲母問題》中提到上古音是指周秦時代的古音。他（1980：95）説：「我們知道上古音是指周秦時代的古音，是研究中國語言歷史的一部分。」陸志韋也持相同的觀點，他（1985：63）説「我們要研究漢語的歷史，要知道周秦時代的中國人説話用什麼語音。」「這樣的情形周秦時代也許沒有。就是有了，我們還是可以利用諧聲跟韻文材料來考訂周秦的語音」。唐作藩也有相似的看法，他（2002：3）説「『古音學』是對『今音學』來説的，它研究的對象是先秦兩漢的詩歌韻文，而以《詩經》用韻爲主要的根據，並且結合形聲字，研究上古時期的語音系統。」

鄭張尚芳的上古音概念與傳統的不太一樣，他的上古音外延較大，他（2003：5）説：「明清時代研究上古音的學者主要依據《詩經》叶韻，所以長期以來『上古音』的常規意義是指先秦兩周〔註5〕時期的語音。但是現在我們的研究範圍則要大得多，上至原始漢語，下至三國（甚至像王力先生在《漢語史稿》裏所主張的最晚到五胡亂華之前），都可以納入上古音系的研究範圍。」

白一平（William H.Baxter）在《上古音手冊》（A Handbook of Old Chinese Phonology）中對上古音有如下的描敍：

Assumption4：A reconstruction of Old Chinese should account for the rhymes of the *Shījīng*，the xiéshēng characters of Zhōu-dynasty script，the phonological system of Middle Chinese，and the modern Chinese dialects.

More loosey，"Old Chinese" can refer to any variety of the Chinese of early and mid Zhou.In this looser sense，Old Chinese need not be a single synchronic stage；we can speak of dialects and stages of Old Chinese.

由上可見，白一平（William H.Baxter）所説的上古音實際上爲兩套音系，一套是單一音系，這個音系有如下功用：1. 它應該能解釋《詩經》用韻和諧聲字；2. 它應該能説明中古音系和現代方言。另一套是綜合音系，它是指不同時空的音系綜合，上古的不同方言和不同時期的音系都包羅其中。

王力先生以後，有些學者對上古音內部進行了分期，如鄭張尚芳、余逎永、

〔註 5〕原文如此，可能爲『兩漢』之誤。

金有景等。

鄭張尚芳（2003）將上古音分為四個時期：

遠古——原始漢語，指史前期的遠古漢語；

前古——上古前期，指約當殷商的前上古漢語；

上古——上古中期，指約當兩周的上古漢語；

次古——上古晚期，指約當漢魏的次上古漢語。

余迺永（1985）將上古音分為兩期：

1. 諧聲時期 Proto-Chinese：殷至西周（1384BC～771BC）41 部；

2.《詩經》時期 Early Old Chinese：東周至秦末（770BC～207BC）31 部。

金有景《上古韻部新探》（1982）第 1 節「上古音的不同層次問題」則再往上增加，分為三期：

1. 遠古漢語時代（約公元前～15 世紀以遠）；

2. 諧聲時代（約前 10～前 15 世紀）；

3.《詩經》時代（約前 5～前 10 世紀）。

現在我們來看看王力先生的上古音概念。王先生沒有特地給上古音下過定義，但我們通過王先生論著中使用的與「上古音」概念相關的名詞或名詞短語，來總結王先生上古音概念，現在我們把王先生提到的與「上古音」概念相關的名詞或名詞短語的論段搜羅如下。

諸家古韻分部，各不相同；大抵愈分愈密。（《古韻分部異同考》）

清儒考求古韻，往往歷數十年而後成書，或並或分，皆有其當並當分之理。（《古韻分部異同考》）

上古韻部的研究，到了王念孫、江有誥以後，似乎沒有許多話可說了。（《古韻分部異同考》）

所以我們雖承認王、江的造就已很可觀，但仍不能像夏炘那樣排斥顧、江、段、王、江以外的古韻學說為異說。（《上古韻母系統研究》）

近代古韻學家，大致可分為考古、審音兩派。（《上古韻母系統研究》）

現在先說我對於古韻分部的結論：如果依審音派的說法，陰陽入三分，古韻應得廿九部。（《上古韻母系統研究》）

如果依考古派的說法，古韻應得廿三部。（《上古韻母系統研究》）

這一個學說是一般古韻學者所恪守不違的。（《上古韻母系統研究》）

但《說文》所認爲聲符，而與古音學大相衝突的地方，實在不少。(《上古韻母系統研究》)

陰陽對轉，是清代古韻學家的大發明。(《上古韻母系統研究》)

一般古韻學家，對於古韻部是走「增」的路，對於古聲紐與古聲調是走「減」的路。(《上古韻母系統研究》)

古韻部從顧氏的十部增至黃氏的廿八部，古聲紐卻從章氏的廿一紐減至黃氏的十九紐。(《上古韻母系統研究》)

這顯然與古韻學說是矛盾的。研究古韻的人都知道，偶然通押並不足以證明韻部相同，否則只好走上苗夔七部的路。(《上古韻母系統研究》)

稍微研究漢語音韻的人，都知道漢語上古音開合兩呼的界限頗嚴。(《上古韻母系統研究》)

研究上古的音，必須以上古的字爲根據。(《上古韻母系統研究》)

若用這種選字的方法，對於上古音系的研究頗多便利之處。(《上古韻母系統研究》)

我們也可以把這個原則反過來應用，就是從字義的關連去證明古音的部居。(《上古韻母系統研究》)

上古音系不會像這樣紊亂。(《上古韻母系統研究》)

當我們研究上古語音的時候，韻部的多少並不是最重要的問題。(《上古韻母系統研究》)

古音學最昌明的時代要算清朝，但在漢朝已經談到古音。(《中國音韻學》)

因此我們可以說古音之學在漢朝已有根源，只不曾作有系統的研究罷了。(《中國音韻學》)

唐朝只有一個陸德明頗能保存古音。(《中國音韻學》)

宋朝的古音學家有吳棫，程迥，鄭庠三人。(《中國音韻學》)

非但不合他所自定的通轉的界限，而且就字論字，也不合於先秦的古音。他甚至援引歐陽修、蘇軾、蘇轍的詩爲證據，更爲後人所不滿意。但是，在古音學的路途上，總算他是一個開路先鋒，他的功勞是不能完全埋沒了的。(《中國音韻學》)

鄭庠所作的書也早已不傳，他的古音學說見於夏炘的《詩古韻表廿二部集說》。他分古韻爲六部。(《中國音韻學》)

只可惜這是宋朝語音的系統，而不是古音的系統。(《中國音韻學》)

明朝的古音學家有楊慎、陳第二人。(《中國音韻學》)

時地的觀念，在音韻學上最為重要；所以陳第的古音學非但超越前輩，而且給予後世一個很好的榜樣。(《中國音韻學》)

到了清朝，是古音學的全盛時代，他們往往是由廣韻上推古音。(《中國音韻學》)

《音論》是泛論古音的，共有三卷，十五篇。(《中國音韻學》)

入聲字配陰聲，清代古音學家都無異說。(《中國音韻學》)

在顧亭林先後間的古音學家有方日升，毛先舒（1620～1688），柴紹炳，邵長蘅，李因篤，毛奇齡等。(《中國音韻學》)

在第三章裏，我們已經講過江永的等韻學，現在再講他的古音學。關於古音方面，他著有《古韻標準》一書。(《中國音韻學》)

顧氏不管今音，只研究古音。(《中國音韻學》)

因為他研究今音，懂得音理，對於他的古音學有很大的幫助。(《中國音韻學》)

江氏的對於古韻部的見解，與顧氏大不相同處有兩點。(《中國音韻學》)

江氏把魚從侯部裏分出來，也是一種進步；但他認幽尤與魚〔註6〕同類，卻是後世古音學家所不承認的。(《中國音韻學》)

江氏所分的古韻部比顧氏多了三部。因此，他所定的古韻就是十三部。(《中國音韻學》)

他著有《說文解字注》，書後附有《六書音均表》。表中分古音為六類十七部(《中國音韻學》)

根據宋元以後的等韻去推測周秦的古音，這是多麼危險的事！(《中國音韻學》)

戴氏的《聲類表》中，僅分二十紐，以影喻微為同紐，又以疑雜於精清從與心邪之間，非但不合古音，連宋元的等韻也不能相符，令人懷疑他的心目中的音理是否可靠，是否從他的主觀去推測古音。(《中國音韻學》)

在錢氏以前，研究古音的人，如陳第，顧炎武，江永，段玉裁，戴震等，

〔註6〕當為「侯」。

都只注重古韻，沒有討論到古紐。（《中國音韻學》）

錢氏對於古音也有許多議論；其中最著重的根本主張就是說《詩經》有正音，有轉音。（《中國音韻學》）

王念孫，字懷祖，高郵人（1744～1832），他對於古韻，有《詩經群經楚辭韻譜》，見於羅振玉所緝《高郵王氏遺書》。（《中國音韻學》）

江有誥在清儒當中，經學的名聲雖不及戴段諸人，然而他對於古韻確有很精深的研究。（《中國音韻學》）

自從顧亭林以來，古韻學家只知道分析韻部，不知道研求各韻的音值。（《中國音韻學》）

我們不反對拿《廣韻》的系統去推測古音系統；恰恰相反，《廣韻》是我們研究古韻的重要根據。（《中國音韻學》）

他所謂二十八部大致係從章氏二十三部再分出入聲五部（獨蕭部入聲未分），故於古音系統仍能不紊。（《中國音韻學》）

清儒對於先秦的語音系統，有了驚人的成績，但他們對於音值方面，大多數是置而不論，或論而不精。（《中國音韻學》）

在古代，除了少數語文學者外，一般人都不知道語音是會發展的，以為先秦古音和後代的語音相同。（《漢語史稿》）

根據清代學者顧炎武等人研究的結果，詩經裏每字都有固定的讀音，不過先秦的字音另是一個系統，和後代的語音系統不同。如果按照先秦的語音系統來讀詩經，每一個韻腳都自然和諧，就用不著叶音了。（《漢語史稿》）

有了諧聲偏旁這一個有力的左證，先秦的韻部更研究得嚴密了。（《漢語史稿》）

先秦古韻分為十一類二十九部。現在我們將先秦的二十九個韻部和《廣韻》對照列表並舉例如下。（《漢語史稿》）

這因為造字時代要比《詩經》時代早得多，少數諧聲偏旁和《詩經》的韻部不一致，是因為《詩經》時代的語音系統已經起了變化的緣故。（《漢語史稿》）

但是這些字在先秦時代已經像中古一樣讀作入聲。（《上古漢語入聲和陰聲的分野及其收音》）

還有一點：即使向遠古時代追溯，我們也只能說有些和入聲有諧聲關係的字在遠古時代是屬於閉口音節的，並不能說所有同韻部的字在遠古時代一律屬

於閉口音節。(《上古漢語入聲和陰聲的分野及其收音》)

事實上古音學家們也不是處處這樣拘泥的。《古韻脂微質物月五部的分野》

古音，在傳統音韻學上，指的是上古的語音系統。(《漢語音韻》)

關於上古的韻部（簡稱古韻），前人研究的成績較好；至於上古的聲母系統，前人研究得較差。(《漢語音韻》)

《詩經》三百篇是研究古韻的最好的根據，可惜前人並不是從一開始就正確地利用了《詩經》來研究古韻的。(《漢語音韻》)

陳第以前，講古韻的人有一個通病，就是從叶音上看問題，從通轉上看問題。(《漢語音韻》)

有了時間概念和地點概念，古韻的研究才走上了科學的道路。(《漢語音韻》)

如果說陳第是開路先鋒，顧炎武（字寧人，號亭林）就是古韻學的奠基人。(《漢語音韻》)

古音學家除非認為入聲應該獨立；如果要與平上去聲共成韻部的話，顧氏的話是對的。(《漢語音韻》)

段氏以為《廣韻》支脂之分為三韻不是偶然的，實在因為這三個韻部在上古時代是截然分開的。(《漢語音韻》)

王力早年也把古韻分為廿三部，但是跟章炳麟的廿三部不盡相同。(《漢語音韻》)

說到現在為止，音韻學家們把古韻的韻部越分越多，如果從分不從合。(《漢語音韻》)

以上所述諸家，代表著古音學上最重要的一派。(《漢語音韻》)

試以顧炎武古韻十部作為出發點，來看後人增添各部的理由。(《漢語音韻》)

清儒所謂「古音」，指的是先秦古音；這裡所謂「古音學」，指的是對上古語音的研究。(《中國語言學史》)

清代的古音學家，值得敘述的有顧炎武、江永、戴震、段玉裁、孔廣森、王念孫、江有誥七人。(《中國語言學史》)

在他的時代，古韻部已經差不多算是分定了，他再從等韻來分析，就更有科學價值。(《中國語言學史》)

　　章炳麟認爲古音有二十一紐，黃侃認爲古音只有十九紐。(《中國語言學史》)

　　擬測又叫重建。但是先秦古韻的擬測，和比較語言學所謂重建稍有不同。(先秦古韻擬測問》)

　　注①這裡所謂「古音」是依傳統音韻學上的定義，指的是上古語音。(《黃侃古音學述評》)

　　依黃氏的學說，上古音系比中古音系簡單很多。(《黃侃古音學述評》)

　　這裡所謂古韻，指的是先秦古韻。(《音韻學初步》)

　　最近我又認爲：《詩經》的韻部應分二十九部，但戰國時代古韻應分爲三十部。(《詩經韻讀》)

　　諧聲時代比《詩經》時代早得多。同一諧聲的字，到了《詩經》也可能分化爲兩個韻部。如果某字《詩經》押韻與《切韻》相符合，那就證明《詩經》時代它已經由原韻部轉入這個韻部。(《詩經韻讀》)

　　關於先秦的音系，韻部和聲調方面，我們根據的是先秦的韻文。(《漢語語音史》)

　　下面從先秦古音的聲母、韻部、聲調三方面分別加以敘述。(《漢語語音史》)

　　喻母四等的上古音，是最難解決的一個問題。(《漢語語音史》)

　　現在我有新的擬測，把喻四的上古音擬測爲[ʎ]。(《漢語語音史》)

　　先秦共有二十九個韻部（戰國時代三十個韻部）。(《漢語語音史》)

　　鄭庠由宋代語音系統推測先秦語音系統，只知合併，不知分析，所以分韻雖寬，按之《詩韻》，仍有出韻。(《漢語語音史》)

　　黃氏的分古韻爲二十八部，比章炳麟多五部。(《漢語語音史》)

　　王力分先秦古韻爲二十九部，戰國時代三十部。(《漢語語音史》)

　　從顧炎武算起，積累三百多年音韻學家的研究成果，我們對先秦的韻部系統，才得到一個比較可靠的結論。(《漢語語音史》)

　　先秦韻部系統問題解決了，先秦韻部的音值問題還沒有解決，音韻學家們還沒有一致的意見。(《漢語語音史》)

　　同源字典所標的字音是上古漢語的讀音，即所謂「古音」。(《同源字典》)

　　我們看他的……先秦古韻的。(《清代古音學》)

江氏雖有異平同入之說，那是就等韻學而論，其實先秦古韻，除緝葉兩部與陽聲韻相配以外，其餘入聲各部都是與陰聲韻相配的。(《清代古音學》)

我們將以上王力先生「上古音」概念的名詞或名詞短語整理列表如下：

表 2-1：王力先生「上古音」概念的名詞短語在其論著中的分佈情況

名詞短語	出 現 的 論 著
古音	上古韻母系統研究；中國音韻學；古韻脂微質物月五部的分野；漢語音韻；中國語言學史；黃侃古音學述評；同源字典
古音學	上古韻母系統研究；中國音韻學；漢語音韻；中國語言學史；黃侃古音學述評；清代古音學
古音學家	中國音韻學；古韻脂微質物月五部的分野；漢語音韻；中國語言學史；
古音學說	中國音韻學
古音之學	中國語言學史
古韻	古韻分部異同考；上古韻母系統研究；中國音韻學；漢語音韻；音韻學初步；漢語語音史
古韻部	上古韻母系統研究；中國音韻學；中國語言學史
古韻分部	上古韻母系統研究；古韻分部異同考
古韻學	漢語音韻
古韻學家	上古韻母系統研究；中國音韻學
古韻學說	上古韻母系統研究
古韻學者	上古韻母系統研究
上古的音	上古韻母系統研究
上古時代	漢語音韻
上古音	上古韻母系統研究；漢語語音史
上古音系	上古韻母系統研究；黃侃古音學述評
上古語音	上古韻母系統研究；中國語言學史；黃侃古音學述評
上古韻部	上古韻母系統研究
詩經時代	漢語史稿；詩經韻讀
詩經時代的語音系統	漢語史稿
先秦的二十九個韻部	漢語史稿
先秦的古音	中國音韻學
先秦的音系	漢語語音史

先秦的語音	中國音韻學
先秦的語音系統	漢語史稿
先秦的韻部	漢語史稿；漢語語音史
先秦的字音	漢語史稿
先秦古音	漢語史稿；中國語言學史；清代古音學；漢語語音史
先秦古韻	漢語史稿；先秦古韻擬測問題；音韻學初步；清代古音學；漢語語音史
先秦音系	漢語語音史
先秦韻部	漢語語音史
先秦韻部系統	漢語語音史
諧聲時代	詩經韻讀
造字時代	漢語史稿
戰國時代	詩經韻讀；漢語語音史
周秦的古音	中國音韻學

表 2-2：王力先生「上古音」概念的名詞短語在不同時期的分佈情況

時期	名　詞　短　語
早期	古音，古音學，古音學家，古音學說，古韻，古韻部，古韻分部，古韻學家，古韻學說，古韻學者，上古的音，上古音，上古音系，上古語音，上古韻部，先秦的古音，先秦的語音，周秦的古音
中期	古音，古音學，古音學家，古韻，古韻學，上古時代，詩經時代，詩經時代的語音系統，先秦的二十九個韻部，先秦的語音系統，先秦的韻部，先秦的字音，先秦古音，先秦古韻，造字時代
晚期	古音，古音學，古音學家，古音之學，古韻，古韻部，上古音，上古音系，上古語音，詩經時代，先秦的音系，先秦的韻部，先秦古音，先秦古韻，先秦音系，先秦韻部，先秦韻部系統，諧聲時代，戰國時代

　　王先生「上古音」概念的名詞短語的核心有「古音」或「古韻」。古音，王先生在論著中下過三次簡潔的定義。

（1）古音，在傳統音韻學上，指的是上古的語音系統。（《漢語音韻》）

（2）注①這裡所謂「古音」是依傳統音韻學上的定義，指的是上古語音。（《黃侃古音學述評》）

（3）同源字典所標的字音是上古漢語的讀音，即所謂「古音」。（《同源字典》）

　　從這三處定義，我們可以看出，王先生所用的「古音」是繼承傳統的。王先生在《中國音韻學》中使用「古音」的頻率較高，我們收集的用例中與「上

「古音」概念有關的名詞短語有 39 處，其中就有 30 處用到了「古音」，比例高達 77.0%。《中國音韻學》是王先生早期的代表作之一，在這部書中王先生大量使用「古音」，說明王先生上古音研究是直接繼承清儒傳統的，王先生此時的上古音概念也是繼承清儒的。

古韻，王先生在《漢語音韻》中認為是「上古韻部」的簡稱，在《音韻學初步》中又說「指的是先秦古韻」。由此可見，王先生的「古韻」概念也是很明確的，即指先秦押韻字的類聚。

一般來說，「古音」比「古韻」的概念要大，古音包括古韻，例如：

（1）下面從先秦古音的聲母、韻部、聲調三方面分別加以敘述。（《漢語語音史》）

（2）在錢氏以前，研究古音的人，如陳第，顧炎武，江永，段玉裁，戴震等，都只注重古韻，沒有討論到古紐。（《中國音韻學》）

但是由於「古音」研究的重點在「古韻」，所以有時古音與古韻相當，例如：

（1）一般古韻學家，對於古韻部是走『增』的路，對於古聲紐與古聲調是走『減』的路。（《上古韻母系統研究》）

（2）在顧亭林先後間的古音學家有方日升，毛先舒（1620～1688），柴紹炳，邵長蘅，李因篤，毛奇齡等。（《中國音韻學》）

（3）江氏把魚從侯部裏分出來，也是一種進步；但他認幽尤與魚〔註7〕同類，卻是後世古音學家所不承認的。（《中國音韻學》）

王先生在各論著中使用古音、古韻的情況並不一致，就王先生早期的上古音論著來說，《古韻分部異同考》《上古韻母系統研究》中使用「古韻」遠遠多於「古音」，而《中國音韻學》中「古音」的使用頻率遠遠高於「古韻」，這可能是一時用詞習慣所致，但同時也多少反映出「古音」與「古韻」相當接近。為什麼這麼說呢？因為《古韻分部異同考》《上古韻母系統研究》主要是談古韻方面的内容，「古韻」多於「古音」是情理之中的事，而《中國音韻學》中上古音部分也主要談的是古韻，但卻多用「古音」一詞。

王先生在論著中直接使用「上古音」很少，只是在《上古韻母系統研究》和《漢語語音史》中使用過「上古音」，例如：

〔註7〕當為「侯」。

（1）稍微研究漢語音韻的人，都知道漢語上古音開合兩呼的界限頗嚴。（《上古韻母系統研究》）

（2）喻母四等的上古音，是最難解決的一個問題。（《漢語語音史》）

（3）現在我有新的擬測，把喻四的上古音擬測爲[ʎ]。（《漢語語音史》）

上面我們靜態地考察了一下王先生上古音論著中與「上古音」概念有關的名詞或名詞短語的使用情況，發現王先生上古音論著中與「上古音」概念有關的名詞或名詞短語的核心詞是「古音」或「古韻」，總體來說，古音概念大於古韻概念，但有時二者又相當接近；王先生也使用了「上古音」，但用例不多。

下面我們再來動態地考察一下王先生的「上古音」概念。早期，王先生「上古音」概念是整體的，其時間標記是「上古」「先秦」「周秦」等，這幾個時間標記之間的關係是相等的；中期，王先生「上古音」的整體概念仍然存在，但內部已開始分層，這時「上古音」概念的時間標記是「先秦」「造字時代」「詩經時代」，這幾個時間標記之間的關係不是相等關係，「先秦」包含「造字時代」和「詩經時代」，「造字時代」早於「詩經時代」。晚期，王先生的「上古音」概念在中期的基礎上又有所發展，於「造字時代」「詩經時代」之外又增加了「戰國時代」，「戰國時代」晚於「詩經時代」。下面是王力「上古音」概念發展示意圖：

早期：周秦音→中期：周秦音（「造字時代」「詩經時代」）→晚期：周秦音（「造字時代」「詩經時代」「戰國時代」）

通過對王先生「上古音」概念的考察，我們可以知道，王先生「上古音」概念內涵豐富，整體概念是指周秦音，其內部可再分爲「造字時代」「詩經時代」「戰國時代」的語音。王先生「上古音」概念是不斷發展的，早期「上古音」概念不分層，基本上是繼承清儒傳統的，但並非一塵不變，在清儒的基礎上也有所發展，譬如說清儒所謂「古音」一般是指上古韻部而言，而王先生把它的外延擴大到聲母系統、聲調系統；中期，在自己早期「上古音」概念的基礎上，王先生又將「上古音」概念分爲兩層；晚期，王先生又進一步將「上古音」概念分爲三層。

王先生「上古音」概念不斷發展的事實告訴我們，王先生在上古音研究上是不斷創新的，既有對前人的繼承與發展，也有對自己的繼承與發展。

下面我們想談一下王先生上古音的下限問題。鄭張尚芳（2003：5）認爲王

力上古音的時間下限可以劃到五胡亂華之前，這可能不是王力上古音概念的原意，我們認爲王先生上古音時間下限爲戰國時代。讓我們先來看看鄭張所說的「王力先生在《漢語史稿》裏所主張的最晚到五胡亂華之前」那部分內容，那部分內容在《漢語史稿》上冊第三十五頁：

原則定下來了，實施起來還有很大的困難，因爲我們對於漢語的歷史，特別是對於漢語語法的歷史，還沒有充分研究過。現在只能提出一個初步意見，如下：

（一）公元三世紀以前（五胡亂華以前）爲上古期。（三、四世紀爲過渡階段。）

（二）公元四世紀到十二世紀（南宋前半）爲中古期。（十二、十三世紀爲過渡階段。）

（三）公元十三世紀到十九世紀（鴉片戰爭）爲近代。（自 1840 年鴉片戰爭到 1919 年五四運動爲過渡階段）

（四）二十世紀（五四運動以後）爲現代。

上古時期的特點是：（1）判斷句一般不用繫詞；（2）在疑問句裏，代詞賓語放在動詞前面；（3）入聲有兩類（其中一類到後代變了去聲），等等。

很顯然，「王力先生在《漢語史稿》裏所主張的最晚到五胡亂華之前」是漢語史的分期問題，並不是王力上古音的下限。

我們再把王力《漢語史稿》和《漢語語音史》對照一下就可以發現，《漢語史稿》所分的第一期大體跨《漢語語音史》中的「先秦音系（～前 206）」、「漢代音系（前 206～公元 220）」、「魏晉南北朝音系（220～581）」三個階段。《漢語語音史》中的「先秦音系（～前 206）」相當於《漢語史稿》的上古音系，也就是說，王力上古音時間下限不是劃到五胡亂華之前。

王先生「上古音」概念在整個上古音概念發展史中處於什麼地位呢？上古音概念從明清至今大體經歷了三個發展階段：1. 以《詩經》音爲主的先秦音，是一個整體概念；2. 以《詩經》音爲主包括諧聲在內的先秦音，概念內部分層；3. 上古音分若干時期，《詩經》音只是其中的一個時期。通過以上一番考索，我們可以看出，王力的上古音概念是處在承前啓後的位置上，他一方面繼承了清儒的古音概念，另一方面又開啓了近來的上古音分期。

對於上古音性質問題，清儒基本上是認爲同質的。顧炎武《音學五書序》說：「《詩》三百五篇，上自《商頌》，下逮陳靈，皋陶之賡，箕子之陳，文王周公之繫，無弗同者。故三百五篇古人之音書也。」〔註8〕王力對上古音的性質雖未作明確的界定，但我們通過對王力上古音的全面考察，可以發現王力在研究上古音時是把它作爲同質語言處理的，這也是繼承清儒一貫的做法。高本漢在《論周代文字》一文中對上古音性質作了說明，在《漢文典》中又重申了一下，他說「大家知道，從《詩經》（公元前 800 年至 600 年左右）韻腳中能夠得出系統而固定的上古韻部。儘管周代初期和中葉存在許多方言，許多歌謠是從不同的諸侯國採集來的，但它們已被加工過，被標準化爲周代首都的語言，故整部大體說來（當然也有某些例外）是同一性質的語音材料。」〔註9〕鄭張尙芳（2003：7）也贊成上古音爲同質的。

也有學者認爲上古音是異質的，如陸志韋（1985：69）「《說文》本身也時常提到方言，只是關乎聲韻轉變的例子不多而已。再往上，在戰國的時候，各國所寫的字尚且不能一致，何況說話。不單如此，就連三百五篇之中也不免有方言的色彩。例如《切韻》的-m 字跟-ŋ 字押韻，除《雅》《頌》外，只見於《秦風》。可惜現存的史料不夠應用，不能詳細的分析。」「《詩經》的押韻，要眞是按照一種模範國語改編過了的，那到容易研究了。其實那一套傳說並不可靠。那些韻腳還是各種方言遺留下來的。」

我們認爲王力將上古音按同質語言處理是妥當的。我們承認，上古是存在方言，但我們現在所研究的上古音只是歷史上眞正的上古漢語的一部分，即以《詩經》爲代表的「文學語言」音系。《論語‧述而》曰：「子所雅言，詩書執禮皆雅言也。」

二、王力上古音學說

王力上古音學說，是指王力上古音研究的內容、方法、思想、觀點的總和，王力的上古音學說幾乎涉及上古音的各個方面，大體上包括聲母系統、韻母系統、聲調系統等。王力的上古音學說是動態發展的，若從二十年代的《諧聲說》

〔註8〕 《音學五書》，中華書局，1982，P2。
〔註9〕 《漢文典（修訂本）》「導言」，1997，上海辭書出版社，P4。

算起，王力上古音研究歷程大約爲六十年。在五六十年的上古音研究中，王力不斷對自己的上古音學說進行修正，力求使自己的學說不斷完善。

第三節　王力上古音學說概貌

一、早期（二十年代到四十年代）

這一時期王力先生論著的範圍很廣，涉及到的領域有文學、哲學、語言學等方面。文學方面的論著有：《希臘文學》（1933）、《羅馬文學》（1933），此外還有大量的文學譯著，小說方面有莫洛亞的《女王的水土》（1929）、紀德的《少女的夢》（1931）、佐拉的《屠槌》（1934）《娜娜》（1935）、喬治桑的《小芳黛》（1934）、都德的《小對象》（1936）等，劇本方面有小仲馬的《半上流社會》（1931）、嘉禾的《我的妻》（1934）《賣糖小女》（1934）、米爾博的《生意經》（1934）、波多黎史的《戀愛的婦女》（1934）、巴依隆《討厭的社會》（1934）、佘拉第的《愛》等。這一時期，王先生還寫了一批小品文，1942 年，在重慶《星期評論》《中央週刊》闢《甕牖剩墨》小品文專欄，在昆明《生活導報》闢《龍蟲並雕齋瑣語》小品文專欄，1945 年，在《自由論壇》闢《龍蟲並雕齋瑣語》小品文專欄，在《獨立週刊》闢《清囈集》小品文專欄。

語言學方面這時期王先生的興趣點主要在語法和語音方面。語法方面的論著有：《中國古文法》（1927）、《國家應該頒佈一部文法》（1935）、《中國文法歐化的可能性》（1936）、《中國文法中的繫詞》（1937）、《中國語法學的新途徑》（1941）、《中國文法學初探》（1940）、《中國現代語法》（上冊 1942）、《中國現代語法》（下冊 1943）、《人稱代詞》（1943）、《無定代詞》（1943）、《指示代詞》（1943）、《疑問代詞》（1943）、《中國語法理論》（上冊 1944）、《中國語法理論》（下冊 1945）、《詞類》（1945）、《詞品》（1945）、《仂語》（1945）、《句子》（1945）、《中國語法綱要》（1946）等；語音方面的論著有《博白方音實驗錄》（1931）。此外，王先生這一時期也研究了漢越語和漢語方言，如《漢越語研究》（1948）、《東莞方音》（1949）等。

這一時期，王先生在語言學方面除了在語法和語音方面有成績外，同時在音韻學和方音學方面也取得了突出的成果，尤其是古音學方面成績尤佳，著名的「脂微分部」就是在這個時期提出來的。這一時期，王先生在古音學

方面的論著有：《諧聲說》（1927）、《中國音韻學》（1936）、《古韻分部異同考》（1937）、《上古韻母系統研究》（1937）。

1926 年，王力先生考取了清華大學國學研究院的研究生，清華研究院共招了四屆，王力先生是研究院的第二屆學生。1927 年，王先生開始撰寫畢業論文《中國古文法》，論文指導老師是梁啓超和趙元任。這一年，王先生除了撰寫畢業論文，還發表了三篇論文：《三百年前河南寧陵方音考》（《國學論叢》1 卷 2 期）、《濁音上聲變化說》（《廣西留京學會學報》4 期）、《諧聲說》（《北京大學研究所國學門月刊》1 卷 5 期），其中《諧聲說》一文是用文言寫的，短小精悍，它是王先生上古音研究的起點。王先生在其老師王國維的啓迪下，對諧聲字進行了深刻思考，得出「紐韻俱同」的觀點，並請教王國維。王國維不同意他的觀點，舉「午、杵、許」三字爲例，說明它們不能混爲一音。王先生繼續思考，仍然堅持自己的觀點。《諧聲說》爲王先生在清華求學時對諧聲問題思考的成果，是王力先生諧聲說的重要組成部分。

1927 年秋，在其業師趙元任的建議下，王力先生自費去法國留學，在法國巴黎大學學習實驗語音學，1931 年獲巴黎大學文學博士學位。1932 年回國，在清華大學中國文學系任專任講師，這期間王先生爲還留學所欠的債務，把業餘時間多花在翻譯《莫里哀全集》上了，自己的業務放鬆了點，所以到 1934 年，按照清華慣例，他應該升教授了，但由於自己專業方面的學術成果不夠，沒有能夠升教授。從此，王先生結合教學搞好科研，於 1935 年寫出了《中國音韻學》《中國文法學初探》《中國文法中的繫詞》等，同年被提升爲教授。王力先生上古音早期的論著就是在這樣的背景下誕生的。

王力在清華和燕京大學講授過音韻學的課，自編了講義《音韻學概要》。《中國音韻學》一書就是根據《音韻學概要》改編而成，它是王力先生第一部語言學著作。《中國音韻學》第五章《古音》是講上古音的，共分十一節，大體可分四個方面：一、古音學簡史，二、十家古音學述評，三、古音值問題，四、聲調問題。

第一方面簡略地把古音學源流梳理了一遍，王先生認爲，古音學漢朝已有根源，「古音學最昌明的時代要算清朝，但在漢朝已經有人談到古音。例如劉熙《釋名》裏說：『古者日車，聲如居，所以居人也；今日車，聲近舍』，也注意

到古今音的異同。因此我們可以說古音之學在漢朝已有根源，只不曾作有系統的研究罷了。」王先生還說到了南北朝以後的「叶音說」，王先生對「叶音說」是持否定態度的，但從古音學發展史的角度看，「叶音說」又是客觀的一環，以後科學的古音學也是導源於此的。王先生在談到唐朝時，認為「唐朝只有一個陸德明頗能保存古音」，因為他在《經典釋文》於《邶風》「南」字下注云：「今謂古人韻緩，不煩改字」，又於召南「華」字下注云：「古讀花為敷」。宋代的古音學家有吳棫、程迥、鄭庠，王先生對吳棫評價最高，「在古音學的路途上，總算他是一個開路先鋒，他的功勞是不能完全埋沒的。」明朝的古音學家楊慎、陳第，王先生都加以肯定，對陳第特加贊許，「陳第的見解，比吳棫、楊慎的見解高了許多。因為他能知道：『時有古今，地有南北，字有更革，音有轉移。』時地的觀念，在音韻學上最為重要，所以陳第的古音學非但超越前輩，而且給予後世一個很好的榜樣」。

　　第二方面，共分八節，分別介紹了顧炎武、江永、段玉裁、戴震、錢大昕、孔廣森、王念孫、江有誥、章炳麟、黃侃等十家的古音學說。顧炎武，王力先生認為他有這麼幾點貢獻：1. 分古韻為十部；2. 入聲字配陰聲；3. 離析唐韻。王先生還指出了顧炎武的不足，「顧亭林有一個缺點，就是他對於語音有復古的思想。他說：『天之未喪斯文，必有聖人復起，舉今日之音而還之淳古者』〔註10〕我們只看《唐韻正》的『正』字，就知道他以古音為正。江永反對他的主張，以為顧氏《音學五書》只是考古之書，不能為復古之用。我們覺得江永的話是對的。」江永的古音學說，王先生主要把它與顧炎武作比較，認為江永研究音韻學的路子稍有不同，「顧氏不管今音，只研究古音；而他則二者兼備」，他們的見解也不同，「江氏的對於古韻部的見解，與顧氏大不相同處有兩點。第一，自眞至仙，顧氏認為一部；自侵至凡，顧氏亦認為一部。江氏則以眞諄臻文殷與魂痕為一類，口斂而聲細；元寒桓刪山與仙為一類，口侈而聲大。〔註11〕」。「第二，顧氏把侯韻歸入魚虞模的一類，江氏不以為然。」段玉裁的古音學，王先生把它與顧炎武、江永作比照，認為有三

〔註10〕此處原有注：語見《音學五書敘》。

〔註11〕此處原有注：見《古韻標準》平聲第四部總論。（守山閣叢書本，卷一，頁二十四）

點可以注意,「1. 第十二部眞至第十四部仙,江氏僅分作兩部,段氏則分爲三」,「2. 第四部侯韻,顧氏以之歸於魚韻;江氏以之歸於尤韻;到了段氏,他以爲應獨立爲一部;毛詩中凡似侯尤幽通押者,並非同韻,乃係轉韻」,「3. 第十六部支佳是一韻;第十五部脂微齊皆灰是一韻,第一部之咍是一韻。」

第三方面,主要講古代音值問題。王先生認爲,中國古代音值研究難,上古音值研究尤難。原因是:(1)上古材料不夠豐富;(2)離現代久遠,現代方音發揮的作用不是很大。王先生簡單地敘述了上古音值研究的情況,提到了章炳麟、汪榮寶、高本漢、李方桂等。「漢語音韻學家直到章炳麟,才對於上古整個的韻系,作音值的假定。但是他的話含糊,而且沒有說出其所以如此推定的理由,很難令人相信。後來汪榮寶發表了一篇《歌戈魚虞模古讀考》,從外國譯音中考證古代音值……先秦的音值是不能單靠外國譯音來斷定的。」對於高本漢、李方桂,王先生指出:「他們研究的結果雖不相同,但他們所走的路向是差不多的:大家都是拿『諧聲』及先秦的韻文做上古語音系統的根據,拿他們所承認的中古音值做上古音值的出發點。」王先生詳細列出了高本漢的上古音值構擬,但對高氏及當時古音構擬還不滿,「高本漢根據『諧聲』與《詩經》,把上古韻部分得頗精當;但其所定的音值,則有待於修正者甚多。高氏似乎以爲在切韻不同音的字在上古亦必不同音,這一點未免太呆板。上古音值的研究只由汪榮寶高本漢諸人開端,後人的成績當更超乎他們之上,這是可斷言的。」

第四方面,講古代聲調問題,圍繞下面三個問題展開:(一)古代是否有聲調?(二)古代的調值是否爲四個?(三)古代的調值與現代調值是否相同?對於第一個問題,王先生贊成古代有聲調,並說明了理由,「古代大約是有聲調的。我們可以舉出兩個理由:第一,在詩經的用韻裏,我們雖看見古調類不與今調類相符,但我們同時注意到之幽宵侯魚支等部平上入三聲的畛域並未完全混亂,尤其是入聲與平聲往往不混。……第二,與漢語同系的藏緬語,泰語等,也都有聲調存在,可見聲調是與『單音語』(monosyllabic language)有密切關係的」。對於第二個問題,王先生態度比較謹慎,「關於古代的調類是否爲四個,問題就不很簡單了。……我們對於這一點,不敢下十分確定的斷語,但我們比較地傾向於相信上古的聲調有四個,因爲現代中國各地方言都保存著四聲的痕跡。例如北京平聲分爲兩個,入聲歸入平上去;

大部分的吳語平上去入各分爲二，唯有許多地方的陽上歸入陽去；廣州平上去各分爲二，唯入聲分化爲三。這都是按著四聲的條理而爲系統的分合，所以我們料想四聲由來已久，也許會早到漢魏以前。至於『諧聲時代』的調類是否爲四個，就很難〔註12〕斷定了。」對於第三個問題，王先生確信古代的調值決不能與現代的調值相同，「在音韻學上有兩個原則：第一是音類難變，音值易變⋯⋯第二是調類難變，調值易變⋯⋯嚴格說起來，恐怕調值比音值更爲易變，因爲音值須視發音的部位與方法爲轉移，而調值只是呼氣緩急及喉頭肌肉鬆緊的關係。一個人把某一個字連念兩次，實驗起來，其聲調的曲線也不會完全一樣的，何況數千年來的調值，還能不發生變化嗎？」王先生雖然堅信古代音值與現代不相同，但古代調值到底如何，很難考定，「究竟什麼地方的某種聲調與古代聲調相彷彿，現在已經很難推知；至於古代實際調值如何，更難考定了。」

　　《古韻分部異同考》分三個部分：一、《詩經》入韻字分類表，二、諸家韻部表，三、諸家分部異同表。也就是說此文由三張表組成，第一表是將諧聲偏旁分爲三十二類，然後把《詩經》入韻字繫於每類諧聲偏旁下；第二表是以三十二類諧聲偏旁爲參照系，然後將顧炎武、江永、戴震、段玉裁、孔廣森、王念孫、嚴可均、江有誥、朱駿聲、章炳麟、黃侃等人的古韻分部與之比較；第三表是將第二表表格化，使諸家分部異同體現在同一表格裏。對於取字標準，依孔廣森《詩聲類》，取諧聲偏旁見於詩者。

　　此文將古韻家大體分爲兩派，顧炎武、段玉裁、孔廣森、王念孫、嚴可均、朱駿聲、章炳麟爲一派，此派主要以先秦古籍爲依據進行分部；江永、戴震、黃侃爲一派，以等韻原理助成其說，王先生認爲江有誥折中於二派之間。

　　此文提出了古韻分部異同考的新標準。原先夏炘《詩古韻表二十二部集說》，考證顧炎武、江永、段玉裁、王念孫、江有誥五家韻部異同，然夏氏以《廣韻》韻目爲參照系，這樣有時會造成異名同實的毛病。所以王先生說：「故欲考求諸家分部之異同，宜捨併合韻目之舊法，但以諧聲偏旁區分。」即王先生提出了以「諧聲偏旁分類系統」爲參照系來考察古韻分部異同。

　　《上古韻母系統研究》分十五個部分。第一部分關於上古韻母諸問題，

〔註12〕原文此處無「難」，據文義補。

主要討論了以下八個方面問題：韻部多少問題、諧聲問題、陰陽對轉問題、聲調問題、開合問題、洪細問題、選字問題、語音與字義的關係。第二部分是「圖表凡例」，主要是對圖表作總的説明。第三至第十四部分分別對十二系的字用表格形式反映出來，並附有簡潔的討論。第十五部分對全文進行了總結。此文是王先生上古音的奠基之作，它包含了王先生對上古音許多問題的看法，並對上古韻部作了進一步劃分，將脂微分開。下面我們一一進行敘述。

1. 正式提出審音派、考古派

《古韻分部異同考》已將古韻諸家分爲兩派，但未給兩派命名，此文正式給這兩派命名。「近代古韻學家，大致可分爲考古、審音兩派。考古派有顧炎武、段玉裁、孔廣森、王念孫、嚴可均、江有誥、章炳麟等，審音派有江永、戴震、劉逢祿、黃侃等。」王先生認爲審音、考古是辯證的，「所謂考古派，並非完全不知道審音；尤其是江有誥與章炳麟，他們的審音能力並不弱。不過，他們著重在對上古史料作客觀的歸納，音理僅僅是幫助他們作解釋的。所謂審音派，也並非不知道考古；不過，他們以等韻爲出發點，往往靠等韻的理論來證明古音。」

王先生判斷審音、考古的標準大體有三：

（1）是否重在對上古史料作客觀的歸納；

（2）是否以等韻爲出發點，靠等韻的理論來證明古音；

（3）入聲是否完全獨立。

2. 提出自己對古韻分部的結論

王先生認爲按審音派標準，古韻分二十九部；按考古派標準，古韻分二十三部。「現在先說我對於古韻分部的結論：如果依審音派的説法，陰陽入三分，古韻應得廿九部，即陰聲之幽宵侯魚歌支脂微，陽聲蒸東陽寒清眞諄侵談，入聲德覺沃屋鐸曷錫質術緝盍；如果依考古派的説法，古韻應得廿三部，即之蒸幽宵侯東魚陽歌曷寒支清脂質眞微術諄侵緝談盍」。王先生此時取考古派態度，「上面說過，德覺沃屋鐸錫都不能獨立成部。所以我採取後一説，定古韻爲廿三部」。

3. 具體闡釋脂微分部

原因：

（1）受南北朝詩人用韻研究的新發現啓發；

（2）章《文始》以「歸齹追」等字入對部，受到暗示；

（3）仔細尋求《詩經》用韻。

脂微分部的標準有三：

（1）《廣韻》的齊韻字，屬於江有誥的脂部者，今仍認為脂部；

（2）《廣韻》的微灰咍三韻字，屬於江有誥的脂部者，今改稱微部；

（3）《廣韻》的脂皆兩韻是上古脂微兩部雜居之地；脂皆的開口呼在上古屬脂部，脂皆的合口呼在上古屬微部。

王先生脂微分部的依據主要是《詩經》用韻。此時王先生對脂微分部還不是很確信，所以王先生說：「然而我們不能不承認脂微合韻的情形多些，如果談古音者主張遵用王氏或章氏的古韻學說，不把脂微分開，我並不反對。」

4. 對諧聲發表看法

王先生認為段玉裁「同聲必同部」原則上是正確的，但聲符的認定，有時成為問題，《說文》所認定的聲符不一定正確。

王先生把諧聲時代和《詩經》時代劃分開來，諧聲時代比《詩經》時代早。王先生把上古音兩大支柱性材料按時間分成兩個層次，可以解決《詩經》用韻與諧聲系統出現的矛盾。如從《詩經》用韻看，「求」應歸入幽部，然而從「求」得聲的「裘」卻歸入之部，類似的還有「夭」入宵部，而「飫」入侯部，「芹」入諄部而「頎」入微部等。如果認為諧聲時代早於《詩經》時代，那麼這些參差可視為語音演變的結果。

5. 肯定陰陽對轉

王先生肯定陰陽對轉是清代古韻學家的大發明，但「對轉」只能解釋語音變遷的規律，而不能作押韻的理由。

陰陽對轉理論不僅可以解釋音變規律，而且還可以幫助我們擬測上古韻值，可以用它來確定對轉的主元音是相同的。

我們認為陰陽對轉只是上古音的一種現象，不能用來解釋語音變遷的規律，為什麼這麼說呢？因為陰陽對轉到底是由什麼原因造成的，從可能性上來說，有時間因素、有空間因素、有時空共同的因素，還有偶然的因素，在這麼多可能性中，我們為什麼一定把陰陽對轉原因歸為時間因素呢？

清儒戴震開陰陽相配之先河，孔廣森正式提出陰陽對轉理論。王力先生在

陰陽對轉理論方面的貢獻就在於他肯定了陰陽對轉理論並把它用到上古韻值的構擬上。

6. 初步提出自己上古聲調的看法

「在未研究得確切的結論以前，我們不妨略依《切韻》的聲調系統，暫時假定古有四聲。陰聲有兩個聲調，即後世的平上，入聲也有兩個聲調，即後世的去入。陰聲也有轉爲後世去聲的，例如之部的『忌』『齋』，歌部的『賀』『貨』，脂部的『涕』『穟』等。陽聲的聲調數目難決定，現在只好暫時依照《切韻》的平上去三聲。關於這個問題，我暫時不想詳論。」

調 韻	平	上	去	入
陰	＋	＋		
陽	＋	＋	＋	＋
入				＋

注：＋表示有此聲調。

王力此時還未完全接受段「古無去聲」，因爲他至少把陽聲暫定有去聲。

7. 上古音開合的判定

以諧聲偏旁判斷開合，「諧聲偏旁屬於開口呼者，其所諧的字也常常屬於開口呼；諧聲偏旁屬於合口呼者，其所諧的字也常常屬於合口呼」。

上古等呼不完全與中古相同。「我們不該設想上古等呼與中古等呼系統完全相同；其中也有上古屬開而中古屬合的，也有上古屬合而中古屬開的。」

關於脣音字開合的斷定，王先生主要依據高本漢的，並且有所發展，「不僅拿《廣韻》系統爲根據，而且還拿諧聲偏旁爲根據。凡諧聲偏旁，或其所諧之字，後世有變入輕脣音者，在上古即屬合口呼；凡諧聲偏旁，或其所諧聲之字，完全與後世輕脣絕緣者，在上古即屬開口呼。」

8. 洪細進行界定

洪細是上古音的區別特徵之一。王力先生批判了前人洪細不能共存於同一個韻部的觀點，他說「從前中國音韻學家，往往以爲上古音每一個韻部當中，有了洪音就沒有了細音，有了細音就沒有洪音」「我們決不能把上古同部的洪細音完全相混，以致在音理上說不通」。王先生認爲「沒有韻頭[i-]或[iw-]的，叫做洪，有韻頭[i-]或[iw-]的，叫做細。」

9. 確定上古字的範圍

王先生認爲研究上古的音，必須以上古的字爲根據。他強調，上古的字不是指字形，而是指上古漢語的詞（word）。王先生以《詩經》所有的字爲研究對象。他是基於三個方面的考慮：一、《詩經》是最古而且最可靠的書之一；二、《詩經》的字頗多（約有 2850 字），足以表示很豐富的思想和描寫很複雜的事實；三、普通研究上古韻部就等於研究《詩經》韻部。

10. 提出「以義求音」

章太炎《文始》，高本漢《漢語詞族》，「以音求義」，通過語音去研究字義的關係。王先生認爲可以把這個原則反過來應用，從字義的關聯去證明古音的部居。意義相反的字，有時也可以證明語音相近。

二、中期（五十年代到六十年代）

這一時期，王先生精力主要放在了語言學的研究上，在語法學上用力甚勤，古音學上仍然沒有放鬆，此外還涉及語言規範等領域。語法學方面的論著有：《漢語的詞類》（1952）、《詞和語在句子中的職務》（1952）、《謂語形式和句子形式》（1952）、《句子的分類》（1953）、《詞和仂語的界限問題》（1953）、《漢語語法學的主要任務——發現並掌握漢語的結構規律》（1953）、《關於漢語有無詞類的問題》（1955）、《主語的定義及其在漢語中的應用》（1956）、《語法的民族特點和時代特點》（1956）、《語法體系和語法教學》（1956）、《漢語被動式的發展》（1957）、《漢語實詞的分類》（1959）等。方言方面的論文有《珠江三角洲方音總論》（與錢淞生合作 1950）、《台山方音》（與錢淞生合作 1950）等。

這一時期上古音方面的論著有：《漢語史稿》（上冊 1957）、《上古漢語入聲和陰聲的分野及其收音》（1960）、《漢語音韻》（1963）、《先秦古音擬測問題》（1964）等。

《漢語史稿》（上冊）第二章《語音的發展》第十一節至第十六節是專講上古音的，其中第十一節是靜態的語音系統，第十二節至第十六節是動態的語音發展。《上古的語音系統》一節主要從聲母、韻母、聲調三個方面對上古語音系統進行了描述，由於前人在韻母方面研究較有成績，王先生先從韻母講起。韻母方面包括四個方面內容：研究上古韻部的材料；先秦古韻與《廣

韻》對照表；辯證分析「同聲必同部」；對高本漢進行批評。

關於上古韻部的研究材料，王先生說「清代學者對於先秦古韻的研究有卓越的成就。他們是怎樣研究出上古的韻部來的呢？主要是靠兩種材料：第一是先秦的韻文，特別是《詩經》裏的韻腳；第二是漢字的諧聲偏旁（聲符）。」

王先生列出了二十九部並給出了擬音，我們將其整理列表如下：

第一類

上古韻部	《廣韻》	例　字
之 ə	之咍；灰尤三分之一	胚胎　始基　時期
職 ək	職德；少數屋韻字	戒備　服食　惑慝
蒸 əŋ	蒸登；少數東韻字	崩薨　升登　稱懲

第二類

上古韻部	《廣韻》	例　字
幽 əu	幽；尤三分之二；蕭肴豪之半	皋陶　綢繆　周遭
覺 əuk	沃；屋之半；覺三分之一；少數錫韻字	鞠育　苜蓿　蕭穆

第三類

上古韻部	《廣韻》	例　字
宵 au	宵；蕭肴豪之半	逍遙　招搖　窈窕
藥 auk	藥鐸錫之半，覺三分之一	碻鑿　綽約　芍藥

第四類

上古韻部	《廣韻》	例　字
侯 o	侯；虞之半	佝僂　句漏　須臾
屋 ok	燭；屋之半，覺三分之一	沐浴　瀆辱　嶽麓
東 oŋ	鍾江；東之半	童蒙　共工　從容

第五類

上古韻部	《廣韻》	例　字
魚 ɑ	魚模；虞麻之半	祖父　吳予　居處
鐸 ɑk	陌；藥鐸麥昔之半	落魄　廓落　摸索
陽 ɑŋ	陽唐庚	倉庚　滄浪　螳螂

第六類

上古韻部	《廣韻》	例　字
支 e	佳；齊支之半	支解　斯此　佳麗
錫 ek	麥昔錫之半	蜥蜴　辟易　策畫
耕 eŋ	耕清青	蜻蜓　精靈　聲名

第七類

上古韻部	《廣韻》	例　字
脂 ei	脂皆齊之半	階陛　次第　指示
質 et	至質櫛屑，點之半；少數術韻字	一七　實質　吉日
眞 en	眞臻，先三分之二；少數諄韻字	秦晉　天淵　神人

第八類

上古韻部	《廣韻》	例　字
微 əi	微，灰三分之二；脂皆之半	依稀　徘徊　崔嵬
物 ət	術沒迄物；未之半	密勿　鬱律　畏愛
文 ən	諄文欣魂痕；眞三分之一	晨昏　根本　渾沌

第九類

上古韻部	《廣韻》	例　字
歌 a	歌戈；麻支之半	羲媧　蹉跎　阿那
月 at	祭泰夬廢月曷末轄薛；點之半	契闊　決絕　雪月
寒 an	元寒桓刪山仙；先三分之一	旦晚　顏面　片段

第十類

上古韻部	《廣韻》	例　字
緝 əp	緝合；洽之半	集合　雜沓　執拾
侵 əm	侵覃冬；咸東之半	陰暗　深沉　侵尋

第十一類

上古韻部	《廣韻》	例　字
葉 ap	盍葉帖業狎乏；洽之半	蛺蜨　喋蹀　涉獵
談 am	談鹽添嚴銜凡；咸之半	沾染　瀲灩　巉巖

　　高本漢將多數陰聲韻構擬爲閉音節，並且把上古韻部視同中古的韻攝，王先生對高氏這兩點進行了批評，「世界上沒有任何一種語言的開音節是像這樣貧乏的。只要以常識判斷，就能知道高本漢的錯誤。這種推斷完全是一種形式主義。這樣也使上古韻文失掉聲韻鏗鏘的優點；而我們是有充分理由證明上古的語音不是這樣的。」「高本漢把上古韻部看做和中古韻攝相似的東西，那也是不合理的……應該肯定：《詩經》的用韻是十分和諧的，因此，它的韻腳是嚴格的，決不是高本漢所擬測的那樣。由於他的形式主義，就把上古韻部擬得比《廣韻》的 206 韻更加複雜，那完全是主觀的一套。」

　　上古聲調方面，王先生在簡述顧炎武、段玉裁、黃侃、王念孫、江有誥等觀點後，給出了自己的看法，「我們以爲王、江的意見基本上是正確的。先秦的聲調除了以特定的音高爲其特徵外，分爲舒促兩大類，但又細分爲長短。舒而長的聲調就是平聲，舒而短的聲調就是上聲。促聲不論長短，我們一律稱爲入聲。促而長的聲調就是長入，促而短的聲調就是短入。」王先生認爲這樣區分有兩個理論根據：「（1）依照段玉裁的說法，古音平上爲一類，去入爲一類。從詩韻和諧聲看，平上常相通，去入常相通。這就是聲調本分舒促兩大類的緣故。（2）中古詩人把聲調分爲平仄兩類，在詩句裏平仄交替，實際上像西洋的『長短律』和『短長律』。由此可知古代聲調有音長的音素在內。」

　　王先生認爲上古聲母相比韻部研究要難些，因爲它的材料沒有韻部材料豐富，它的材料只有諧聲偏旁、異文、聲訓等。王先生列出了先秦三十二個聲母，我們整理如下：

類　　別	上古聲母	擬　　音	中古聲母
喉音	見	k	見
	溪	k'	溪
	群	g'	群
	疑	ŋ	疑
	曉	x	曉
	匣	ɣ	匣喻三
	影	○	影

續表

類　　別	上古聲母	擬　音	中古聲母
舌頭	端	t	端知
	透	t'	透徹
	餘	d	喻四
	定	d'	定澄
	泥	n	泥娘
	來	l	來
舌上	章	ȶ	照三
	昌	ȶ'	穿三
	船	ȡ'	床三
	書	ɕ	審三
	禪	ʑ	禪
	日	ȵ	日
齒頭	精	ts	精
	清	ts'	清
	從	dz'	從
	心	s	心
	邪	z	邪
正齒	莊	tʃ	照二
	初	tʃ'	穿二
	崇	dʒ'	床二
	山	ʃ	審二
唇音	幫	p	幫非
	滂	p'	滂敷
	並	b	並奉
	明	m	明微

　　對高本漢的上古聲母擬測，王先生也進行了批評，「高本漢對上古聲母的擬測，也表現了形式主義。」此處有個注，注中王先生列舉了高氏形式主義的表現：一他把餘母（喻四）硬分為兩類，以為一類是 d，另一類是 z。二他把莊初崇山各分兩類，以為一類在上古是 ts、ts'、dz'、s（併入精清從心），另一類是 tʂ、tʂ'、dẓ'、ʂ。三他把餘母一部分字的上古音擬成 d 之後，這 d 是不送氣的濁音，他就虛構幾個不送氣的濁音來相配。四他在上古聲母系統中擬測出一系列的複輔音，那也是根據諧聲來揣測的。

　　關於古音的重建，王先生強調了歷史比較法的一個重要原則。「語音的一切變化都是制約性的變化。這就是說，必須在完全相同的條件下，才能有同樣的發展。反過來說，在完全相同的條件下，不可能有不同的發展，也就是不可能有分化。」王先生也是辯正地看這個原則的，一方面強調「這是歷史比較法的一個最重要的原則，我們不應該違反這一個原則」，另一方面說「這一個原則並不排斥一些個別的不規則的變化。由於某種外因，某一個字變了另一個讀法，而沒有牽連到整個體系，那種情況也是有的」。當然，王先生認爲「那只是一些例外，我們並不能因此懷疑上述的原則」。

　　《由上古到中古的語音發展》共分五節（十二節至十六節），分別從聲母、韻母、聲調三個方面論述上古到中古的發展。

　　上古聲母的發展，王先生共分四點敘述：（一）ɣ 的分化；（二）t，t'，d' 的分化；（三）d 的失落；（四）ȶ，ȶ'，ȡ'，ȵ 的發展。

　　王先生從諧聲、現代方言證明了中古 j（喻三）在上古應歸匣母，到中古分化爲匣一、匣二、匣四和喻三，分化原因「是由於最高部位的韻頭 ǐ 影響到聲母 ɣ 的失落，同時這個 ǐ 更加高化，變爲輔音 j 加韻頭 ǐ」。上古匣母到中古分化的情況：

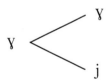

　　知徹澄在上古應歸入端透定，王先生列舉了四個方面的證據：（甲）諧聲偏旁；（乙）上古史料中的異文；（丙）古人的「讀若」和反切；（丁）現代方言。上古端透定三母分化的時間和原因，王先生認爲「分化的時間大約是在第六世紀」，「分化的原因是由於韻頭 ǐ 和 e 的影響。聲母受了舌面元音的同化，本身也就變了舌面輔音（即 ȶ，ȶ'，ȡ'）」。

　　上古端透定三母到中古的分化情況：

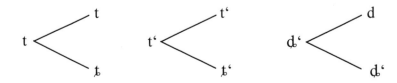

　　ȶ，ȶ'，ȡ'，ȵ 是指章昌船日四母，王先生認爲章組只是近端組，不能歸入

端組。章炳麟認爲上古沒有娘日兩母，王先生認爲沒有娘母是肯定的，但應有日母。章昌船日從上古到中古的語音發展情況是：

$$t \to t\textctc \quad t' \to t\textctc' \quad d' \to d\textctz' \quad \h{n} \to nj \to n\textctz$$

關於韻母的發展，王先生分上古純元音韻母、促音韻母、鼻音韻母的發展，即按陰、入、陽三大類分別梳理。現在我們將其整理列表如下：

魚			鐸			陽		
呼等	開	合	呼等	開	合	呼等	開	合
一	ɑ（模）	uɑ（模）	一	ɑk（鐸覺暮）	uɑk（鐸暮）	一	ɑŋ（唐）	uɑŋ（唐）
二	eɑ（麻）	oɑ（麻）	二	eɑk（陌禡）	oɑk（陌麥）	二	eɑŋ（庚耕）	oɑŋ（庚）
三	ǐɑ（魚虞）	ǐwɑ（虞）	三	ǐɑk（藥御）	ǐwɑk（藥）	三	ǐɑŋ（陽）	ǐwɑŋ（陽）
四	iɑ（麻）		四	iɑk（陌昔禡）		四	iɑŋ（庚）	iwɑŋ（庚）

侯			屋			東		
呼等	開	合	呼等	開	合	呼等	開	合
一		o（侯）	一		ok（屋候）	一		oŋ（東）
二			二		eok（覺）	二		eoŋ（江）
三		ǐwo（虞魚）	三		ǐwok（燭遇）	三		ǐwoŋ（鍾）
四			四			四		

《漢語語音史》全歸爲開口

之			職			蒸		
呼等	開	合	呼等	開	合	呼等	開	合
一	ə（咍侯皆）	uə（灰皆眞）	一	ək（德代麥怪）	uək（德隊）	一	əŋ（登）	uəŋ（登耕）
二			二			二		
三	ǐə（之脂）	ǐwə（尤脂）	三	ǐək（職志脂）	ǐwək（屋職宥）	三	ǐəŋ（蒸）	ǐwəŋ（東）〔註13〕
四			四			四		

〔註13〕《漢語史稿》P93 爲「ǐweŋ」，恐誤。

支			錫			耕		
呼 等	開	合	呼 等	開	合	呼 等	開	合
一			一			一		
二	e（佳）	ue（佳）	二	ek（麥卦）	uek（麥卦）	二	eŋ（耕）	ueŋ（耕）
三	ǐe（支）	ǐwe（支）	三	ǐek（昔實）	ǐwek（昔）	三	ǐeŋ（清庚）	ǐweŋ（清庚）
四	ie（齊）	iwe（齊）	四	iek（錫霽）	iwek（錫）	四	ieŋ（青）	iweŋ（青）

幽			覺			（冬）		
呼 等	開	合	呼 等	開	合	呼 等	開	合
一	əu（豪侯）		一	əuk（沃號）		一		
二	eəu（肴）		二	eəuk（覺）		二		
三	ǐəu（尤虞）		三	ǐəuk（屋）		三		
四	iəu（蕭宵幽）		四	iəuk（錫）		四		

《漢語語音史》改爲合口

宵			藥					
呼 等	開	合	呼 等	開	合	呼 等	開	合
一	au（豪）		一	auk（鐸屋沃號）		一		
二	eau（肴）		二	eauk（覺效）		二		
三	ǐau（宵）		三	ǐauk（藥笑遇）		三		
四	iau（蕭）		四	iauk（錫嘯）		四		

歌			月			寒		
呼 等	開	合	呼 等	開	合	呼 等	開	合
一	a（歌戈）	ua（戈）	一	at（曷泰）	uat（末泰）	一	an（寒）	uan（桓魂）
二	ea（麻）	oa（麻）	二	eat（鎋黠夬）	oat（鎋黠夬）	二	ean（刪山）	oan（刪）
三	ĭa（支脂）	ĭwa（支）	三	ĭat（月薛祭廢）	ĭwat（月薛祭廢）	三	ĭan（元仙）	ĭwan（元仙）
四	ia（麻）		四	iat（屑霽）	iwat（屑）	四	ian（先）	iwan（先）

脂			質			真		
呼 等	開	合	呼 等	開	合	呼 等	開	合
一			一			一		
二	ei（皆）		二	et（黠櫛怪）		二	en（臻）	
三	ĭei（脂）	ĭwei（脂）	三	ĭet（質職至）	ĭwet（術職）	三	ĭen（眞）	ĭwen（諄）
四	iei（齊）		四	iet（屑霽）	iwet（至屑齊）	四	ien（先）	iwen（先）

微			物			文		
呼 等	開	合	呼 等	開	合	呼 等	開	合
一	əi（咍）	uəi（灰戈）	一	ət（痕入代）	uət（沒隊至）	一	ən（痕）	uən（魂）
二	eəi（皆）	oəi（皆）	二			二	eən（山）	
三	ĭəi（微）	ĭwəi（微脂支）	三	ĭət（迄未）	ĭwət（物術未至）	三	ĭən（眞）	ĭwən（文諄仙）
四			四			四	iən（欣先齊）	iwən（諄仙先）

呼等	開	合	呼等	緝 開	緝 合	呼等	侵 開	侵 合
一			一	əp（合）	uəp（合）	一	əm（覃談）	uəm（冬）
二			二	eəp（洽）		二	eəm（咸）	oəm（江）
三			三	ĭəp（緝）	ĭwəp（緝）	三	ĭəm（侵）	ĭwəm（東凡）
四			四			四	iəm（添）	

《漢語語音史》合口緝歸入開口緝

呼等	開	合	呼等	葉 開	葉 合	呼等	談 開	談 合
一			一	ap（盍）		一	am（談）	
二			二	eap（狎洽）		二	eam（銜咸）	
三			三	ĭap（葉業）	ĭwap乏	三	ĭam（鹽嚴）	ĭwam（凡）
四			四	iap（帖）		四	iam（添）	

《上古漢語入聲和陰聲的分野及收音》分四部分：一、述評中國傳統音韻學，二、對高本漢等人學說進行批評，三、批判高本漢陰聲、入聲收音，四、從漢藏語系的一般情況證明韻尾-gʻ、-d 和-k、-t 不能同時並存。

王力贊成《切韻》音系的「異平而同入」，即入聲配陽聲。清儒分為兩派，一派為顧炎武、王念孫、章炳麟，以入聲配陰聲；一派為江永、段玉裁、戴震，以入聲兼配陰陽。王力主張入聲兼配陰陽，這一點在《上古韻母系統研究》中已體現出來了。

王力贊成上古有入聲，且入聲收音於-p、-t、-k。清儒除了孔廣森外，多承認上古有入聲，但對入聲收音態度不一，有主張為陰聲的變相，即入聲為開口音節；有主張收喉塞音的；有主張收-p、-t、-k 的。王力取最後一說，主張入聲獨立。

進一步說明審音派、考古派，《古韻分部異同考》始，《上古韻母系統研究》正式提出，此處王先生似在審音、考古間又加了一派，「也有一些音韻學家雖然沒有明顯地把入聲韻部獨立起來，他們隱約地承認入聲韻有相當資格」，自己傾

向審音。

王力主張入聲獨立，提出判斷上古入聲字的標準。

（1）根據諧聲偏旁。凡同聲符的字有在平上聲的，就算陰聲韻（如果不屬陽聲韻的話）。「同諧聲者必同部」要靈活運用。

（2）《詩經》用韻或其他先秦韻文。

（3）聲訓、假借。

對入聲獨立造成的《詩經》「陰入」相押的現象，王先生給出了解釋。王先生認爲它是合韻，任何古韻學家都會談到合韻。

高本漢把除歌、魚、侯三部外的其他韻部都擬作閉口音節，王先生批評他自相矛盾。王先生認爲西門把陰聲韻一律擬爲閉口音節自成體系，持之有故，言之成理。

向來陰聲和入聲對應，只能兩分，不能三分，但是高本漢對於魚侯脂微四部都採用了三分法。

入聲不獨立，從邏輯上說，只有兩條路可走，而高似乎任何一條路都未走，所以王先生批評「高本漢的關於上古漢語陰入兩聲韻尾的學說是矛盾百出的」。

王先生批評高本漢考古和審音都無是處。高本漢把鐸和魚分開，屋和侯分開，高氏的「理由是無論從諧聲方面或者從《詩經》用韻方面看，陰聲魚侯和入聲鐸屋的關係都不密切」。王先生認爲其爲無根據的說法。高本漢談諧聲時「以意爲之」。王先生認爲陸志韋學說比高本漢邏輯性強。

王先生認爲高本漢-g、-d 學說有兩個缺點：1. -g、-d 學說破壞了陰陽入三分的傳統學說。2. 韻尾-g、-d 學說破壞了「平上爲一類，去入爲一類」的傳統學說。

漢藏系語言的特點之一是：它們的閉口音節，如果是收音於閉塞音或響音的，一律收唯閉音。「據我們所知，現代漢藏系語言閉口音節的尾音-k、-t、-p 都收的是唯閉音，並不像印歐系語言閉口那樣收破裂音」。「-g、-d、-b 作爲非正常的現象而存在，那完全是可能的；特別是在濁音聲母的前面」。

《古韻脂微質物月五部的分野》分五個部分：（1）各家對這些韻部的處理；（2）脂微的分野；（3）陰聲和入聲的分野；（4）質物月的分野；（5）結語。這篇文章主要有三點特色。一、劃清了脂微質物月五部界線。王先生通

過諸家諧聲表的對比，對參差的部分進行了討論，最後確定了脂微質物範圍，質物範圍是在脂微分部的基礎上確定的。月部是通過「剩餘法」確定的，入聲收-t只有質物月，質物已確定，剩下的即爲月部。二、對歸入「脂微質物月五部」具體字歸部進行分析討論。三、強調語音系統性。「在過去，我對語音的系統性是注意得不夠的。在考古、審音兩方面都缺乏較深入的鑽研，而在這兩方面的辯證關係也處理得不好。講語音發展不能不講發展的規律，沒有系統性也就無規律可言。」「切韻音系在很大程度上反映了上古漢語的語音系統。由於語音的發展是有規律的，所以差不多一切的變化都是系統的變化。中古語音不就是上古語音，但中古語音系統則是上古語音系統的線索。」

《漢語音韻》寫於1962年，中華書局於1963年出了第一版，1991年又出了一版。此書共分八章，其中第七、八章爲「古音」。第七章主要是講古韻分部的，大體可分爲兩方面的內容：一是總結考古派各家古韻分部特點。我們將王先生認爲的各家特點歸納列表如下：

古韻學家	特　　點
顧炎武	1. 古韻學奠基人；2. 離析唐韻；3. 創立十部，其中四部成爲定論，其他各部也粗具規模。
江永	1. 眞元分部；2. 侵談分部；3. 宵幽分部；4. 侯魚分部。
段玉裁	1. 支脂之分部；2. 眞文分部；3. 侯部獨立。
孔廣森	1. 東冬分立；2. 建立陰陽對轉理論。
王念孫	1. 質部獨立（王氏稱爲至部）；2. 月部獨立（王氏稱爲祭部）；3. 緝部獨立；4. 葉部獨立（王氏稱爲盍部）；5. 侯部有入聲。
江有誥	1. 祭葉緝三部從平聲韻部裏分出來；2. 採用孔廣森冬部（改稱中部）。
章炳麟	1. 採用王念孫廿一部；2. 採用孔廣森冬部；3. 建立隊部。
王力	1. 採用章炳麟主張，冬部併入侵部；2. 脂微分部。

這一派的古韻分部，從分不從合的話，得廿四部，如下：

1. 之部　　2. 幽部　　3. 宵部

4. 侯部　　5. 魚部　　6. 支部

7. 脂部　　8. 質部　　9. 微部

10. 物部　　11. 歌部　　12. 月部

13. 元部　　14. 文部　　15. 眞部

16. 耕部　　17. 陽部　　18. 東部

19. 冬部　　20. 蒸部　　21. 侵部

22. 緝部　　23. 談部　　24. 葉部

二是歸納審音派的特點。王先生認爲審音派代表人物爲戴震、黃侃，他們共同特點是陰、陽、入三分。戴震將歌部放在陽聲位置上，與鐸相配，又將祭泰夬廢四韻視爲陰聲，與元相配，王先生認爲戴氏這兩種搭配是錯誤的。王先生簡單敘述了戴震、黃侃、王力的古韻分部，並且列出了自己晚年的十一類二十九部：

（一）	1. 之部 ə	2. 職部 ək	3. 蒸部 əŋ
（二）	4. 幽部 əu	5. 覺部 əuk	——
（三）	6. 宵部 au	7. 藥部 auk	——
（四）	8. 侯部 o	9. 屋部 ok	10. 東部 oŋ
（五）	11. 魚部 a	12. 鐸部 ak	13. 陽部 aŋ
（六）	14. 支部 e	15. 錫部 ek	16. 耕部 eŋ
（七）	17. 歌部 ai	18. 月部 at	19. 元部 an
（八）	20. 脂部 ei	21. 質部 et	22. 眞部 en
（九）	23. 微部 əi	24. 物部 ət	25. 文部 ən
（十）	——	26. 緝部 əp	27. 侵部 əm
（十一）	——	28. 葉部 ap	29. 談部 am

最後，王先生給古韻分部作了很好的總結，「如果從分不從合，把冬侵分立，陰陽入三聲相配可以有三十部。古韻二十四部和古韻三十部，這是兩大派研究的最後結果。」

第八章古音（下）分別對上古漢語韻母系統和聲母系統進行討論，上古韻母系統的討論是上一章的繼續與延伸，王先生討論了四個問題：（1）爲什麼各家的韻部越分越多呢？（2）爲什麼陰陽兩分法和陰陽入三分法形成了兩大派別呢？（3）如何對待上古聲調問題？（4）諧聲偏旁和上古韻部的關係是怎樣的？自顧炎武始，古韻的研究方法、材料基本一致，爲什麼分部越來越多？王先生認爲主要原因有兩個：「第一，是對《詩經》韻例有不同的瞭解。……第二，是對合韻有不同的看法。」古韻是二分還是三分，反映了古

韻學家不同的視角，二分是從《詩經》用韻角度出發的，三分卻是著眼於語音的系統性，後者才是真正從上古音角度出發的。王先生將顧炎武、段玉裁、孔廣森、王念孫、江有誥、章炳麟歸入二分一派，將戴震、黃侃歸入三分一派，然而對於江永，王先生既說「是陰陽入三分的先河」，又說「他還不能算是陰陽入三分」，看來，江永是介於二派之間的。王先生認為兩派的分歧在於入聲獨立與否，尤其是職覺藥屋鐸錫六部獨立與否，二分法一派將其歸入陰聲，王先生認為不可取。

對於聲調問題，王先生首先敘述了前人的不同意見，然後發表了自己的一些看法。王先生認為應從兩個角度看入聲：「第一，入聲是以-p，-t，-k 收尾的，這是韻母問題，從這個角度看，段氏所謂去入為一類是正確的，《廣韻》裏的去聲字，大部分在上古都屬於入聲；第二，入聲是一種短促的聲調，這是聲調問題，從這個角度看，段氏所謂古無去聲是不對的，因為《廣韻》裏的陰聲去聲字雖然大部分在上古收音於-t，-k，但是它們不可能於《廣韻》裏的入聲字完全同調，否則後代沒有分化的條件，不可能發展為兩聲。」王先生不贊成黃侃上古沒有上聲的說法，並且認為江永四聲雜用的意見是正確的。王先生給出自己對聲調的看法並得出結論：「上古陰陽入各有兩個聲調，一長一短，陰陽的長調到後代成為平聲，短調到後代成為上聲；入聲的長調到後代成為去聲（由於元音較長，韻尾的塞音逐漸失落了），短調到後代仍為入聲。」我們將其列表如下：

上　古		中　古
陰聲	長	平
	短	上
陽聲	長	平
	短	上
入聲	長	去
	短	入

諧聲偏旁與上古韻部的關係，王先生認為「實在是非常密切的」，「諧聲偏旁能夠反映古韻部的一些情況，即『同聲必同部』。但是《詩經》時代離開造字時代已經很遠，語音已經有了發展，當《詩經》用韻與諧聲偏旁發生矛盾時，仍當以《詩經》為標準。」

上古聲母系統研究，王先生認爲只能根據如下五種材料：「第一是諧聲偏旁；第二是聲訓；第三是讀若；第四是異文；第五是異切（不同的反切）。」除此之外，王先生還用注文形式說明了漢藏系語言比較研究對上古聲母系統研究會有很大說明。王先生敘述了前人對上古聲母研究的一些意見，並把它們歸納爲兩種情況：第一種情況是聲母完全一樣，只是韻頭不同（由於韻頭不同，影響到後代聲母的分化）。……第二種情況是聲母相似而不相同。」根據一番討論的結果，王先生初步得出了一個上古聲母表：

（一）唇　音

　　　　1. 幫（非）p　　　　2. 滂（敷）p'　　　　3. 並（奉）b'
　　　　4. 明（微）m

（二）舌　音

　　　　5. 端（知）t　　　　6. 透（徹）t'　　　　7. 喻 d
　　　　8. 定（澄）d'　　　　9. 泥（娘）n　　　　10. 來 l

（三）齒頭音

（甲）11. 精 ts　　　　12. 清〔註14〕ts'　　　　13. 從 dz'
　　　　14. 心 s　　　　15. 邪 z

（乙）16. 莊 tʃ　　　　17. 初 tʃ'　　　　18. 床 dʒ'
　　　　19. 山 ʃ

（四）正齒音

　　　　20. 照 tɕ　　　　21. 穿 tɕ'　　　　22. 神 dʑ'
　　　　23. 審 ɕ　　　　24. 禪 ʑ　　　　25. 日 ȵ

（五）牙　音

　　　　26. 見 k　　　　27. 溪 k'　　　　28. 群 g'
　　　　29. 疑 ŋ

（六）喉　音

　　　　30. 曉 x　　　　31. 匣（于）ɣ　　　　32. 影○

〔註14〕《王力文集》第五卷（山東教育出版社，1988）P183 作「精」。

　　《先秦古韻擬測問題》一文是王先生長期思考先秦古韻擬測問題的一次總結，同時也是對《漢語史稿》結論的解釋，王先生說：「十年以來，我一直反覆考慮古音擬測問題。有些地方我自以為有把握，另有些地方我還沒有把握。現在把先秦古韻擬測問題提出來討論一下。我在我的《漢語史稿》裏只有一些小小的修正。」全文除「小引」「結語」外，共分四部分：（一）韻部是不是韻攝；（二）聲母系統和擬測的關係；（三）韻母系統和擬測的關係；（四）聲調系統和擬測的關係。

　　「小引」部分，王先生對擬測的內涵、根據、意義、性質等都作了說明。王先生認為擬測又叫重建，但先秦古韻擬測不同於比較語言學所謂的重建，後者「是在史料缺乏的情況下，靠著現代語言的相互比較，決定它們的親屬關係，並確定某些語音的原始形式」，前者的「目的不在於重建共同漢藏語」，只是在於用音標來表示上古語音系統。先秦古韻擬測，「一般做法是依靠三種材料：第一種是《詩經》及其他先秦韻文；第二種是漢字的諧聲系統；第三種是《切韻音系》（從這個音系往上推）」。擬測的意義，王先生認為「在漢語語音發展史的說明上有很大的用處」，「如果擬測得比較合理，我們就能清楚古今語音的對應關係以及上古語音和中古語音的對應關係，同時又能更好地瞭解古音的系統性」。擬測的性質，王先生認為「所謂擬測或重建，仍舊只能建立一個語音系統，而不是重建古代的具體音值」，「擬測出來的語音系統好比一種示意圖：示意圖不是精確的，但也不是隨意亂畫的。擬測必須做到近似而合理」。

　　韻部是不是韻攝？王先生認為不是。中國傳統音韻學從來不認為韻部等於韻攝，將韻部視為韻攝會帶來諸多矛盾。「把韻部看成韻攝，如高本漢所為，是不合乎段氏『古音韻至諧』說，是認為先秦詩人經常押些馬馬虎虎的韻，那是不合事實的。」「如果把韻部擬測成為韻攝，勢必造成上古漢語元音系統的極端複雜化。」「把韻部看成韻攝，最大的毛病是韻部之間的界限不清楚。」王先生還給出了自己的正面看法：「每一個韻部只有一種主要元音。由於聲母的不同或介母的不同，發展為中古不同的韻。」王先生在堅持「一部一主元音」的原則下，用兩呼八等來描述上古音系。假設某部主元音為 A，則理論上該部的韻母如下表：

等 \ 呼	開	合
一	A	uA
二	eA	oA
三	ĭA	ĭwA
四	iA	iA

「聲母系統和擬測的關係」部分，主要討論聲母是怎樣影響先秦韻部的分化，王先生認爲：「清儒完全不講分化條件的簡單化做法固然是不對的，高本漢常常只從韻母著眼來看分化條件，不大考慮聲母的因素，也是不對的。」漢語發展史中，聲母對韻母的影響是其特點之一，聲母可以作爲韻母的分化條件，並且具有很強的系統性，「大致說來，舌齒是一類，喉牙是一類，唇音則開口呼歸舌齒一類，合口呼歸喉牙一類。」因聲母條件而分化的先秦韻部如下：

1. 之開

先秦韻部	韻母擬音	分化條件	中古聲母
之	ə	喉舌齒	咍
		唇	侯
	ĭə	喉舌齒	之
		唇	脂

2. 幽開四

先秦韻部	韻母擬音	分化條件	中古聲母
幽	iəu	舌齒	蕭
		喉牙唇	幽

3. 微合三

先秦韻部	韻母擬音	分化條件	中古聲母
微	ĭwəi	舌齒	脂合
		喉牙唇	微合

4. 寒二三

先秦韻部	韻母擬音	分化條件	中古聲母	韻母擬音	分化條件	中古聲母
寒	ean	齒	山	oan	喉牙	刪
		喉脣	刪			
	ĭan	舌齒脣	仙	ĭwan	舌齒	仙
		喉牙	元		喉牙脣	元

5. 文三

先秦韻部	韻母擬音	分化條件	中古聲母	韻母擬音	分化條件	中古聲母
文	ĭən	舌齒脣	眞	ĭwən	舌齒	諄
		喉牙	欣		喉牙脣	文

6. 談二

先秦韻部	韻母擬音	分化條件	中古聲母
談	eam	舌齒	咸
		喉牙	銜

7. 鐸開四

先秦韻部	韻母擬音	分化條件	中古聲母
鐸	iak	舌齒	昔
		喉牙	陌

8. 月開二

先秦韻部	韻母擬音	分化條件	中古聲母
月	eat	舌齒	黠
		喉牙	鎋

9. 月三

先秦韻部	韻母擬音	分化條件	中古聲母	韻母擬音	分化條件	中古聲母
月	ĭat	舌齒脣	薛開	ĭwat	舌齒	薛合
		喉牙	月開		喉牙脣	月

10. 質開一

先秦韻部	韻母擬音	分化條件	中古聲母
質	et	齒	櫛
		喉脣	黠

11. 物合三

先秦韻部	韻母擬音	分化條件	中古聲母
物	ǐwət	舌齒	術至
	ǐwēt	喉牙唇	物未

12. 葉開二

先秦韻部	韻母擬音	分化條件	中古聲母
葉	eap	齒	洽
		喉牙	狎

「韻母系統和擬測的關係」部分，談了三個問題：陰陽入的對應；韻部的遠近；開合口問題。王先生主張陰陽入三聲對應，承認「在語音發展過程中，陰陽入三聲可以互轉」。陰陽入三聲對應關係在先秦韻部的擬測中發揮著重要作用。「在擬測先秦韻部的時候，我們必須堅持陰陽入三聲的對應關係，凡有對應的陰陽入三聲必須是主要元音相同的。」王先生剖析了高本漢的擬測，並指出其在陰陽入三聲對應方面表現的不足。王先生自己的擬測反映了陰陽入三聲對應：

第一類

之部　ə　　ǐə　　uə　　ǐwə

職部　ək　　ǐək　　uək　　ǐwək

蒸部　əng　　ǐəng　　uəng　　ǐwəng

第二類

幽部　əu　　eəu　　ǐəu　　iəu

覺部　əuk　　eəuk　　ǐəuk　　iəuk

第三類

宵部　au　　eau　　ǐau　　iau

藥部　auk　　eauk　　ǐauk　　iauk

第四類

侯部　o　　——　　ǐwo

屋部　ok　　eok　　ǐwok

東部　ong　　eong　　ǐwong

第五類

魚部	a	ea	ǐa	ia	ua	oa	ǐwa
鐸部	ak	eak	ǐak	iak	uak	oak	ǐwak
陽部	ang	eang	ǐang	iang	uang	oang	ǐwang

第六類

支部	e	ǐe	ie	ue	ǐwe	iwe
錫部	ek	ǐek	iek	uek	ǐwek	iwek
耕部	eng	ǐeng	ieng	ueng	ǐweng	iweng

第七類

歌部	ai	eai	ǐai	iai	uai	oai	ǐwai	——
月部	at	eat	ǐat	iat	uat	oat	ǐwat	iwat
元部	an	ean	ǐan	ian	uan	oan	ǐwan	iwan

第八類

微部	əi	eəi	ǐəi	uəi	oəi	ǐwəi
物部	ət	——	ǐət	uət	——	ǐwət
文部	ən	eən	ǐən	uən	oən	ǐwən

第九類

脂部	ei	ǐei	iei	uei	ǐwei	iwei
質部	et	ǐet	iet	uet	ǐwet	iwet
眞部	en	ǐen	ien	uen	ǐwen	iwen

第十類

緝部	əp	eəp	ǐəp	——	uəp	——	ǐwəp
侵部	əm	eəm	ǐəm	iəm	uəm	oəm	ǐwəm

第十一類

盍部	ap	eap	ǐap	iap	ǐwap
談部	am	eam	ǐam	iam	ǐwam

　　王先生討論了冬侵合部的問題，他主張冬侵合併，但王先生沒有太大把握，所以說「這樣處理是否妥當，尚待進一步研究。」王先生認爲陰聲和入聲的對應關係最好解釋，但陰聲與入聲、陽聲的對應關係就不太好解釋了，

高本漢用加韻尾的辦法來說明陰聲和入聲、陽聲的關係，王先生認爲有違中國傳統音韻學和語言學常識。陰聲和入聲、陽聲的關係，王先生主張「唯一合理的解釋是韻尾-i 與韻尾-t、-n 相對應，其他韻尾與韻尾-g、-ng 相對應。韻尾-i 是部位最高、最前的舌面元音，與[t]、[n]的發音部位最近，所以能夠對應。……入聲-k 尾的性質可能接近於喉塞音[ʔ]尾，或者是短而不促（連[ʔ]尾也沒有），後來逐漸由[ʔ]尾過渡到-k。所以先秦-k 尾的字往往與陰聲字押韻。陽聲-ng 尾的韻部可能不是眞正帶-ng，而是鼻化元音。普通語音學證明，高元音不容易鼻化。幽宵兩部收-u 尾，所以沒有鼻化元音跟它們相配（雖然它們的入聲收-k）；歌微脂三部收-i 尾，所以另配-n 尾，而不配鼻化元音。」

段玉裁將先秦韻部按遠近關係排列，王先生以段氏的排列爲基礎進行討論並以其爲擬測的根據。王先生認爲上古也存在開合口問題，但開合與中古不完全一致，王先生分別進行了討論。

「聲調系統和擬測的關係」部分，王先生闡釋了自己對聲調的看法。首先，王先生辨明了「入聲」的概念，其次，王先生集中討論了一個問題：平上爲一類，去入爲一類學說與平上去爲一類，入聲自爲一類學說，哪個更爲合理？王先生從不同方面闡述自己贊成平上爲一類，去入爲一類的學說。王先生給出了自己對上古聲調的設想，「我設想陰陽入三聲各有兩調。陰聲只有平上兩聲，陽聲也只有平上兩聲，入聲也分兩種，仍稱爲去聲和入聲未嘗不可以，但若以收塞音爲入聲的特點的話，則不妨改稱長入、短入。」「如果按入聲兼承陰陽的說法，則上古漢語應該有四聲，即平聲、上聲、長入、短入。」

「結語」部分，王先生對討論的問題進行了總結，並再次提及擬測的性質。

三、晚期（七十年代到八十年代）

王力晚期上古音學說總體特點是考古與審音並重，對中期成果進行修訂完善。這一時期涉及到古音構擬、古音學史、古音發展史、古音應用等內容。這一時期具體特點：（1）對中期構擬作了修訂；（2）對前期古音發展史觀進行調整；（3）用自己的古音學說做應用性研究；（4）對《詩經》韻例進行全面深入的研究。

這一時期上古音方面的論著有：《黃侃古音學述評》《詩經韻讀》《中國語

言學史》《同源字典》《音韻學初步》《清代古音學》《漢語語音史》等。

《黃侃古音學述評》敘述分析黃氏古音學說並加以評論。主要從以下幾個方面進行了敘述分析。一、黃侃治古音學的方法。黃侃治古音學主要是抓住聲母與韻母之間的關係，聲母確定了，韻母也跟著確定了，同樣，韻母確定了，聲母也確定了。此爲黃氏所謂「二物相挾以變」。王先生認爲他這種方法從邏輯上看是「循環論證」。二、黃侃古音學的內容。古聲十九紐，古韻二十八部是黃侃古音學的內容。王先生剖析了它們是如何得出的。三、黃侃古音學的基本概念。王先生認爲古本音和變音是黃侃古音學的基本概念，是黃氏整個古音系統的出發點。王先生從兩個方面分析黃氏古音學基本概念（1）黃氏開合洪細就是開齊合撮四呼（2）深入剖析「本」「變」含義。四、黃侃古音學說的特點。入聲一律獨立；二十八個韻部中，每個韻部只有一個聲調。陰聲韻和陽聲韻都只有一個平聲，入聲韻也只有一個入聲；上古音系比中古音系簡單很多。五、黃氏古音擬測。王先生認爲黃侃古音擬測的理論包含在古本紐與古本韻的理論裏，據此，王先生把黃侃古音擬測發掘出來。

對黃侃古音學評價部分從兩個主要方面展開。第一方面，黃侃古音學的兩大貢獻：第一是照系二等和照系三等分屬不同的古紐；第二是入聲韻部獨立。王先生基本上肯定了黃侃的照三歸端，照二歸精，完全肯定了黃入聲韻部獨立。此外，王先生還順帶談了黃侃古韻學的師承，不承認黃氏自己說的師承關係，贊成錢玄同說的師承關係：「大體皆與章說相同，惟分出入聲五部（錫鐸屋沃德）爲異。」

第二方面批評黃氏不足之處。（1）王先生贊成前人對黃侃「循環論證」的批評；（2）「二物相挾而變」的紐韻理論，在語音發展史上不能成立；（3）黃氏一些正確結論並不是從他的古本紐、古本韻互證的錯誤理論中引出來的；（4）黃氏「變」的看法把語音演變簡單化了，是完全錯誤的；（5）黃氏「本」的看法是不合於歷史語言學原則的。

王先生認爲黃氏這些不足的原因有兩點：第一是在作出結論時違反了邏輯推理的原則，第二是對語音發展的規律缺乏正確的瞭解。

最後王先生給了黃氏一個總評：黃氏在古音學上雖然有一些貢獻，但是他在研究方法上的壞影響遠遠超過了他的貢獻。

《詩經韻讀》中的《〈詩〉韻總論》是專門討論上古音的，包括八個方面的

內容：一、對叶音說的批判；二、古韻學的發展；三、《詩經》韻分二十九部表；四、上古韻部與中古韻部的對應；五、諧聲問題；六、聲調問題；七、通韻和合韻；八、古音擬測問題。

「對叶音說的批判」，王先生主要闡明三個觀點：（1）《詩經》是有韻的；（2）以今音讀《詩經》不押韻，是由於語音發展了；（3）「叶音」說是錯誤的。王先生說：「除《周頌》有幾篇無韻詩以外，都是有韻詩。但是我們現在讀起來，很多地方都不像是有韻，這是由於語音經過了長期的歷史演變，今音不同於古音，我們拿現代的語音去讀二千多年前的古詩，自然會有許多地方不能合轍了。」「叶音」說之所以是錯誤的，王先生認爲是由於缺乏歷史的觀點。「叶音」說的代表人物是朱熹，王先生指出了其從「叶音」說出發引出的錯誤：（1）「有些字本來不是韻腳，硬說是韻腳。」（2）「有些有韻的地方反而不知道有韻」。（3）「在許多地方，朱熹所注的『叶音』，其實在上古和所注的字不但不同音，而且不同韻部。」（4）「最可笑的是摸棱兩可的『叶音』。」

「古音學的發展」，王先生主要是介紹了有代表的幾家古韻分部情況，勾勒了古韻學發展的輪廓。王先生將古韻學的起點定於宋代，他說：「在宋代，古韻學開始了，但是宋人研究古韻的方法是錯誤的。」語音具有嚴密的系統性，王先生認爲「孔廣森主張的陰陽對轉，戴震主張的陰陽入三聲對應，都是明顯的系統。」王先生還將古韻學分爲兩派：考古派和審音派。「考古派分古韻，至多達到二十三部；審音派分古韻，最多的達到三十部。審音派的最突出的特點是把入聲全部獨立出來。」王先生主張入聲獨立，並且從語音系統性上去闡發它。

「《詩經》韻分二十九部表」，這種體例源於段玉裁的《六書音均表》，王先生的二十九部表如下：

陰　聲	入　聲	陽　聲
1.之部 ə	10.職部 ək	21.蒸部 əng
2.幽部 u	11.覺部 uk	（冬）部 ung
3.宵部 ô	12.藥部 ôk	
4.侯部 o	13.屋部 ok	22.東部 ong
5.魚部 a	14.鐸部 ak	23.陽部 ang
6.支部 e	15.錫部 ek	24.耕部 eng

7.脂部 ei	16.質部 et	25.眞部 en
8.微部 əi	17.物部 ət	26.文部 ən
9.歌部 ai	18.月部 at	27.元部 an
	19.緝部 əp	28.侵部 əm
	20.盍部 ap	29.談部 am

「上古韻部與中古韻部的對應」，主要通過兩個典型例子來說明古今語音之間對應是有系統的。「語音是有系統性的，語音的歷史演變是通過系統性的變化規律而達到新的平衡，新的系統。因此，古今音之間雖不是一對一的對應關係，卻有它們之間的系統對應關係。」《切韻》保存了一定古音，「《切韻》分韻較多，有人疑是強生分別，其實許多依唐音看來可以合併的韻部，在《切韻》裏之所以不合併，就是在一定程度上保存古音系統，某些地方也可以證明《切韻》成書時期尚未合流。因此，《切韻》和《詩經》韻部的對應，就比我們想像的要更富於系統性。」「《切韻》系統雖不是上古韻部系統，但在一定程度上反映了上古韻部系統。」

「諧聲問題」，王先生充分肯定了段玉裁「同諧聲者必同部」的論斷，並且說明了諧聲系統的作用，最後列出了諧聲表。「諧聲系統反映了上古語音系統。……從諧聲偏旁去掌握古韻系統，是以簡馭繁的方法。」「諧聲系統可以幫助我們確定上古韻部。」對於諧聲系統與《詩經》出現參差，王先生認為一則由於音變，一則可能為特殊情況。

「聲調問題」，王先生列舉了古無四聲、古無去聲、古有四聲三種具有代表性的觀點並加以評論。「說古無四聲或四聲一貫，是因為看見後代不同聲調的字在《詩經》中有互相押韻的情況。但是主張此說的人或者是誤解《詩經》的韻例，或者是不知道上古聲調系統有所不同。」「段玉裁古無去聲的說法，在某種意義上說是正確的。『歲』『戒』等字既然經常和入聲字押韻，可見它們本身就是入聲字，收音於-t 或-k。另一部分去聲字，在上古則屬於平聲（如『慶』）或上聲（如『舊』）。」「段說的缺點是不知道上古入聲應該分為兩類。如果上古入聲不是分為兩類，那麼就不能說明為什麼後來某些入聲字轉入了去聲，而另一些入聲字停留在入聲。因此，應該承認，上古入聲分為兩類：一類是長入，後來變為去聲；一類是短入，後來仍然是入聲。但是，既然二

者都屬入聲，所以它們在《詩經》裏經常互相押韻。它們之間的差別是不大的。」「古有四聲，如果指的是一平、一上、二入，那就是對的。如果指的是平上去入，那就是錯的。江有誥所謂古有四聲，是呆板地看待《詩經》及其他上古書籍（有些是僞書）的押韻，以爲平聲必押平聲，上聲必押上聲，去聲必押去聲，入聲必押入聲。」王先生認爲，《詩經》時代有異調相押的情況。「我們說，在《詩經》時代，同調相押是正常情況，異調通押是特殊情況。」

「通韻和合韻」，本來這是《詩經》的兩種特殊押韻方式，但它們與上古音有著密切聯繫。在元音相同的情況下，陰、陽、入三聲可以互相對轉，通韻即是這種對轉關係在《詩經》押韻中的實際體現。通韻，王先生將其分爲三種情況：1. 陰入對轉 2. 陰陽對轉 3. 陽入對轉。這三種情況並不平衡，「陰入最爲常見，陰陽對轉比較少見，至於陽入對轉則是相當罕見的。」王先生給合韻的定義是：「凡元音相近，或元音相同而不屬於對轉，或韻尾相同，叫做合韻。」「合韻，原則上必須是韻部讀音相近。如果是有韻尾的韻，或者是主要元音相同而韻尾不同，或者是韻尾相同而主要元音不同，但是原則上不應該是主要元音和韻尾都不同。」王先生強調，「合韻是很自然的詩歌形式，講古韻的學者從來不排除合韻」，但「講合韻不要講成『叶音』。」

「古音擬測問題」，王先生首先批評了前人的擬測，「自從陳第以後，古韻學家知道古音不同於今音，他們從具體材料出發，研究出古韻的韻部，做出了卓越的成績。但是，他們只是在古韻系統上做出了很好的結論；至於說到具體的字在上古讀什麼音，他們卻又陷入唯心主義的泥坑」，「清代古韻學家的最大錯誤是從今音中尋找古本音」。接下來，王先生敘述了自己的擬測，「我們總的方法是根據語音的系統性及其發展的規律性」，王先生強調「上古韻部不等於中古的韻攝」，對於等呼，王先生認爲「從系統上說，上古的等呼和中古的等呼基本上是一致的。但也有上古的開口轉入中古的合口，上古的合口轉入中古的開口，上古的一等轉入中古的二等，上古的四等轉入中古的三等的情況」，「上古韻部，同部不同等，只是韻頭的差異。」王先生所擬的上古兩呼四等的韻頭是：

	一等	無韻頭
開口	二等	韻頭 e
	三等	韻頭 i
	四等	韻頭 y
合口	一等	韻頭 u
	二等	韻頭 o
	三等	韻頭 iu
	四等	韻頭 yu

　　上古聲母的擬測，王先生接受「古無舌上音」「古無輕唇音」，對於「照二歸精」「喻四歸定」，王先生持保留態度。王先生對上古聲母的擬測如下：

聲母	國際音標	拉丁字母	聲母	國際音標	拉丁字母
見	[k]	k	照二等	[tʃ]	tzh
溪	[kʻ]	kh	穿二等	[tʃʻ]	tsh
群	[g]	g	床二等	[dʒ]	dzh
疑	[ŋ]	ng	審二等	[ʃ]	sh
端　知	[t]	t	禪二等	[ʒ]	zh
透　徹	[tʻ]	th	照三等	[tɕ]	tj
定　澄	[d]	d	穿三等	[tɕʻ]	thj
泥　娘	[n]	n	床三等	[dz]	dj
幫　非	[p]	p	審三等	[ɕ]	sj
滂　敷	[pʻ]	ph	禪三等	[z]	zj
並　奉	[b]	b	曉	[x]	x
明　微	[m]	m	匣	[ɣ]	h
精	[ts]	tz	影	○	○
清	[tsʻ]	ts	喻三等	[ɣ]	h
從	[dz]	dz	喻四等	[j]	j
心	[s]	s	來	[l]	l
邪	[z]	z	日	[ɳ]	nj

　　王先生還對擬測的性質給出了準確的定位，「古音擬測不可能百分之百地反映上古的實際語音；但是，如果是合理的擬測，它能反映上古的語音系統，我們力求做到這一點」。

　　《中國語言學史》是王先生一九六二年在北京大學授課所用的講義，前三章曾在《中國語文》上連載。其中第三章第四節爲「古音學」，大體有三方面的

內容：古韻學研究史；聲母研究；清儒古音研究的不足。

　　王先生認為「古音學」的建立，始於陳第、顧炎武，陳第確立了語音的歷史發展觀，他「已經肯定了一個很重要的原則：同一個字在同一個時代、同一個地域，讀音一定是統一的，不會像宋人（朱熹等）所猜測的那樣，以為字沒有固定的讀音，可以由詩人隨便規定『叶音』的」。顧炎武確立了離析《唐韻》、入聲配陰聲的原則。「陳第、顧炎武定下了古音學的總原則，直到後來所有的古音學家們都沒有違反這些總原則」，他們在這些總原則指導下，使古音研究一步步向前推進。

　　既然陳第、顧炎武已經確立了總原則，並且材料又一樣，那麼為什麼後來古韻越分越細呢？王先生認為有三個原因：第一，沒有貫徹離析《唐韻》的原則；第二，對於韻例的看法有分歧；第三，是承認不承認合韻。

　　王先生對江永、戴震、段玉裁、孔廣森、王念孫、江有誥等人的古音學進行了敘述，現將各家的貢獻列表如下：

古韻學家	貢　　　獻
江永	1. 區別侈弇； 2. 以入聲兼配陰陽。
戴震	1. 入聲獨立； 2. 祭泰夬廢四個韻獨立。
段玉裁	1. 支脂之分立，侯幽分立，眞文分立； 2. 按韻母性質排列古韻部； 3. 建立「同聲必同部」理論； 4. 發現「古無去聲」。
孔廣森	1. 多部從東部分出； 2. 創立「陰陽對轉」理論。
王念孫	至部、祭部、緝部、盍部獨立
江有誥	1. 研究最深入、最全面； 2. 精於等韻學； 3.《諧聲表》很有用。

　　對於古聲母的研究，王先生認為成績不大，大體只有五點可以肯定下來：（一）古無輕唇音；（二）古無舌上音；（三）古娘母歸泥母，古日母與泥母同類；（四）古喻母四等與定母同類；（五）古喻母三等歸匣母。章太炎、黃侃合併古紐，王先生認為「恐怕並不符合眞實情況」，但對黃侃「照二歸精」，王先

生有所肯定。

王先生指出了清儒古音研究的兩個錯誤觀點。第一是復古思想，第二是濫用「一聲之轉」的說法。

《同源字典》是王先生花了四年時間寫成的一部力作，在書的前面有《古音說略》部分專談古音。王先生說：「世上偶合的事情很多，文字上也是這樣。如果不在語音規律上嚴加限制，則必眾說紛紜，莫衷一是，使讀者無所適從」。既然要用語音規律作限制，這就牽涉到用什麼語音的問題。很顯然，同源字的限定要用上古音，因此王先生在《古音說略》裏開宗明義說道：「同源字典所標字音是上古漢語的讀音，即所謂『古音』」。

《古音說略》分三部分對古音進行概述：韻母、聲調、聲母。韻母部分，王先生主要以段玉裁十七部為參照系，分別簡介了戴震、孔廣森、王念孫、江有誥、章炳麟、黃侃等古韻成績，最後把落腳點放在了王先生的古韻二十九部。

之部	ə	職部	ək	蒸部	əng
支部	e	錫部	ek	耕部	eng
魚部	a	鐸部	ak	陽部	ang
侯部	o	屋部	ok	東部	ong
宵部	ô	沃部	ôk		
幽部	u	覺部	uk		
微部	əi	物部	ət	文部	ən
脂部	ei	質部	et	眞部	en
歌部	ai	月部	at	元部	an
		緝部	əp	侵部	əm
		葉部	ap	談部	am

王先生還談到了古音值的擬測問題，王先生認為清人的擬測是錯誤的，「清人對於古韻分部，雖然做出很大的成績，但是他們對於古韻的音值的擬測，則是錯誤的。他們不知道語音是發展的，他們以為古音還存在於現代語音之中，只不過有許多字讀錯了，讀到別的韻部去了。」「我們認為，上古韻部也和中古韻攝相仿，有兩呼八等」，王先生列出了自己古韻二十九部的等呼：

1. 之部 ə

開一 咍（臺）ə   合一 灰一（梅）uə

開三 之 iə   合三 尤一（牛）iuə

2. 職部 ək

開一 德一（則）ək   合一 德二（國）uək

開三 職（棘）iək   合三 屋一（福）iuək

3. 蒸部 əng

開一 登一（增）əng   合一 登二（肱）uəng

開三 蒸（升）iəng

4. 支部 e

開二 佳一（柴）e   合二 佳二（蛙）ue

開三 支一（知）ie   合三 支二（規）iue

開四 齊一（提）ye   合四 齊二（圭）yue

5. 錫部 ek

開二 麥一（策）ek   合二 麥二（畫）uek

開三 昔一（辟）iek   合三 昔二（役）iuek

開四 錫一（錫）yek   合四 錫二（鶪）yuek

6. 耕部 eng

開二 庚（生）eng

開二 耕（爭）eng

開三 清一（輕）ieng   合三 清二（傾）iueng

開四 青一（庭）yen   合四 青二（扃）yueng

7. 魚部 a

開一 模一（姑）a   合一 模二（蒲）ua

開二 麻一（家）ea   合二 麻二（華）oa

開三 魚 ia   合三 虞一（夫）iua

開四 麻三（邪）ya

8. 鐸部 ak

開一 鐸一（落）ak   合一 鐸二（穫）uak

開二 陌一（客）eak   合二 陌二（虢）oak

開三　藥三（鵲）iak　　　　　合三　藥二（縛）iuak

開三　陌三（逆）iak

開四　昔三（席）yak

9. 陽部 ang

開一　唐一（桑）ang　　　　　合一　唐二（光）uang

開二　庚一（行）eang〔註15〕　合二　庚二（觥）oang

開三　陽一（羊）iang　　　　　合三　陽二（王）iuang

開四　庚三（明）yang　　　　　合四　庚四（兄）yuang

10. 侯部 o

開一　侯（偷）o

開三　虞（朱）io

11. 屋部 ok

開一　屋三（谷）ok

開二　覺一（角）eok

開三　燭 iok

12. 東部 ong

開一　東一（公）ong

開二　江一（江）eong

開三　鍾 iong

13. 宵部 ô

開一　豪一（高）ô

開二　肴一（交）eô

開三　宵（驕）iô

開四　蕭一（堯）yô

14. 沃部 ôk

開一　沃一（沃）ôk

開一　鐸三（鶴）ôk

開二　覺二（濯）eôk

〔註15〕《同源字典》作「eng」，商務印書館，1982，P64。

開三　藥二（虐）iôk

開四　錫三（溺）yôk

15. 幽部 u

合一　豪二（皋）u

合二　肴二（膠）eu

合三　尤二（鳩）iu

合四　幽 yu

16. 覺部 uk

合一　沃二（毒）uk

合二　覺二（學）euk

合三　屋四（宿）iuk

合四　錫三（戚）yuk

17. 微部 əi

開一　灰二（哀）əi		合一　灰三（回）uəi
開二　皆一（排）eəi		合二　皆二（懷）oəi
開三　微一（衣）iəi		合三　微二（歸）iuəi
		合三　脂一（追）iuəi

18. 物部 ət

開一　沒一（紇）ət		合一　沒二（骨）uət
開三　迄 iət		合三　物 iuət
		合三　術 iuət

19. 文部 ən

開一　痕 ən		合一　魂 uən
開二　山一（艱）eən		合二　山二（鰥）oən
開三　欣 iən		合三　文 iuən 〔註16〕
開三　眞一（辰）iən		合三　諄 iuən 〔註17〕
開四　先一（先）yən		

〔註16〕《同源字典》作「iən」，商務印書館，1982，P66。

〔註17〕《同源字典》作「iən」，商務印書館，1982，P66。

20. 脂部 ei

開二　皆三（偕）ei

開三　脂二（飢）iei　　　　合三　脂三（葵）iuei

開四　齊三（妻）yei

21. 質部 et

開二　櫛 et

開二　黠一（八）et

開三　質 iet

開四　屑一（結）yet　　　　合四　屑二（穴）yuet

22. 真部 en

開二　臻 en

開三　眞二（人）ien　　　　合三　諄二（旬）iuen

開四　先二（賢）yen　　　　合四　先三（淵）yuen

23. 歌部 ai

開一　歌 ai　　　　　　　　合一　戈 uai

開二　麻三（嘉）eai　　　　合二　麻四（媧）oai

開三　支三（儀）iai　　　　合三　支四（爲）iuai

24. 月部 at

開一　泰一（艾）at　　　　　合一　泰二（外）uat

開一　曷 at　　　　　　　　合一　末 uat

開二　夬一（邁）eat　　　　合二　夬（話）oat

開二　黠二（拔）eat

開二　鎋一（鞁）eat　　　　合二　鎋二（刮）oat

開三　祭一（世）iat　　　　合三　祭二（衛）iuat

開三　廢一（刈）iat　　　　合三　廢二（穢）iuat

開三　月一 iat

開三　薛一（熱）iat　　　　合三　薛二（絕）iuat

開四　屑三（截）yat　　　　合四　屑四（決）yuat

25. 元部 an

開一　寒 an　　　　　　　　合一　桓 uan

開二	刪一（顏）ean	合二	刪二（關）oan
開二	山一（間）ean		
開三	元一（言）ian	合三	元二（原）iuan
開三	仙一（連）ian	合三	仙二（傳）iuan
開四	先四（肩）yan	合四	先五（涓）yuan

26. 緝 əp

開一	合一（荅）əp	合一	合二（納）uəp
開二	洽一（洽）eəp		
開三	緝 iəp		

27. 侵部 əm

開一	覃 əm〔註18〕	合一	冬 uəm
開二	咸一（鹹）eəm〔註19〕	合二	江二（降）oəm
開三	侵 iəm	合三	東二（中）iuəm
開四	添一（簟）yəm		

28. 盍部 ap

開一	盍（臘）ap		
開二	洽二（夾）eap		
開二	狎 eap		
開三	業 iap	合三	乏 iuap
開三	葉 iap		
開四	帖 yap		

29. 談部 am

開一	談 am		
開二	咸二（讒）eam		
開二	銜 am		
開三	嚴 iam	合三	凡 iuam
開三	鹽 iam		
開四	添二（兼）yam		

〔註18〕《同源字典》作「əp」，商務印書館，1982，P67。

〔註19〕《同源字典》作「eəp」，商務印書館，1982，P67。

聲調方面，王先生主要是贊成段玉裁「古無去聲」的論斷，並進一步闡發，認爲入聲應分爲長入和短入。王先生認爲中古去聲字上古應分爲三塊，一塊歸平聲，一塊歸上聲，一塊歸入聲。列表如下：

中古	上古
陽聲	平
陰聲	上
	入

聲母方面，王先生在中古四十二個聲母的基礎上，結合前人對上古音聲母研究的成果，定上古聲母爲三十三個

聲母	國際音標	羅馬字代號
（一）喉音		
1. 影母	○	○
（二）牙音（舌根）		
2. 見母	k	k
3. 溪母	k'	kh
4. 群母	g	g
5. 疑母	ŋ	ng
6. 曉母	x	x
7. 匣（喻三）	ɣ	h
（三）舌音		
a. 舌頭		
8. 端母（知）	t	t
9. 透母（徹）	t'	th
10. 定母（澄）	d	d
11. 泥母（娘）	n	n
12. 來母	l	l
b. 舌上		
13. 照母（照三）	tɕ	tj
14. 穿母（穿三）	tɕ'	thj

15. 神母（床三）	ʑ	dj
16. 日母	ȵ	nj
17. 喻母（喻四）	ɤ（？）	j
18. 審母（審三）	ɕ	sj
19. 禪母（禪三）	ʑ	zj

（四）齒音

    a. 正齒

20. 莊母（照二）	tʃ	tzh
21. 初母（穿二）	tʃ'	tsh
22. 床母（床二）	dʒ	dzh
23. 山母（審二）	ʃ	sh
24. 俟母（禪二）	ʒ	zh

    b. 齒頭

25. 精母	ts	tz
26. 清母	ts'	ts
27. 從母	dz	dz
28. 心母	s	s
29. 邪母	z	z

（五）唇音

30. 幫母（非）	p	p
31. 滂母（敷）	p'	ph
32. 並母（奉）	b	b
33. 明母（微）	m	m

《音韻學初步》是王先生應葉聖陶先生的提議而寫的一本普及性的小冊子，全書共分五章，第五章《古韻》是寫古音的，寫得很簡練，首先以很少的筆墨寫了叶音及陳第破除叶音，再一筆帶過清儒古韻分部，最後列出自己二十九部。王先生還用「《詩經》例證」給每個韻部舉了個《詩經》用例。

陰聲	入聲	陽聲
之部[ə]	職部[ək]	蒸部[əŋ]
支部[e]	錫部[ek]	耕部[eŋ]

魚部[a]	鐸部[ak]	陽部[aŋ]
侯部[ɔ]	屋部[ɔk]	東部[ɔŋ]
宵部[o]	沃部[ok]	
幽部[u]	覺部[uk]	冬部[uŋ]
微部[əi]	物部[ət]	文部[ən]
脂部[ei]	質部[et]	眞部[en]
歌部[ai]	月部[at]	元部[an]
	緝部[əp]	侵部[əm]
	盍部[ap]	談部[am]

《清代古音學》共分十三章，主要是介紹清代古音學成就的，它是王先生唯一一部古音學專著。這部專著大體可以分為三個方面內容：（1）清代以前古音學簡介（第一章）；（2）顧炎武等十五家古音學述評（第二至第十二章）；（3）對古音學研究的一些成果作了總結（第十三章）。

清代以前的古韻學家，王先生介紹了吳棫、鄭庠、陳第等。從《韻補》看，吳棫分古韻為九部，對於《韻補》引歐陽修、蘇軾、蘇轍等人的用例，王先生發表了與前人不同的看法，認為「他的目的在說明宋人還有人沿用古韻，無可厚非」。鄭庠古韻分部見於熊朋來《熊先生經說》，分古韻為六部，王先生改正了自己以前對鄭庠古音學的看法，他說：「我在《漢語音韻學》（272頁）中，說鄭庠的古音學說見於夏炘《詩古韻表廿二部集說》，其韻目完全是平水韻的韻目，故後人或疑其非鄭庠所作。那是錯誤的。」明陳第著《毛詩古音考》，破叶音說，王先生認為他「才眞正成為清代古音學的前奏」。

從第二章開始一直到第十二章，王先生分別介紹了清代有代表性的古音學說。王先生在介紹各家學說時，大體思路是：以各家論著為線索，分析提煉出各論著的觀點，然後進行討論，考辯得失，如第二章《顧炎武的古音學》，王先生按《音學五書》：（一）《音論》（二）《詩本音》（三）《易音》（四）《唐韻正》（五）《古音表》分別介紹顧炎武的古音學說並加以討論，最後總結到：「總之，顧氏雖有這些錯誤，但是功大於過。顧氏是清代古音學的先驅者，他的篳路藍縷之功是不可磨滅的。」

第十三章「結論」，王先生就上古音的幾個問題加以論述，這幾個問題分

別是：（一）《廣韻》對照問題；（二）諧聲與韻部；（三）合韻問題；（四）對轉問題；（五）聲調問題；（六）入聲獨立問題；（七）韻部與音系；（八）古紐問題；（九）古音擬測問題。王先生認為古音學家以《廣韻》為參照系，是有道理的，「古音學家批評《唐韻》，其實也愛《唐韻》。《唐韻》有很明顯的存古性質。例如隋唐時代實際讀音支脂之已混為一韻（《一切經音義》的反切可證），而《唐韻》截然分立，其餘如真諄分立、元魂分立，都是很好的存古材料，後人可以由此窺見古音的痕跡。古音學家一般總是以《廣韻》對照來講古韻，這不是沒道理的。」「但是《廣韻》與古韻的對應，並不是整齊劃一的。」

對於諧聲與韻部關係，王先生說明了三點：（1）「段玉裁云：『同聲必同部。』從諧聲系統求韻部，也是研究古韻的方法。」（2）「文字的產生還在《詩經》以前。有少數諧聲字，由於陰陽對轉的關係，已與它們的聲符不同韻部，就不必拘泥，而應以《詩經》時代的讀音為準。」（3）「聲符不一定與其所諧的字完全同音，『同聲必同部』的原則不能絕對化。」

在合韻問題上，王先生贊成段玉裁的「合韻說」，認為姚文田反對段氏「合韻說」是錯誤的。

王先生對對轉進行了界定和音理分析，並將其與合韻對比。「對轉，一般指陰陽對轉，有時也指陰入對轉或陽入對轉。對轉指的是元音相同，收音不同。例如魚陽對轉即 a：ang；魚鐸 a：ak；陽鐸對轉即 ang：ak。」「對轉與合韻同理：合韻是韻尾相同（如果有韻尾的話），元音不同；對轉是元音相同，收音不同。」

對於聲調問題，王先生列舉了七種意見：（1）顧炎武「四聲一貫說」；（2）江有誥「古無四聲說」；（3）段玉裁「古無去聲說」；（4）黃侃「古無上去說」；（5）孔廣森「古有平上去而無入說」；（6）王念孫「古四聲不同今四聲說」；（7）王國維「古有五聲說」。然後，王先生分別對這幾種意見進行了評論，最後王先生給出了自己的古聲調看法：「我們認為，古有四聲，但不是平上去入。而是平、上、長入、短入。」

顧炎武將入聲配陰聲，段玉裁也未將入聲獨立。王先生認為入聲獨立說的創始人是戴震，戴氏以後，古韻學家多只是個別入聲獨立。入聲獨立不獨立呢？這主要看古音學家的派別，「清代古韻學家可以分為兩派：考古派和審

音派。考古派專以《詩經》用韻爲標準,所以入聲不獨立,或不完全獨立;審音派則以語音系統爲標準,所以入聲完全獨立。」

韻部與音系關係密切,但不是一回事。「一般所謂韻部,是指從《詩經》用韻歸納出來的韻類,而我們所謂音系,則是指除從《詩經》用韻作客觀歸納以外,還從語音的系統性去觀察出來的韻類」。依考古派,古韻應分爲二十四部,依審音派,古韻應分爲三十部。王先生簡述了自己由考古向審音的轉變,並說明了轉變的原因。「段玉裁十七部,入聲不獨立,本來也有它的系統性;後來王念孫、江有誥、章炳麟相繼把至部、祭部、隊部從陰聲韻裏分出來,於是脂部等不再有入聲,而之幽宵侯魚支六部仍舊有入聲,這就破壞了語音的系統性。我們知道,古代漢語入聲字是收音於-k,-t,-p的,與開口韻(陰聲韻)不同,應該獨立成部。現在考古派所定,之幽宵侯魚支六部有入聲,是這些入聲字屬於陰聲韻,不收音於-k 了,這是不可能的。這就迫使我相信審音派的古韻三十部。」

王先生認爲聲紐數目不能確定,肯定錢大昕、黃侃古聲紐成績。並且認爲「簡單地用歸併的辦法研究古紐,不是科學的方法。」

古音擬測方面,王先生敘述了江永、段玉裁的斂、侈之說,分析了段玉裁、江有誥、黃侃古本韻,並認爲「段黃二氏的意見都是不對的。經過二千多年的變化,絕大多數的上古韻值已經不是原樣子,實際上古本韻不再存在,差不多全是變韻了。」

《漢語語音史》第一章《先秦音系》是講上古音內容的。整章分兩大塊,一塊是講先秦音系研究的材料問題,一塊是分別從聲母、韻部、聲調三方面敘述先秦音系。關於韻部、聲調方面的材料,王力先生說:「我們根據的是先秦的韻文,主要是《詩經》《楚辭》,其次是《周易》《老子》,又其次是先秦其他書籍中的韻語。〔註20〕關於聲母方面的材料,王先生總結當時學術界所用到的材料:諧聲偏旁;異文;譯音;漢藏語。在這些材料中,王先生認爲漢藏語較可靠,「有人引用漢藏語系各族語言的同源詞來證明漢語上古聲母,這應該是比較可靠的辦法。」

〔註20〕此處有個腳注:參看江有誥的《詩經韻讀》、《楚辭韻讀》、《群經韻讀》、《諸子韻讀》。
　　　按:看來,王先生《漢語語音史》的韻部、聲調主要是根據江有誥整理的材料。

先秦聲母，王先生主要是在分析前人成果的基礎上總結而成，共三十三母，如下表：

發音部位＼發音方法			雙唇	舌尖前	舌尖中	舌葉	舌面前	舌根	喉
塞音	清	不送氣	p（幫非）		t（端知）		ȶ（照）	k（見）	○（影）
		送氣	pʻ（滂敷）		tʻ（透徹）		ȶʻ（穿）	kʻ（溪）	
	濁		b（並奉）		d（定澄）		ȡ（神）	g（群）	
鼻音			m（明微）		n（泥娘）		ȵ（日）	ŋ（疑）	
邊音					l（來）		ʎ（喻四）		
塞擦音	清	不送氣		ts（精）		tʃ（莊）			
		送氣		tsʻ（清）		tʃʻ（初）			
	濁			dz（從）		dʒ（床）			
擦音	清			s（心）		ʃ（山）	ç（審）	x（曉）	
	濁			z（邪）		ʒ（俟）	ʑ（禪）	ɣ（匣、喻三）	

王先生認為，先秦共有二十九個韻部（戰國時代三十個韻部）

陰　聲		入　聲		陽　聲	
無韻尾	之部 ə	韻尾-k	職部 ək	韻尾-ŋ	蒸部 əŋ
	支部 e		錫部 ek		耕部 eŋ
	魚部 a		鐸部 ak		陽部 aŋ
	侯部 ɔ		屋部 ɔk		東部 ɔŋ
	宵部 o		沃部 ok		
	幽部 u		覺部 uk		〔冬部〕uŋ
韻尾-i	微部 əi	韻尾-t	物部 ət	韻尾-n	文部 ən
	脂部 ei		質部 et		真部 en
	歌部 ai		月部 at		元部 an
		韻尾-p	緝部 əp	韻尾-m	侵部 əm
			盍部 ap		談部 am

王先生簡述了鄭庠、顧炎武、江永、段玉裁、孔廣森、戴震、王念孫、章炳麟、黃侃、王力等分部情況。

在先秦韻部音值構擬方面，王先生原先認為「古韻學家只知道分析韻部，

不知道研究各韻的音值。」（《漢語音韻學》397 頁）現在王先生改變看法，主張古韻學家「古本韻」就是先秦古韻的音值，王先生列舉了段玉裁、黃侃的古韻音值。然而，王先生認爲「古本韻」學說不科學。「語言是發展的。先秦古韻，經過兩千多年的多次演變，決不能直到今天還原封不動地保存著古讀。應該承認，絕大多數的先秦古韻音值到今天已經起了很大變化，乃至面目全非。這樣擬測，才是合乎比較語言學原則的。」「古本韻又是和陰陽對轉衝突的。例如段玉裁把魚部擬測爲[y]，陽部擬測爲[iang]，黃侃把魚部擬測爲[u]，陽部擬測爲[ang]，[uang]，魚陽元音不同，怎麼能對轉呢？黃侃的歌寒對轉（o：an），之蒸對轉（ɑi：eng）等，也有同樣的毛病。古本韻說在陰陽對轉問題上是到處碰壁的。」王先生肯定高本漢的上古韻部音值打開了一個新的局面。

　　爲了說明自己的擬測系統，王先生對先秦韻部音值擬測從四個方面分別進行了專門討論：（1）關於之支魚侯宵幽六部；（2）關於微脂歌物質月六部；（3）關於陰陽對轉；（4）關於等呼。關於之支魚侯宵幽六部，王先生認爲從審音角度出發，這六部入聲應獨立，「如果說，這六部在上古根本沒有入聲，這是講不通的，因爲如果是那樣，後代這六部的入聲從何而來？如果說，這六部雖有入聲，但是這些入聲字的韻母與平上聲字的韻母相同，只是念得短促一點（段玉裁大概就是這樣看的），那應該就像現代吳語一樣，入聲一律收喉塞音[ʔ]。那也不行。如果這六部入聲收喉塞音，其餘各部入聲也應該都收喉塞音，那麼，後來怎能分化爲-k，-t，-p 三種入聲呢？事實逼著我們承認上古從一開始就有-k，-t，-p 三種入聲，而我只好承認之支魚侯宵幽都有收-k 的入聲。」王先生否定了高本漢把這六部擬測爲-g，-k 兩種韻尾，因爲漢語入聲字的塞音韻尾是唯閉音，很難分清濁，入聲擬爲清尾，使入聲與平上去三聲對立，與段玉裁的「平上爲一類」「去入爲一類」矛盾，與上古音事實不符。關於微脂歌物質月六部，王先生主要批駁了高本漢擬音，確立自己的擬音。關於陰陽對轉，王先生主要說明了它的功用。「陰陽對轉，可以解釋諧聲偏旁，可以解釋通假，可以解釋合韻（不完全韻，如《詩經・鄭風・女曰雞鳴》以『贈』dzəŋ 叶『來』lə）。我們可以由此判斷古韻擬測是否合理。高本漢把歌月元擬測爲 ɑ：at（ad）：an，侯屋東擬測爲 u：uk（ug）：uŋ 是合乎原則的。

至於他把魚部擬測爲 o，卻又把鐸陽擬測爲 ak（ag）：aŋ，那就不合乎陰陽對轉的原則了，對於上古『莽』讀如『姥』，『亡』讀如『無』，就不好解釋了」。關於等呼，王先生認爲「古本韻」學說不存在等呼問題，「因爲如果古本韻是洪音，就沒有細音；如果古本韻是細音，就沒有洪音。古本韻只有一個等，沒有幾個等，所以沒有等呼問題。」然而，「古本韻」學說王先生已經分析過是不符合比較語言學原則的，是不科學的。對於高本漢把上古一個韻部構擬爲不同主元音，王先生不贊同，因爲它與《詩經》用韻事實有違，「《詩經》用韻是諧和的（段玉裁有《古音韻至諧說》），決不會是不同的幾個元音通韻。我們不應該用擬測韻攝的方法擬測先秦韻部」。王先生給出了自己的擬測：「同韻部開闔四等的分別只是韻頭的不同，不是主要元音不同。我們認爲：開口一等無韻頭，二等韻頭 e（或全韻爲 e），三等韻頭 i̯，四等韻頭 i；合口一等韻頭 u，二等韻頭 o，三等韻頭 i̯u，四等韻頭 iu。」

我們根據《先秦 29 韻部例字表》將王先生《漢語語音史》上古韻母系統整理如下：

之			職			蒸		
呼\等	開	合	呼\等	開	合	呼\等	開	合
一	ə	uə	一	ək	uək	一	əŋ	uəŋ
二			二			二		
三	i̯ə	i̯uə	三	i̯ək	i̯uək	三	i̯əŋ	i̯uəŋ
四			四			四		

支			錫			耕		
呼\等	開	合	呼\等	開	合	呼\等	開	合
一			一			一		
二	e	oe	二	ek	oek	二	eŋ	oeŋ
三	i̯e	i̯ue	三	i̯ek	i̯uek	三	i̯eŋ	i̯ueŋ
四	ie	iue	四	iek	iuek	四	ieŋ	iueŋ

魚			鐸			陽		
呼等	開	合	呼等	開	合	呼等	開	合
一	ɑ	uɑ	一	ɑk	uɑk	一	ɑŋ	uɑŋ
二	eɑ	oɑ	二	eɑk	oɑk	二	eɑŋ	oɑŋ
三	i̯ɑ	i̯uɑ	三	i̯ɑk	i̯uɑk	三	i̯ɑŋ	i̯uɑŋ
四	iɑ		四	iɑk		四	iɑŋ	iuɑŋ

侯			屋			東		
呼等	開	合	呼等	開	合	呼等	開	合
一	ɔ		一	ɔk		一	ɔŋ	
二			二	eɔk		二	eɔŋ	
三	i̯ɔ		三	i̯ɔk		三	i̯ɔŋ	
四			四			四		

宵			沃					
呼等	開	合	呼等	開	合	呼等	開	合
一	o		一	ok		一		
二	eo		二	eok		二		
三	i̯o		三	i̯ok		三		
四	io		四	iok		四		

幽			覺			（冬）		
呼等	開	合	呼等	開	合	呼等	開	合
一		u	一	uk		一		
二		eu	二	euk		二		
三		i̯u	三	i̯uk		三		
四		iu	四	iuk		四		

微			物			文		
呼等	開	合	呼等	開	合	呼等	開	合
一	əi	uəi	一	ət	uət	一	ən	uən
二	eəi	oəi	二			二	eən	oən
三	ǐəi	ǐuəi	三	ǐət	ǐuət	三	ǐən	ǐuən
四			四			四	iən	

脂			質			真		
呼等	開	合	呼等	開	合	呼等	開	合
一			一			一		
二	e		二	et		二	en	
三	ǐei	ǐuei	三	ǐet	ǐuet	三	ǐen	ǐuen
四	iei		四	iet	iuet	四	ien	iuen

歌			月			元		
呼等	開	合	呼等	開	合	呼等	開	合
一	ai	uai	一	at	uat	一	an	uan
二	eai	oai	二	eat	oat	二	ean	oan
三	ǐai	ǐuai	三	ǐat	ǐuat	三	ǐan	ǐuan
四	iai		四	iat	iuat	四	ian	iuan

			緝			侵		
呼等	開	合	呼等	開	合	呼等	開	合
一			一	əp	uəp	一	əm	uəm
二			二	eəp		二	eəm	oəm
三			三	ǐəp		三	ǐəm	ǐuəm
四			四			四	iəm	

呼等	開	合	呼等	盍 開	合	呼等	談 開	合
一			一	ɑp		一	ɑm	
二			二	eap		二	eam	
三			三	iɑp	iuɑp	三	i̯ɑm	i̯uɑm
四			四	iɑp		四	iɑm	

先秦的聲調，王先生敘述了八家説法，他們是陳第的「古無四聲説」、顧炎武的「四聲一貫説」、江永的「古有四聲説」、孔廣森的「古無入聲説」、段玉裁的「古無去聲説」、黃侃的「古無上去兩聲説」、王國維的「五聲説」、陸志韋的「長去短去説」，接下來王先生給出了自己的結論：「我認爲上古有四個聲調，分爲舒促兩類，即：

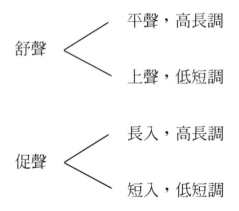

舒聲 — 平聲，高長調
舒聲 — 上聲，低短調

促聲 — 長入，高長調
促聲 — 短入，低短調

上古四聲不但有音高的分別，而且有音長（音量）的分別。必須是有音高的分別的，否則後代聲調以音高爲主要特徵無從而來；又必須是有音長的分別的，因爲長入聲的字正是由於讀音較長，然後把韻尾塞音丟失，變爲第三種舒聲（去聲）了。」

王先生在此還詳細論證了入聲分爲長入、短入，主要從兩個方面論證，一是羅列了 71 個具有去入兩讀的字，二是從諧聲字角度看，去聲字與入聲字關係密切。王先生還將自己的聲調系統與段玉裁的作了比較，「我所訂的上古聲調系統，和段玉裁所訂的上古聲調系統基本一致。段氏所謂平上爲一類，就是我所謂舒聲；所謂去入爲一類，就是我所謂促聲。只有我把入聲分爲長短兩類，和段氏稍有不同。爲什麼上古入聲應該分爲兩類呢？這是因爲，假如上古入聲沒有兩類，後來就沒有分化的條件了。」最後，王先生用《詩經》

驗證了長入、短入的分別，列舉了《詩經》長入獨用例。王先生對入聲分長短很確信，「長入與短入，既有關係，又有分別。有關係，所以同屬促聲（入聲）；有分別，所以分爲長入、短入。這大概可以作爲定論了」。

第三章 王力上古音學說發展歷程

第一節 聲母學說的發展變化

一、聲母學說的發展變化概覽

　　早期，王力先生對上古聲母系統的看法主要體現在《上古韻母系統研究》中。在《上古韻母系統研究》中，王先生把上古聲母系統定為四十一聲類，接受了黃侃的明微分立，將曾運乾的喻母學說加以修正，對高本漢的喻母音值也加以改造。王先生自己說：「至於聲母的系統，暫時略依陳澧所分《切韻》四十聲類，復從黃侃把明微分立。端系與知系，在《切韻》裏不會同在一韻，故表中依《韻鏡》以端知兩系同列。于喻兩類，應分屬喉舌兩音。現在把匣于排在一欄，因為匣母沒有三等，于母只有三等，恰相補充；把喻母排在定澄的前一欄，因為我暫依高本漢的說法，認喻母的上古音是不吐氣的[d]。總之，關於聲母的一切，都是暫時的性質」。[註1] 在《上古韻母系統研究》中，王先生四十一聲類的排列如下：

　　　　影曉匣于　見溪群疑　端知透徹喻定澄泥娘日來

　　　　照穿神審禪　莊初床山　精清從心邪　幫滂並明　非敷奉微

　　　　這種排列雖然與韻圖排列有關，但從中我們也可以看到王先生的一些傾向：

〔註 1〕《上古韻母系統研究》，《龍蟲並雕齋文集》，中華書局，1980，P92。

1. 知組近端組，喻四近定；

2. 喻三近匣；

3. 照三組近端組，照二組近精組。

王先生早期在上古聲母方面雖未接受錢大昕、曾運乾的觀點，但已有接受的傾向。

中期，王先生主張上古有三十二個聲母，在《漢語史稿》《漢語音韻》中，王先生均列出了上古聲母。

王先生在《漢語史稿》中將上古聲母分為六類三十二母，我們將其整理列表如下：

表 3-1：《漢語史稿》上古聲母

類　別	上古聲母	擬　音	中古聲母
喉音	見	k	見
	溪	k'	溪
	群	g'	群
	疑	ŋ	疑
	曉	x	曉
	匣	ɣ	匣
	影	○	影
舌頭	端	t	端知
	透	t'	透徹
	餘	d	喻四
	定	d'	定澄
	泥	n	泥娘
	來	l	來
舌上	章	ȶ	照三
	昌	ȶ'	穿三
	船	ȡ'	床三
	書	ç	審三
	禪	ʑ	禪
	日	ȵ	日
齒頭	精	ts	精
	清	ts'	清
	從	dz'	從
	心	s	心
	邪	z	邪

正齒	莊	tʃ	照二
	初	tʃ‘	穿二
	崇	dʒ‘	床二
	山	ʃ	審二
唇音	幫	p	幫非
	滂	p‘	滂敷
	並	b	並奉
	明	m	明微

《漢語音韻》中，經過一番討論，王先生得出了一個上古聲母表：

（一）唇　音

  1. 幫（非）p   2. 滂（敷）p‘   3. 並（奉）b‘

  4. 明（微）m

（二）舌　音

  5. 端（知）t   6. 透（徹）t‘   7. 喻 d

  8. 定（澄）d‘   9. 泥（娘）n   10. 來 l

（三）齒頭音

（甲）11. 精 ts 12. 清（原文作精）ts‘ 13. 從 dz‘

  14. 心 s   15. 邪 z

（乙）16. 莊 tʃ   17. 初 tʃ‘   18. 床 dʒ‘

  19. 山 ʃ

（四）正齒音

  20. 照 tɕ   21. 穿 tɕ‘   22. 神 dʑ‘

  23. 審 ɕ   24. 禪 ʑ   25. 日 ȵ

（五）牙　音

  26. 見 k   27. 溪 k‘   28. 群 g‘

  29. 疑 ŋ

（六）喉　音

  30. 曉 x   31. 匣（于）ɣ   32. 影○

中期，王先生的上古聲母系統已明顯不同於早期。首先，明確指出了上古聲母的研究材料，如在《漢語史稿》中王先生認爲上古聲母相比韻部研究要難些，因爲它的材料沒有韻部材料豐富，它的材料只有諧聲偏旁、異文、古讀、聲訓等。〔註2〕在《漢語音韻》中王先生認爲只能根據如下五種材料研究上古聲母：「第一是諧聲偏旁；第二是聲訓；第三是讀若；第四是異文；第五是異切（不同的反切）。」〔註3〕其次，聲類數目少於早期。中期，王力先生接受了錢大昕、曾運乾的觀點，將知組、非組、喻三（早期用「于」字）分別併入端組、幫組、匣母。再次，從早期的聲類階段進入聲母階段。王先生的聲類系統多接受中國傳統學者的觀點，但王先生繼承的來源並非單一的。

第一，錢大昕的上古聲母學說是王先生上古聲母學說的重要來源。「古音紐的研究實從錢氏開始」，〔註4〕錢氏古音紐學說見於《十駕齋養新錄》卷五，其中有「古無輕唇音」「舌音類隔之說不可信」等條，認爲「凡輕唇之音，古讀皆爲重唇」，「古無舌頭舌上之分。知、徹、澄三母，以今音讀之，與照穿床無別也；求之古音，則與端透定無異」。錢氏之後，研究古聲紐的學者均承認錢氏的發現，如章太炎、黃季剛、曾運乾等。王先生也基本接受了錢氏的學說，無論是早期的上古音論著，還是晚期的上古音論著，王先生均談到錢大昕的古聲紐學說，並承認錢氏的學說，如「錢大昕說『古無舌上音』，意思是說上古沒有知徹澄娘，只有端透定泥。這一個結論是絕對可信的。」〔註5〕「關於古無舌上音，自錢大昕提出來以後，也是早就成爲定論。」〔註6〕「關於古無輕唇音，自從錢大昕提出來以後，已經成爲定論。」〔註7〕

第二，黃侃、曾運乾上古聲母的研究成果是王先生上古聲母學說的重要參考。黃侃有「照二歸精」的主張，王先生沒有接受這樣的觀點，但卻把它作爲重要的參考，王先生說：「黃侃懂得這個區別，同時他把莊初床山併入上

〔註 2〕《漢語史稿》，中華書局，1980，P65。

〔註 3〕《漢語音韻》，中華書局，1991，P170。

〔註 4〕洪誠《中國歷代語言文字學文選》，《洪誠文集》，江蘇古籍出版社，2000，P215。

〔註 5〕《漢語史稿》中華書局，1980，P72。

〔註 6〕《漢語史稿》中華書局，1980，P20。

〔註 7〕《漢語語音史》中國社會科學出版社，1985，P19。

古的精清從心。他合併的頗有理由。從聯綿字看，『蕭瑟』、『蕭疏』、『蕭森』、『蕭灑』等，都可以證明精莊兩系相通。我所以躊躇未肯把莊系併入精系，只是由於一些假二等字和三等字發生矛盾，如『私』與『師』、『史』與『始』等。留待詳考。」〔註8〕可見，王先生認爲照二近精。曾運乾認爲喻四歸定，但王先生沒有完全接受他的觀點，因爲「如果喻母歸定，澄母也歸定（古無舌上音），勢必造成兩母衝突，以致『容』『重』同音，『移』『馳』同音，『夷』『遲』同音，等等，後來便沒有分化的條件了」。〔註9〕王先生只是認爲喻四近定。

即使中期階段內部，王力先生對上古聲母系統的認識也是有變化的，具體來說，《漢語史稿》與《漢語音韻》便不完全相同。《漢語史稿》與《漢語音韻》聲類數目雖一樣，但排序、擬音等有差別。首先，《漢語史稿》的排序由喉到唇，《漢語音韻》由唇到喉。其次，五音名稱不完全一致，它們的對應關係如下表：

表 3-2：《漢語史稿》與《漢語音韻》五音對照表

漢語史稿	喉音		舌頭	舌上	齒頭	正齒	唇音
漢語音韻	喉音	牙音	舌音	正齒	齒頭（甲）	齒頭（乙）	唇音

《漢語史稿》與《漢語音韻》五音的名稱表面上只是名詞稍有差別，但卻多少反映出王力先生對上古聲母的觀點，如《漢語音韻》取消了「舌上」的名稱，使「古無舌上音」論斷更明確，《漢語音韻》將「齒頭」分爲甲、乙兩類，體現了「照二歸精」的思想。相比而言，我們認爲《漢語音韻》所使用的五音命名較合理。

再次，章昌船三母的擬音，《漢語史稿》與《漢語音韻》差別較大。這一點後面還要談到。

晚期，王先生於《漢語語音史》《中國語言學史》《同源字典》《清代古音學》《詩經韻讀》等論著中均討論到上古聲母問題，在《漢語語音史》《同源字典》《詩經韻讀》中均列有上古聲母表。

〔註 8〕《漢語語音史》中國社會科學出版社，1985，P20～21。
〔註 9〕《漢語語音史》中國社會科學出版社，1985，P22。

表 3-3：《漢語語音史》先秦聲母表

發音方法＼發音部位			雙唇	舌尖前	舌尖中	舌葉	舌面前	舌根	喉
塞音	清	不送氣	p（幫非）		t（端知）		ȶ（照）	k（見）	○（影）
		送氣	p'（滂敷）		t'（透徹）		ȶ'（穿）	k'（溪）	
	濁		b（並奉）		d（定澄）		ȡ（神）	g（群）	
鼻音			m（明微）		n（泥娘）		ȵ（日）	ŋ（疑）	
邊音					l（來）		ʎ（喻四）		
塞擦音	清	不送氣		ts（精）		tʃ（莊）			
		送氣		ts'（清）		tʃ'（初）			
	濁			dz（從）		dʒ（床）			
擦音	清			s（心）		ʃ（山）	ç（審）	x（曉）	
	濁			z（邪）		ʒ（俟）	ʑ（禪）	ɣ（匣、喻三）	

　　王先生在中古四十二個聲母的基礎上，結合前人對上古音聲母研究的成果，在《同源字典》中將上古聲母定為三十三個。

聲母	國際音標	羅馬字代號

（一）喉音

　　1. 影母　　　　　○　　　　　　○

（二）牙音（舌根）

　　2. 見母　　　　　k　　　　　　k

　　3. 溪母　　　　　k'　　　　　　kh

　　4. 群母　　　　　g　　　　　　g

　　5. 疑母　　　　　ŋ　　　　　　ng

　　6. 曉母　　　　　x　　　　　　x

　　7. 匣（喻三）　　ɣ　　　　　　h

（三）舌音

　　a. 舌頭

　　8. 端（知）母　　t　　　　　　t

　　9. 透（徹）母　　t'　　　　　　th

　　10. 定（澄）母　　d　　　　　　d

11. 泥（娘）母　　　　　n　　　　　　n

12. 來母　　　　　　　　l　　　　　　l

b. 舌上

13. 照母（照三）　　　tɕ　　　　　　tj

14. 穿母（穿三）　　　tɕʻ　　　　　thj

15. 神母（床三）　　　ȡ　　　　　　dj

16. 日母　　　　　　　ȵ　　　　　　nj

17. 喻母（喻四）　　　ʎ（？）　　　j

18. 審母（審三）　　　ɕ　　　　　　sj

19. 禪母（禪三）　　　ʑ　　　　　　zj

（四）齒音

　　a. 正齒

20. 莊母（照二）　　　tʃ　　　　　　tzh

21. 初母（穿二）　　　tʃʻ　　　　　tsh

22. 床母（床二）　　　dʒ　　　　　dzh

23. 山母（審二）　　　ʃ　　　　　　sh

24. 俟母（禪二）　　　ʒ　　　　　　zh

　　b. 齒頭

25. 精母　　　　　　　ts　　　　　　tz

26. 清母　　　　　　　tsʻ　　　　　ts

27. 從母　　　　　　　dz　　　　　　dz

28. 心母　　　　　　　s　　　　　　s

29. 邪母　　　　　　　z　　　　　　z

（五）唇音

30. 幫母（非）　　　　p　　　　　　p

31. 滂母（敷）　　　　pʻ　　　　　ph

32. 並母（奉）　　　　b　　　　　　b

33. 明母（微）　　　　m　　　　　　m

表 3-4：《詩經韻讀》上古聲母表

聲母		國際音標	拉丁字母	聲母	國際音標	拉丁字母
見		[k]	k	照二等	[tʃ]	tzh
溪		[k']	kh	穿二等	[tʃ']	tsh
群		[g]	g	床二等	[dʒ]	dzh
疑		[ŋ]	ng	審二等	[ʃ]	sh
端	知	[t]	t	禪二等	[ʒ]	zh
透	徹	[t']	th	照三等	[tɕ]	tj
定	澄	[d]	d	穿三等	[tɕ']	thj
泥	娘	[n]	n	床三等	[dʑ]	dj
幫	非	[p]	p	審三等	[ɕ]	sj
滂	敷	[p']	ph	禪三等	[ʑ]	zj
並	奉	[b]	b	曉	[x]	x
明	微	[m]	m	匣	[ɣ]	h
精		[ts]	tz	影	○	○
清		[ts']	ts	喻三等	[ɣ]	h
從		[dz]	dz	喻四等	[j]	j
心		[s]	s	來	[l]	l
邪		[z]	z	日	[ɳ]	nj

　　晚期，王先生在中期的基礎上，進一步討論了上古聲母的研究材料問題，中期王先生只是羅列了上古聲母的研究材料，並沒有對材料本身發表意見，而到了《漢語語音史》，王先生對諧聲、異文、譯文、民族語等材料都有所評論，值得我們注意的是，如「從諧聲偏旁推測上古聲母，各人能有不同的結論，而這些結論往往是靠不住的」，〔註 10〕「異文可能是方言的不同，個別地方還是錯別字。我們引用異文來證古音，也是要謹慎從事的」，〔註 11〕「單靠譯文來證明上古聲母，看來不是很妥當的辦法」，〔註 12〕「有人引用漢藏語系各族語言的同源詞來證明漢語上古聲母，這應該是比較可靠的辦法」。〔註 13〕

〔註 10〕 《漢語語音史》，中國社會科學出版社，1985，P18。

〔註 11〕 《漢語語音史》，中國社會科學出版社，1985，P18。

〔註 12〕 《漢語語音史》，中國社會科學出版社，1985，P18。

〔註 13〕 《漢語語音史》，中國社會科學出版社，1985，P18。

由這些我們可以看出，王先生晚期對上古聲母的研究材料有著較爲深刻的思考，大體有如下一些內容：

1. 對當時的上古聲母研究不滿意；
2. 對當時上古聲母研究材料的弊病有清醒的認識；
3. 並沒有否定當時上古聲母研究材料，只是對這些材料的態度很愼重；
4. 對民族語在上古聲母研究中的作用加以肯定。

《漢語語音史》有三十三個聲母，比中期多出一個「俟」母，這是吸收了李榮先生的成果。《漢語語音史》取消了中期濁音送氣符號。《漢語語音史》將上古三十三個聲母按現代語音學術語排列，改變了以往按五音排列的局面。喻四擬音中期爲 d，與「端組」排在一起，晚期爲 ʎ，與「照三」組排在一起。

通過以上三期的排比對照，我們可以知道，王先生始終將上古聲母定爲三十個以上，而不同意黃侃的十九紐，是因爲他多次強調「歷史比較法」一個重要原則：「語音的一切變化都是制約性的變化。這就是說，必須在完全相同的條件下，才能有同樣的發展。反過來說，在完全相同的條件下，不可能有不同的發展，也就是不可能有分化。」〔註14〕

二、聲母學說的發展變化分析

上古聲母系統方面，王力先生從早期到晚期大體有如下一些變化：聲母類別名稱和順序不同；章昌船三母擬音有別；喻四擬音各異。

1. 聲母類別名稱和順序不同

王先生早期聲母類別名稱用切韻學術語，即「五音」，晚期用現代語音學術語。聲母類別名稱用五音和用現代語音學的術語來標記，各有利弊。用五音，與傳統較近，但與現代較隔。若用現代語音學術語，雖與現代較通，但又與傳統較隔。對這種情況，王先生自己的一句話也許可以概括之，「不能說昨是今非」。

至於聲母類別的排序，我們傾向於從唇到喉，因爲宋代切韻圖的排列基本是按此順序的。如《韻鏡》《七音略》均按唇、舌、牙、齒、喉順序排列（《七音略》未標「五音」）

〔註14〕《漢語史稿》，中華書局，1980，P69。

2. 章昌船三母擬音有別。我們先把章昌船禪四母的擬音列表如下：

表 3-5：章組聲母參差表

著作 \ 聲母	章	昌	船	禪
《漢語史稿》	ȶ	ȶʻ	ȡʻ	ʑ
《漢語音韻》	tɕ	tɕʻ	dʑʻ	ʑ
《詩經韻讀》	tɕ	tɕʻ	dʐ	ʐ
《同源字典》	tɕ	tɕʻ	ȡ	ʑ
《漢語語音史》	ȶ	ȶʻ	ȡ	ʑ

　　《詩經韻讀》的船、禪二母分別為 dʐ、ʐ，它們很可能是印刷之誤。dʐ 為 tʂ 的濁音，ʐ 為 ʂ 的濁音，王先生的上古韻母系統從早期到晚期都沒有舌尖後音，船、禪二母從陳澧開始就一直與「章昌書日」等為伍，而「章昌書日」四母在王先生的系統中始終為舌面音，由此可見，dʐ 當為 dʑ 之訛，ʐ 應為 ʑ 之誤。這樣，禪母王先生的系統前後是一致的。

　　《同源字典》頁 71「照系三等的上古音是 ȶ、ȶʻ、ȡ、ȵ、ɕ、ʑ」，但同頁的聲母表中照三、穿三擬音分別為 tɕ、tɕʻ。同書頁 56 注釋①中有「thj＝[tɕ]」。《詩經韻讀》照三、穿三也為 tɕ、tɕʻ。《同源字典》同頁出現此矛盾恐不是印刷之誤。存疑。

　　章昌船三母王先生系統的前後差別大體有兩種情況。

　　第一種情況是舌面塞音與舌面塞擦音的差別。這種情況章昌船三母均有，章昌母，《漢語史稿》《漢語語音史》均為舌面塞音，《漢語音韻》《詩經韻讀》《同源字典》均為舌面塞擦音；船母，《漢語史稿》《同源字典》《漢語語音史》均為舌面塞音，《漢語音韻》《詩經韻讀》均為舌面塞擦音。

　　第二種情況是送氣與不送氣的不同。這種情況只出現於船母中，《漢語史稿》《漢語音韻》主張送氣，《詩經韻讀》《同源字典》《漢語語音史》認為不送氣。

　　關於章昌船三母擬為舌面塞音，王力先生自己有解釋，他說：「我們只能肯定照系三等的聲母和 t，tʻ，dʻ 相近，不能認為它們就是 t，tʻ，dʻ。現代閩方言於照系字並不唸 t，tʻ，也可以證明這一事實。假定照系三等在上古是 t，tʻ，dʻ，那就和中古屬知系的字合為一體，後來的分化就無法解釋了。所以必須承認它們

是和 t，t'，d'相近而不相同的音，那就只有 ȶ，ȶ'，ȡ'了。」〔註15〕這是王先生在《漢語史稿》中將章昌船三母擬爲 t，t'，d'的解釋。在後來的《漢語語音史》中，王先生也有類似的解釋，他說：「錢大昕說：『古人多舌音，後代多變爲齒音，不獨知徹澄三母爲然也。』他的意思是說照穿等母的字在上古時代也有許多讀舌音的。他所舉的例子是：古讀『舟』如『雕』，讀『至』如『窒』，讀『專』如『耑』，讀『支』如『鞮』。他的話是頗有道理的，但是只限於少數照系三等字（主要是照母三等），與照系二等（莊初床山）無關。這些照系三等字如果認爲古讀舌音，那就和知系三等字混用起來了。我們只能說它們的讀音相近，不能說相同。高本漢把照穿神審擬測爲[ȶ]、[ȶ']、[ȡ']、[ɕ]，是合理的，我們採用了。」〔註16〕從王先生的解釋中，我們可以知道，王先生將章昌船三母擬爲舌面塞音主要依據是錢大昕的研究成果，直接來源是高本漢的擬音，只是略加修改。至於王先生把章昌船三母擬爲塞擦音，還沒有見到王先生有直接的說明。

章組的章昌船三母高本漢擬爲舌面塞音，王力先生有兩種擬音，一種爲舌面塞音，一種爲舌面塞擦音。那麼王先生這兩種擬音哪種較合理呢？我們認爲擬爲舌面塞音較合理。高本漢、李方桂先生都是從諧聲角度將章昌船三母擬爲舌面塞音的，李方桂先生說：「中古的照三 tś-，穿三 tśh-，床三 dź-，禪 ź-，日 ńź-等母都跟舌尖前塞音諧聲」。〔註17〕戰國諧聲字及重文聲符更換統計資料支持章組擬爲塞音。請看表3-6：

表3-6：戰國諧聲字章昌船三母諧聲情況表〔註18〕

	章	昌	船	端	定	餘	邪
章	94 8.98			33 7.04	21 10.95	8 12.31	
昌		6 0.25		6 1.17		3 1.07	3 0.27
船		1 0.16	12 0.10			3 1.32	

〔註15〕《漢語史稿》，中華書局，1980，P74。

〔註16〕《漢語語音史》，中國社會科學出版社，1985，P21。

〔註17〕《上古音研究》，商務印書館，P15～16。

〔註18〕陳鴻《從戰國文字的諧聲看戰國語言的聲類》中國音韻學研究會第十四屆學術討論會暨漢語音韻學第九屆國際學術討論會論文，2006。

從表中可見，戰國諧聲字章昌船以各自互諧爲主，但與端組互諧頻繁，這表明章組既具有獨立性，又與端組較近。

王文耀（1985）的重文聲符更換統計資料顯示，章組的重文聲符換作端組的占 38%，端組的重文聲符換作章組的爲 49%，〔註19〕也就是說從重文聲符更換的角度看，端組、章組很相近。

端組與章組相近，端組既擬爲 t-類，章組擬爲 ȶ-類較合理。王先生在《漢語史稿》中說：「假定照系三等在上古是 ȶ，ȶʻ，ȡʻ，那就和中古屬知系的字合爲一體，後來的分化就無法解釋了。所以必須承認它們是和 t，tʻ，dʻ 相近而不相同的音，那就只有 ȶ，ȶʻ，ȡʻ。」〔註20〕

王力先生對自己的上古聲母系統濁母不加送氣符號也有說明：「濁母字送氣不送氣，歷來有爭論。江永、高本漢認爲是送氣的，李榮、陸志韋認爲是不送氣的。我認爲這種爭論是多餘的。古濁母字，今北京話平聲讀成送氣，仄聲讀成不送氣（古入聲字讀入陽平的也不送氣）。廣州話也是平聲送氣，仄聲（上去入）不送氣。長沙話平仄聲一概不送氣，客家話平仄聲一概送氣。在上海話裏，濁母字讀送氣不送氣均可：[b]和[bʻ]是互換音位，[d]和[dʻ]是互換音位，等等。從音位觀點看，濁音送氣不送氣在漢語裏是互換音位。所以我對濁母一概不加送氣符號。」〔註21〕王先生《漢語史稿》《漢語音韻》中濁母加送氣符號來自何處呢？我們認爲王先生那套送氣符號來於高本漢系統，在高本漢的上古聲母中，濁母有送氣與不送氣的對立，王先生認爲高本漢不送氣的濁母另有來源，故取消高本漢那套不送氣的濁母，然王先生中期取消得並不徹底，《漢語史稿》《漢語音韻》還留有定母、喻四送氣與不送氣的對立。關於這一點，王先生自己也說過，「高本漢似乎注意到語言的系統性，所以他在齒音、牙音也都搞了送氣不送氣的對立。他把禪母的上古音擬測爲不送氣的[dz]，和[dzʻ]對立，喻母三等的上古音擬測爲不送氣的[g]、和群母送氣的[gʻ]對立。我沒有接受他的齒音、牙音濁母送氣不送氣的對立，單單接受他的舌音濁母送氣不送氣的對立。那麼，我的喻三的上古音的擬測，就比高氏的擬

〔註19〕 《周秦古聲母新論》，《社會科學戰線》第 4 期，1985，P336。

〔註20〕 《漢語史稿》，中華書局，1980，P74。

〔註21〕 《漢語語音史》，中國社會科學出版社，1985，P19。

測更站不住腳。」〔註22〕

　　3. 喻四擬音在王先生上古音著作的諸書中各異。下面是喻四的擬音表。

表 3-7：喻四的擬音發展過程

著作　聲母	《上古韻母系統研究》	《漢語史稿》	《漢語音韻》	《詩經韻讀》	《同源字典》	《漢語語音史》
喻四	d	d	d	j	ʎ（？）	ʎ

　　從上表我們可以看出，王先生對喻四的擬音經歷了這樣的發展過程：d→j→ʎ（？）→ʎ。早期、中期，王先生部分接受高本漢喻四的擬音，（《漢語音韻》有完全接受的傾向）晚期王先生改變了喻四的擬音。王先生說：「喻母四等字的上古音讀最難確定，從前有人把它一律讀入定母，未免太簡單化了，我曾把它擬成定母的不送氣（d），也很勉強。高本漢把喻四的上古音分為 d、z 兩類，也缺乏可信的根據。現在姑且擬成一個 j，這個 j 只代表一個未定的輔音，以待進一步的研究。」〔註23〕「現在我有新的擬測，把喻四的上古音擬測為[ʎ]。這是與[ȶ]、[ȶ‘]、[ȡ]同發音部位的邊音，即古代法語所謂軟化的 l（lmouillé）。」〔註24〕王先生為什麼對喻四的擬音進行不斷修訂呢？首先，這是王先生對上古聲母不斷思考的結果。其次，它與王先生晚期取消濁母送氣符號有關。濁母送氣與不送氣，對於王先生的系統來說，關係不是很大，也就是說，王先生中期濁母送氣與晚期濁母不送氣，從本質來說沒有多大區別。然而，具體到喻四，送氣與不送氣是有影響的，因為中期王先生主要靠送氣與不送氣來區別定母與喻四，到晚期，王先生取消送氣符號，那麼中期定母與喻四的區別也就泯滅了，因而需要新的區別形式來反映定母與喻四的不同，王先生為了讓定母與其他濁母相一致，只有把喻四另作處理。在對喻四進行重新處理的過程中，王先生是十分愼重的，《詩經韻讀》暫擬了個未確定的 j，《同源字典》雖擬成 ʎ，但還加了個問號，《漢語語音史》才堅定地擬為 ʎ。

　　喻四的位置，王先生的系統也是有變化的。中期與端組排在一起，晚期與章組排在一起。王先生為什麼把喻四的排列作了調整呢？這要從語音的系統性

〔註22〕　《漢語語音史》，中國社會科學出版社，1985，P23。

〔註23〕　《詩經韻讀》，上海古籍出版社，1980，P40。

〔註24〕　《漢語語音史》，中國社會科學出版社，1985，P23。

來看，王先生早期、中期將喻四擬爲舌尖音 d，與舌音尖端組爲伍較好，也與傳統的看法一致。晚期王先生把喻四擬爲舌面音 ʎ，應該與舌面音章組排在一起；ʎ 是邊音，而端組的邊音已經被來母所占，所以必須把 ʎ 推到章組。

第二節　韻母學說的發展變化

王力先生上古韻母學說發展大體經歷了早、中、晚三期，早期以《上古韻母系統研究》（以下簡稱《研究》）爲代表，中期以《漢語史稿》（以下簡稱《史稿》）爲代表，晚期以《漢語語音史》（以下簡稱《語音史》）爲代表。我們採用「逐字對照法」詳細比較了王先生早、中、晚三期的韻母系統情況。我們的思路是：早期、中期放一起比較，以顯示早期到中期的發展變化；中期、晚期放一起比較，以顯示中期到晚期的發展變化；最後再將早、中、晚三個階段串起來進行概括性的總體比較，以顯示王先生韻母系統的發展變化全貌。

一、早期到中期上古韻母學說的發展變化

（一）早期到中期上古韻母學說的發展

我們按照十一系的順序將王先生上古韻母系統的早期與中期作了逐字對比研究，發現王先生上古韻母系統早期到中期有如下這些發展變化。

1. 早期與中期上古韻類差別較大。早期，王力先生將上古韻母分爲 105 類，其中開口 59 類，合口 46 類。中期，王先生將上古韻母分爲 152 類，這主要是由於王先生將入聲韻完全分立出來的緣故。

2. 早期用洪細分類，中期用四等分韻。中期的一二等相當於早期的洪音，中期的三四等相當於早期的細音。從「洪細分類」向「四等分韻」發展，也是中期韻類多於早期的原因之一。

3. 開合調整。幽系，《研究》分開合，《史稿》只有開口。侯東系，《研究》只有合口，《史稿》分開合。談盍系，《研究》只有開口，《史稿》分開合。開合調整也會對韻類數目產生一些影響，但相對以上兩種情況來說，開合調整對韻類數目的影響較小。具體字的開合也有調整，這些字多爲唇音字。

4. 上古韻部系統從多分向單一分類轉變。早期，收喉的入聲韻未獨立，韻部系統陰陽二分，如之蒸、侯東、魚陽、支耕等系，收舌和收唇的入聲韻獨立，

韻部系統陰陽入三分，如歌曷寒、脂質眞、微術諄、侵緝、談盍等系。中期則一律爲陰陽入三分。早期有的韻部用洪細分類，如之部、蒸部等，有的韻部實際是用四等分類，如幽部、宵部等。中期則一律用四等分類。經過中期的調整，進一步加強了上古韻部的系統性。

　　中期，王先生全面推出了上古音構擬體系，進一步發展了早期的韻母學說。

　　1. 中期按照「一部一主元音」的原則，構擬了上古韻母系統。早期王先生雖釐定了上古韻母系統，但還沒有進行構擬，中期進行了系統的構擬，形成了完整的現代化的體系。

　　2. 中期主張入聲韻完全獨立，堅持陰、陽、入三分體系。王先生說：「二十年前，我對於上古漢語的韻母主張二十三部的說法……前年我講授漢語史，在擬測上古韻母音值的時候遭到了困難。我不願意把『之幽宵侯魚支』等部一律擬成閉口音節，那樣是違反中國傳統音韻學，而且是不合理的；同時我又不能像章炳麟想得那樣簡單，一律擬成開口音節；假使上古的『藥覺職德沃屋燭鐸陌錫』諸韻不收-k 尾，它們在中古的-k 尾是怎樣產生出來的呢？講語音發展不能不講分化條件，否則就違反了歷史語言學的根本原則。在這時候我才覺悟到戴震陰陽入三分的學說的合理，於是我採取了戴震和黃侃的學說的合理部分，定爲十一類二十九部，比黃侃多了一個微部和一個覺部，少了一個冬部（併入於侵）。這樣，入聲韻的『職覺藥屋鐸錫』收音於-k，和開口音節的陰聲韻並行不悖，各得其所，而分化條件也非常明顯了。」〔註25〕

　　3. 中期將陰聲韻構擬成開音節。《上古韻母系統研究》裏有這麼一句：「假設歌部是-a，曷部就是-at，寒部就是-an。」〔註26〕由此可見，王先生早期已主張陰聲韻爲開音節，到了中期王先生將陰聲韻全部構擬爲開音節，向學界推出了一套嶄新的上古韻母構擬體系。

（二）早期到中期歸字分歧的討論

　　下面我們按照十一系的順序對各系歸類有分歧的字進行分析討論。

〔註25〕　《上古漢語入聲和陰聲的分野及其收音》，《王力語言學論文集》，商務印書館，
　　　　　2000，P133～134。

〔註26〕　《上古韻母系統研究》，《龍蟲並雕齋文集》，中華書局，1980，P153。

1. 之職蒸系

此系《研究》與《史稿》歸類有別的有 10 個字：母畝黑北葍備崩朋夢冰，分歧情形如下表：

表 3-8：之職蒸系《研究》《史稿》歸類分歧字

歸類分歧字	黑北		葍	母畝	備
《研究》韻類	灰（之合洪）〔註27〕			尤（之合細）	
《史稿》韻類	ək（職開一）〔註28〕			ə（之開一）	ĭək（職開三）

歸類分歧字	崩朋		夢		冰
《研究》韻類	[登]〔註29〕（蒸合洪）				
《史稿》韻類	əŋ（蒸開一）		ĭwəŋ（蒸合三）		ĭəŋ（蒸開三）

唇音的開合較難判斷，王力先生《研究》的判斷標準是：「凡諧聲偏旁，或其所諧之字，後世有變入輕唇者，在上古即屬合口呼；凡諧聲偏旁，或其所諧之字，完全與後世輕唇絕緣者，在上古即屬開口呼。」這個標準比高本漢的更進一步，它不僅以《廣韻》系統為根據，而且還拿諧聲偏旁為根據。唇音開合較特殊，中古唇音字的反切，常在開合之間徘徊，確定這些字的上古開合，要找一個較易操作的標準，標準要一以貫之。我們將後世變為輕唇者歸為上古合口。

母畝，莫厚切，明母開口一等，上古歸開口一等較合理，故《史稿》歸入 ə 類。黑，呼北切，曉母開口一等，北，博墨切，幫母開口一等，我們贊成《史稿》將「黑」「北」歸入 ək 類。葍，房六、蒲北二切，《研究》歸尤類，當是根據「房六切」，《史稿》歸 ək 類，當是根據「蒲北切」，從諧聲關係看，《研究》歸入尤類合口較為合理。備，平祕切，並母開口三等，歸為開口較合理。崩，北滕切，朋，步崩切，均為開口一等字，歸為開口較合理。夢，《廣韻》有莫中、莫鳳二切，均為合口三等，《史稿》當據此歸類；《研究》將其歸入洪音，大約依諧聲而定。冰，筆陵切，開口三等，《史稿》歸類較合理。

〔註27〕之合洪，表示《上古韻母系統研究》中的之部合口洪音。下同。

〔註28〕職開一，表示《漢語史稿》中的職部開口一等。下同。

〔註29〕我們沿用王力先生《上古韻母系統研究》中的韻類名，凡韻類名加括弧者，表示其本身不屬此呼，甚至不屬此系。如「[登]」類，「登」本身在「之蒸系」開口「登」類，而「之蒸系」合口又用其作韻類名，故加括弧。

由以上分析，之蒸系《研究》與《史稿》歸類有差別的 10 個字，大體可分爲三種情況：

（1）等相同，開合有別，如「黑北備崩朋」；

（2）只有等存在差別，如「夢」；

（3）開合與等均有差別，如「母畝匐冰」。

這些字的歸類，除「匐」「夢」二字外，我們認爲《史稿》歸類較合理。

2. 幽覺系

此系《研究》分開合口，《史稿》只有開口。此系《研究》《史稿》歸類有別的有 35 個字：牢叟寶牡膠覺卯搜牟矛樛攸憂休鳩扣救究求舅咎抽狃柔流柳缶孚浮阜條聊椒蕭嘯，分歧情形如下表：

表 3-9：幽覺系《研究》《史稿》歸類分歧字

歸類分歧字	牢叟寶牡	搜牟矛	攸憂休鳩扣救究求舅咎抽狃柔流柳缶孚浮阜
《研究》韻類	皓（幽合洪）		[尤]（幽合細）
《史稿》韻類	əu（幽開一）		ĭəu（幽開三）

歸類分歧字	卯	膠	覺	樛	條聊椒蕭嘯
《研究》韻類	[尤]（幽合細）	[肴]（幽合洪）		[尤]（幽合細）	蕭（幽合細）
《史稿》韻類	eəu（幽開二）	eəuk（覺開二）		ĭəu（幽開四）

此系《研究》《史稿》分歧的字大體可分爲兩種情況。

（1）等相同，只是開合不同。「牢叟寶牡」爲一等，《研究》合，《史稿》開；「膠覺」二等，《研究》合，《史稿》開；「攸憂休鳩扣救究求舅咎抽狃柔流柳缶孚浮阜」三等，《研究》合，《史稿》開；「條聊椒蕭嘯」四等，《研究》合，《史稿》開。對於這種情況，我們暫時不作討論。

（2）等、開合皆不同，如「卯搜牟矛樛」。

卯，莫飽切，明母開口二等，《史稿》歸二等較合理。

搜，所鳩切，生母開口三等，《史稿》歸入三等當據此；《研究》歸入洪音可能是依據其諧聲偏旁「叜」，「叜」，蘇后切，一等厚韻。

牟、矛，俱莫浮切，明母開口三等，《史稿》歸入三等當據此；《研究》歸入洪音可能與此二字爲重唇有關。

樛，居虯切，見母開口三等幽韻，《研究》按中古實際韻類推到上古，《史稿》按韻圖「樛」排四等位推到上古。

3. 宵藥系

此系，《研究》與《史稿》差別不大，只有兩個字歸類存在分歧：梟翹。

梟，《研究》歸宵部開口細音宵類，《史稿》歸宵部開口四等 iau 類。梟，《廣韻》蕭韻古堯切，《史稿》歸 iau 類較合理。

翹，《廣韻》有宵韻渠遙、笑韻巨要二切，《史稿》歸宵部開口三等 ĭau 類，與此相合。《研究》歸宵部開口細音〔蕭〕類，可能與其諧聲偏旁「堯」有關。堯，五聊切，四等蕭韻。

4. 侯屋東系

此系《研究》《史稿》歸類存在分歧的字有 5 個：毋悔寇充豐。毋，《研究》歸侯部合口細音遇類，《史稿》歸魚部合口三等 ĭwa 類。悔，《研究》歸侯部合口細音遇類、之部合口洪音灰類，《史稿》歸之部合口一等 uə 類。寇，《研究》歸侯部開口洪音侯類，《史稿》歸侯部開口一等 o、屋部開口一等 ok 類。充豐，《研究》歸東部開口細音鍾類，《史稿》歸侵部合口三等 ĭwəm 類。

毋，《廣韻》武夫切，同小韻有「無膴」，無膴，《研究》歸魚部合口虞類，故《史稿》「毋」歸魚部，與「無膴」一致。悔，《廣韻》呼罪、荒內二切，且從每得聲，按理應歸之部合口一等，細檢王力先生侯東系表，曉母並無「悔」字，此字當爲「侮」之誤。寇，《廣韻》苦候切，《史稿》分別歸 o、ok 類，反映了王先生對此字的處理還不是很確定。充豐，《研究》作爲不規則處理，《史稿》歸侵部合口三等 ĭwəm 類，王先生說：「『統嵩充豐』等字從高本漢歸冬部（在本書屬於侵部）」。〔註30〕充豐，《詩經》各入韻一次，《鄭風·山有扶蘇》二章：「松龍充童」爲韻，《大雅·文王有聲》二章：「功豐」爲韻，〔註31〕從《詩經》看，「充豐」入東部較好，王先生《詩經韻讀》也將「充豐」歸東部。

5. 魚鐸陽系

此系《研究》《史稿》歸類出現分歧的字共有 22 個：野者車舍社且邪亦奕懌赤尺石昔夕席廬吳旁芒㠯兄。分歧情形如下：

〔註30〕《漢語史稿》，中華書局，1980，P98 腳註③。
〔註31〕權按：段玉裁認爲「崇」也入韻。

表 3-10：魚鐸陽系《研究》《史稿》歸類分歧字

歸類分歧字	野者車舍社且邪	亦奕懌赤尺石昔夕席	廬	
《研究》韻類	馬（魚開洪）		模（魚開洪）	
《史稿》韻類	ia（魚開四）	iɑk（鐸開四）	ǐa（魚開三）	
歸類分歧字	吳	旁芒	甿	兄
《研究》韻類	[模]（魚合洪）	[唐]（陽合洪）	[庚]（陽合洪）	
《史稿》韻類	a（魚開一）	ɑŋ（陽開一）	eaŋ（陽開二）	iwaŋ（陽合四）

此系《研究》《史稿》歸字分歧的有兩種情況：

（1）開合相同，等不同：野者車舍社且邪亦奕懌赤尺石昔夕席廬兄；

（2）開合不同，等相同：吳旁芒甿。

「野者車舍社且邪亦奕懌赤尺石昔夕席兄」等字中古均屬三等，上古亦當以歸入細音爲妥，《研究》歸入洪音，似有不當之處。

廬，《廣韻》力居切，魚韻開口三等，《史稿》當依此歸類；《研究》可能是依其諧聲偏旁「盧」將其歸入洪音。「盧」，《廣韻》落胡切，模韻一等。

6. 歌月寒系

此系《研究》《史稿》有 16 個字歸類出現分歧：貝敗版板蠻慢變弁緜面蠡麗也諲薦典。分歧情形如下：

表 3-11：歌月寒系《研究》《史稿》歸類分歧字

歸類分歧字	貝	敗	版板蠻慢	變弁緜面
《研究》韻類	曷（曷開洪）		[山]（寒合洪）	元（寒合細）
《史稿》韻類	uat（月合一）	oat（月合二）	ean（寒開二）	ǐan（寒開三）
歸類分歧字	蠡麗	也	諲薦	典
《研究》韻類	[齊]（歌開細）	支（歌開細）	霰（寒開細）	
《史稿》韻類	ie（支開四）	ia（魚開四）	ǐən（文開三）	iən（文開四）

據上表，此系《研究》《史稿》歸類分歧的 16 個字大體可分爲兩種情況：

（1）開合有別，等相同：貝敗版板蠻慢變弁緜面。

（2）歸部不同：蠡麗也諲薦典。

「貝敗版板蠻慢變弁緜面」諸字開合歸類不同反映了《研究》與《史稿》

對唇音字開合的不同看法。從諧聲角度看，「版板蠻慢變弁」等字均與後世輕唇有涉，當歸入合口，「貝敗絲面」等字則當歸入開口。

也，《廣韻》羊者切，馬韻三等，從諧聲角度看，當歸入歌部。《廣韻》麻韻細音字上古多屬魚部，《研究》中將「也」歸入歌部，但認為是不規則演變〔註32〕；《史稿》歌、魚二部都有麻韻細音字，卻將「也」歸入魚部，這可能是《廣韻》同小韻字「野」「冶」俱為魚部字的緣故。

蠡，從蚰、象聲；象，元部，從諧聲看，「蠡」當屬歌部，蠡、象歌元對轉。《史稿》歸支部當與其中古音韻地位（盧啟切，薺韻四等）有關。

典聲、亞聲字，《研究》未定，暫從江有誥歸寒部，《史稿》從段玉裁歸文部。

7. 支錫耕系

《研究》沒有《史稿》ue、uek、ueŋ 三類字。此系《研究》《史稿》存在分歧的字只有 1 個「耿」字。

耿，《廣韻》古幸切，耿韻二等，《史稿》歸 eŋ 類當據此。《研究》將「耿」歸入合口細音迴類，王力先生的主要依據是耿、炯音義近。炯，《廣韻》戶頂、古迥二切。另《說文》以為「耿」字從耳、烓省聲。烓，《廣韻》口迥切，《研究》將「耿」歸入合口迥類可能也有這方面的思考。

8. 脂質真系

《研究》《史稿》此系共有 14 個字歸類出現分歧：弭爾雞啟棣恩櫛瑟臻蓁溱榛莘繼。分歧情形如下：

表 3-12：脂質真系《研究》《史稿》歸類分歧字

歸類分歧字	弭	爾	櫛瑟	臻蓁溱榛莘
《研究》韻類	脂（脂開洪）		質（質開細）	眞（眞開細）
《史稿》韻類	ǐe（支開三）	ǐa（歌開三）	et（質開二）	en（眞開二）
歸類分歧字	恩	雞啟	棣	繼
《研究》韻類	[痕]（眞開洪）		齊（脂開細）	
《史稿》韻類	ən（文開一）	ie（支開四）	iat（月開四）	iet（質開四）

〔註32〕《上古韻母系統研究》，《龍蟲並雕齋文集》，中華書局，1980，P122。

據上表，此系《研究》《史稿》歸字分歧有三種情況：

（1）歸部不同：弭爾雞啓棣恩；

（2）開合同，等不同：櫛瑟臻蓁溱榛莘；

（3）等呼同，陰入不同：繼。

《研究》將「弭」歸脂部有兩根據：1. 弭、敉通假，2.《楚辭・遠遊》「弭」與「涕」叶韻。弭，《廣韻》綿婢切，紙韻三等，另「弭」有一或體作「毧」，從兒得聲，兒，支韻三等，《史稿》可能因這兩個原因將「弭」歸入支部，。

雞，段玉裁、江有誥入支部，朱駿聲入履部（即脂部），《研究》依朱氏入脂部。《研究》與《史稿》的不同反映了王力先生早期、中期對奚聲字不同看法。

「櫛瑟臻莘」韻圖排二等位，蓁溱榛與臻同小韻，《史稿》歸二等根據的可能是韻圖，《研究》則是按中古實際音韻地位上推的。

9. 微物文系

此系《研究》《史稿》出現分歧的字有 7 個：卒賁胤美尹日近。分歧情況如下：

表 3-13：微物文系《研究》《史稿》歸類分歧字

歸類分歧字	近	胤	尹	賁
《研究》韻類	殷（諄開細）		諄（諄合細）	
《史稿》韻類	iən（文開四）	ĭen（眞開三）	ĭwen（眞合三）	uən（文合一）

歸類分歧字	美	卒	日
《研究》韻類	微（微合細）	物（術合細）	
《史稿》韻類	ĭei（脂開三）	uət（物合一）	ĭwat（月合三）

《研究》《史稿》出現分歧的 7 個字，大體分為三種情況：

（1）開合相同，等不同：卒賁；

（2）歸部不同：胤美曰尹；

（3）近，《研究》歸〔微〕類、殷類，《史稿》歸 iən 類。

卒，《廣韻》臧沒、子聿二切，《研究》歸合口細音當據「子聿切」，《史稿》歸合口一等則依「臧沒切」。

賁，《廣韻》符分、博昆、符非、彼義四切，《研究》歸細音當據「符分切」，

《史稿》歸一等當據「博昆切」。

近，《研究》認爲有陽聲、陰聲兩讀，歸〔微〕類有韻文爲據：《杕杜》叶「偕」「近」「邇」，[註33] 歸殷類，則據《廣韻》和諧聲。《史稿》只歸入陽聲 iən 一類。

10. 緝侵系

此系《研究》《史稿》有 3 個字出現分歧：軜立笠。

軜，《研究》歸緝部開口洪音合類，《史稿》歸緝部合口一等 uəp 類。立笠，《研究》歸緝部開口細音緝類，《史稿》歸緝部合口三等 ǐwəp 類。這三個字均爲等相同，開合不同。《研究》歸此三字入開口，當是根據其中古音上推而定。至於《史稿》歸入合口，王力先生只是作爲一個假設提出，他認爲「納」從「內」得聲，「內」爲合口，故「納」也爲合口；「位」從「立」得聲，「位」屬合口三等，故從「立」得聲的字也屬合口三等。[註34]

11. 葉談系

《研究》無《史稿》ǐwap、ǐwam 兩類字，《史稿》ǐwam 類有「氾」字，《研究》則有「泛」字，泛氾，《廣韻》同一小韻。「泛」在《研究》中屬〔東〕類，故《研究》可能將 ǐwam 併入〔東〕類；由於《研究》中沒有與《史稿》ǐwap 類的「法」「乏」二字相同或相類的字作參照，因此我們尚無法知道《研究》究竟如何處理《史稿》的 ǐwap 類。

此系《研究》《史稿》共有 3 個字歸類出現分歧：函遝忝，均爲歸部不同：

表 3-14：葉談系《研究》《史稿》歸類分歧字

歸類分歧字	函	遝	忝
《研究》韻類	談（談開洪）	盍（盍開洪）	鹽（談開細）
《史稿》韻類	əm（侵開一）	əp（緝開一）	iəm（侵開四）

《小雅·巧言》二章，「涵」「讒」叶韻，函涵，《廣韻》同一小韻，毚聲，江有誥歸談部。《史稿》將「讒」歸談部，而將「函」依高本漢歸侵部[註35]。

〔註33〕《龍蟲並雕齋文集》，中華書局，1980，P137。

〔註34〕《漢語史稿》，中華書局，1980，P91。

〔註35〕《漢語史稿》，中華書局，1980，P98 註腳①。

忝，《廣韻》他玷切，《研究》歸談部當據此。《史稿》歸侵類當據諧聲，「忝」從「天」得聲，「天」屬眞部四等，從語音系統性考慮，「忝」歸入侵部四等更加合理。

二、中期到晚期的上古韻母學說的發展變化

（一）中期到晚期上古韻母學說的發展

中期到晚期，王力先生上古韻母系統在韻類、等、開合等幾方面出現了一些較爲顯著的變化。韻類方面，《史稿》將上古韻母定爲 152 類，開口 93 類，合口 59 類；《語音史》則定爲 151 類，開口 88 類，合口 63 類，具體分佈情況如下表：

表 3-15：《史稿》《語音史》等呼對照表

論著＼等呼	開口				合口			
	一	二	三	四	一	二	三	四
《史稿》	29	18	26	20	17	8	25	9
《語音史》	21	22	27	18	16	14	23	10

《語音史》無《史稿》緝部合口三等 ǐwəp 類，《語音史》將此類歸緝部開口三等 ǐəp 類。《語音史》無《史稿》文部合口四等 iwən 類，《語音史》將此類歸文部合口三等 ǐuən 類。《史稿》無《語音史》文部合口二等 oən 類。在韻的等第方面，《史稿》將支錫耕眞四部二等推到上古一等，與眞同系的脂質二部的二等，《語音史》雖未明確說明，但從語音系統性來看，既將眞部二等推到上古一等，那麼脂質二部二等也應隨之推到上古一等。也就是說，《語音史》將支錫耕脂質眞六部二等全部定爲上古一等。開合方面，幽覺二部《史稿》全爲開口，而《語音史》全爲合口。

以上我們主要從音類角度對王力先生中期、晚期的上古韻母系統作了對比，下面我們再從音值的角度進行對比。《史稿》《語音史》的介音、主元音、複元音、韻尾情況如下：

表3-16：王力中期、晚期上古韻母系統介音對照表

著作＼等呼	開口				合口			
	一等	二等	三等	四等	一等	二等	三等	四等
《史稿》	無	e	ǐ	i	u	o	ǐw	iw
《語音史》	無	e	i̯	i	u	o	i̯u	iu

表3-17：王力中期、晚期上古韻母系統韻尾對照表

韻尾	陰聲韻尾	陽聲韻尾			入聲韻尾		
《史稿》	無	-m	-n	-ŋ	-p	-t	-k
《語音史》	無	-m	-n	-ŋ	-p	-t	-k
韻部	之幽宵侯魚支脂微歌	侵談	眞文寒	蒸東陽耕	緝葉	質物月	職覺藥屋鐸錫

　　從《史稿》到《語音史》，介音只是符號作了調整，其實質並未改變。入聲、陽聲韻尾完全一致。

　　下面我們來看一下《史稿》到《語音史》元音方面的發展變化。《史稿》有5個主元音，《語音史》有6個主元音，除了這些單元音外，王先生在《史稿》和《語音史》中還構擬了複元音。我們將《史稿》《語音史》元音所轄的韻部列表對比如下：

表3-18：王力中期、晚期上古韻母系統元音對照表

序號	1	2		3	4	5	6	7	8
《史稿》	ə	a		ɑ	o	e	əu	au	ei	əi
《語音史》	ə	ɑi		ɑ	ɔ	e	u	o	ei	əi
韻部	之職蒸物文緝侵	歌	月寒葉談	魚鐸陽	侯屋東	支錫耕質眞	幽覺	宵藥	脂	微

　　由上表可見，《史稿》到《語音史》的元音擬測的變化表現在第2、3、5、6列中，分爲三種情況：1. 將單元音改擬爲複元音，如歌部；2. 將複元音改擬爲單元音，如幽覺宵藥四部；3. 將單元音改擬爲另一單元音，如侯屋東三部。第3種情況是由第2種情況引起的，宵藥二部由au改擬爲o，便佔據了原先侯屋東的主元音位置，王先生於是把侯屋東從半高元音 o 推到半低元音ɔ，從而使系統內部達到新的平衡。

　　王先生從《漢語音韻》開始就將歌部擬爲 ai，其根據有二，一是陰陽入三聲對應關係，二是歌部與微部的密切關係，王先生更傾向於後者：「我最近把歌部改擬爲 ai，與其說是從陰陽入三聲的對應上考慮，不如說是更多地從歌微兩部讀音相近的事實上考慮。」〔註36〕

　　《史稿》將幽擬爲 əu，是考慮之幽關係較近，之爲 ə，幽爲 əu，則主元音相同，又宵幽也有合韻情況，王先生又將宵擬爲 au，其中相同音素 u 表示宵幽的關係相近。這樣擬測的好處在於它能很好地解釋之幽宵的關係，但它卻帶來了整個系統的不協調。即同爲複元音，爲什麼 əu、au 有相應的入聲 əuk、auk，而 ei、əi 卻沒有對應的入聲 eit、əit 呢？此外，幽覺二部的開合問題，可能也是王先生將 əu 改擬爲 u 的原因之一。起初，王先生將幽部一律視爲合口，但考慮到幽部中的中古豪韻字多不與合口有聯繫，故於《研究》中試著將幽覺二部分開合，〔註37〕後來《史稿》又放棄了《研究》的看法，全歸爲開口，《語音史》又回到起初的看法，即全歸合口，擬爲 u 十分方便。

　　在《史稿》與《語音史》之間，王先生寫過《先秦古韻擬測問題》一文，定上古韻母爲 154 類，《先秦古韻擬測問題》刪去陽部合口四等 iwaŋ 類、文部 iən、iwən 類，增加文部 oən 類，脂質眞三部分別增加了合口一等 uei、uet、uen，另增加了脂部合口四等 iwei 類。《先秦古韻擬測問題》用 ng 表《史稿》ŋ，歌部 a 改擬爲 ai，魚部 ɑ 改擬爲 a。這些改換，ng→ŋ 爲符號的更換，無本質變化。ɑ→a，王先生說：「魚鐸陽三部的元音 a，不一定是前 a，可能是中 a 或後 a[â]。現在歌部改擬爲 ai，魚部擬成 a 也沒有衝突，但 a 的性質不必十分確定」，可見，ɑ→a 反映了王先生對魚鐸陽三部主元音的音值仍在思考中。《先秦古韻擬測問題》雖刪去 iən 類，但王先生只說明了此類欣韻的處理，沒有解釋此類先韻和此類「不規則變化」的齊韻共 8 字的歸屬問題，故王先生在此文的註腳雖稱「刪去 iən」，但實際只是將 iən 類中的欣韻字歸到了 ǐən 類。

　　下面我們總結一下王力先生上古韻母系統從中期到晚期大體的發展變化情況：

〔註36〕《王力語言學論文集》，商務印書館，2000，P229。

〔註37〕《龍蟲並雕齋文集》，中華書局，1980，P101。

1. 韻部方面。晚期認爲《楚辭》是三十部，冬部已經從侵部分出。

2. 音類方面。《史稿》152 類調整爲 151 類，具體情形爲：《語音史》將《史稿》緝部合口三等 ǐwəp 類併入 iəp 類，《語音史》將《史稿》文部合口四等 iwən 類併入文部合口三等 juən 類，《語音史》增加文部合口二等 oən 類。《史稿》將支錫耕脂質真六部的二等字推到上古一等，《語音史》將它們定爲二等。幽覺二部從全爲開口改爲全是合口，侯屋東三部從分開合改爲全是開口。

3. 構擬方面。介音與韻尾基本相同，主元音變化稍大，主要是單元音與複元音之間的調整，具體來說，歌部改擬爲 ɑi，幽部由 əu 改擬爲 u，宵部由 au 改擬爲 o。

（二）中期到晚期歸字分歧的討論

魚鐸陽、緝侵、盍談三系《史稿》《語音史》歸字沒有分歧，下面我們就《史稿》《語音史》中其他各系歸字方面的分歧進行對比並展開討論。

1. 之職蒸系

《史稿》《語音史》此系有 5 個字出現分歧：備畝母敏馮。備，《史稿》歸職部開口三等 ǐək 類，《語音史》歸之部開口一等 ə 類。畝母，《史稿》歸之部開口一等 ə 類，《語音史》歸之部合口一等 uə 類。敏，《史稿》歸之部合口一等 uə 類，《語音史》歸之部開口三等 iə 類。馮，《史稿》歸蒸部合口三等 ǐwəŋ 類，《語音史》歸蒸部開口三等 iəŋ 類。

備，高本漢、李方桂歸爲之部開口三等，王先生《研究》歸之部合口三等，《史稿》從高本漢改爲開口三等，歸職部。王先生《詩經韻讀》中有《〈詩經〉入韻字音表》，此表中「備」既歸之部開口三等 iə 類，又歸職部合口一等 uək 類。備，《詩經》2 見，《〈詩經〉入韻字音表》iə 類標 1 見，uək 類標 2 見。王先生《詩經韻讀》正文中「備」於《楚茨》《旱麓》分別 1 見，擬音均爲 buək。可見 uək 類很可能爲《詩經韻讀》的本意，至於《〈詩經〉入韻字音表》iə 類的「備」，存疑。《語音史》將備歸開口一等 ə 類，不知所據爲何，存疑。備，《漢語方音字彙》所載二十個方言點均爲開口，西安、雙峰、南昌、梅縣、廈門、潮州、建甌均讀細音，太原、成都白讀爲細音，《廣韻》平祕切，三等至韻，故我們贊成《史稿》歸爲職部開口三等。

畝母，高本漢、李方桂歸開口一等，王先生《研究》歸之部合口細音尤

類，《史稿》歸開口之部一等 ɔ 類，《語音史》歸之部合口一等 uə 類。畝母，《漢語方音字彙》所載各點方言皆爲洪音，根據前文所說的「以後世變爲輕脣者歸爲上古合口」，我們贊成將其歸爲開口一等。

敏，段玉裁曰：「每聲在此部，〔註38〕《詩》(《甫田》《生民》) 二見，今入軫。」王先生《詩經韻讀》歸開口三等。《漢語方音字彙》二十個點，有十五個點爲細音，與「敏」同音的「潛」，因此我們贊成《語音史》歸之部開口三等 iə 類。

2. 支錫耕系

此系有 5 個字《史稿》《語音史》歸類存在分歧：敬荆生平鳴，這 5 字《史稿》《語音史》只有開合不同。敬荆生平鳴，《史稿》歸耕部開口三等 ǐeŋ 類，《語音史》歸耕部合口三等 ǐueŋ 類。

敬，《研究》歸耕部開口細音清類 (即開口三等)，《史稿》只收於開口三等，《語音史》開口三等、合口三等皆收。荆生，《史稿》歸開口三等，《語音史》歸合口三等。我們知道，脣音字的開合不易確定，然「敬荆生」不是脣音字，爲何王先生《史稿》和《語音史》開合不一致呢？《韻鏡》以下三位爲空：清韻合口見母三等位、勁韻合口見母三等位、清韻合口書母三等位，這正好與耕部合口三等「傾瓊頃」互補，王先生《語音史》可能即利用了此互補關係將「敬荆生」等推到上古合口三等。

3. 侯屋東系

此系有 6 字《史稿》《語音史》發生分歧：仆降絳浲充豐。仆，《史稿》歸屋部合口三等 ǐwok 類。「仆」可能爲「僕」簡化之誤。僕，《語音史》歸屋部開口一等 ok 類。降絳浲，《史稿》歸侵部合口二等 oəm 類，《語音史》歸 oəm、東部開口二等 eɔŋ 類。充豐，《史稿》歸侵部合口三等 ǐwəm 類，充，《語音史》歸東部開口三等 iɔŋ 類，豐，《語音史》歸侵部合口三等 ǐuəm、東部開口三等 iɔŋ 類。

4. 宵沃系

鬻，《史稿》歸藥部開口二等 eauk 類，《語音史》歸沃部開口一等 ok 類。

〔註38〕之部。

嚳，《廣韻》胡沃、胡覺二切，《史稿》歸 eauk 類與「胡覺切」一致，《語音史》歸 ok 類與「胡沃切」相符。

5. 幽覺系

此系《史稿》《語音史》有 2 字存在分歧：矛幽。矛，《史稿》歸幽部開口三等 ĭəu 類，《語音史》歸幽部開口一等 u 類。幽，《史稿》歸幽部開口四等 iəu 類，《語音史》歸幽部開口三等 i̯u 類。

矛，《廣韻》莫浮切，周祖謨先生說：「莫浮切，故宮本、敦煌本王韻同。切三作莫侯反。」〔註39〕《史稿》歸 ĭəu 類同「莫浮切」，《語音史》歸 u 類同「莫侯反」。現代某些方言中「矛」也存在洪細二讀，如西安、太原、武漢、成都等讀 au（文）、iau（白），雙峰讀 ɤ（文）、iɤ（白），南昌讀 au（文）、iɛu（白）。

幽，《廣韻》於虯切，韻圖排四等位，《史稿》處理成四等，與韻圖排位合，且避免了與尤韻影母的衝突。《語音史》的處理，使「幽優」同屬上古幽部合口三等，中古幽優不同韻，且閩方言潮州、福州「幽優」讀音有別，按照王先生的體系，就得立一個不規則變化。

6. 微物文系

此系《史稿》《語音史》有 8 個字歸類有差別：卒陙員囷殷勤芹欣。

卒，《廣韻》臧沒、子聿二切，《史稿》歸 uət，當據「臧沒切」，《語音史》歸 i̯uət 類，當據「子聿切」。

陙員囷，《史稿》歸文部合口四等 iwən 類，《語音史》歸文部合口三等 i̯uən 類。殷勤芹欣，《史稿》歸文部開口四等 iən 類，《語音史》歸文部開口三等 i̯ən 類。

陙，《廣韻》于敏切，云紐；員，《廣韻》王權切，云紐；囷，《廣韻》去倫切，溪紐。《廣韻》文韻系亦有云、溪二紐字，如文韻云紐「雲」「耘」，吻韻溪紐「趣」等。《語音史》將「陙員囷」三字歸入文部合口三等，似乎無法解決與《廣韻》文韻系字的衝突問題。

殷，於斤切，影紐；勤、芹，巨斤切，群紐；欣，許斤切，曉紐。《廣韻》真韻系亦有影、群、曉諸紐字，如真韻影紐「裀」、群紐「硍」；震韻曉紐「釁」

〔註39〕《廣韻校本》（下），中華書局，2004，P206。

等。《語音史》將「殷勤芹欣」四字歸入文部開口三等，似乎亦難以解決與《廣韻》眞韻系字的衝突問題。

7. 脂質眞系

此系《史稿》《語音史》有 4 字發生分歧：開四棣戾。開，《史稿》歸微部開口一等 əi 類，《語音史》歸脂部開口一等 ei 類。四，《史稿》歸脂部開口三等 ǐei 類，《語音史》歸質部開口三等 ǐet 類。棣，《史稿》歸月部開口四等 iat 類，《語音史》歸質部開口四等 iet 類。戾，《史稿》iat、iet 兩類皆有，《語音史》只有 iet 類。

開，《史稿》歸 əi 類，《古韻脂微質物月五部的分野》將「開聲」歸微部，《詩經韻讀》「諧聲表」又將「開聲」歸脂部，《語音史》將「開」放入脂部開口二等，加了個註腳：「『開』字後來轉入一等。」〔註40〕按照王先生脂微分部的原則，皆韻開口二等應歸脂部〔註41〕，「開」若歸脂部，且放二等，勢必與皆韻開口二等「揩」衝突。因此，「開」若歸脂部，要麼立個一等，這顯然不合系統，因爲質、眞二部均無一等，要麼歸二等，但要立個不規則變化，這也不合系統。慨，《史稿》《語音史》歸物部開口一等長入，愷，《史稿》《語音史》歸微部開口一等，「開」與「慨愷」只是聲調有別，故我們認爲《史稿》的處理較合理。

「四棣戾」三字，《古韻脂微質物月五部的分野》對其歸類作了討論，《語音史》接受《古韻脂微質物月五部的分野》的思想，故與《史稿》有別。《史稿》iat、iet 兩類均有「戾」字，其中 iet 類的「戾」疑爲「戻」之訛，《史稿》iet 類「戻」前一字是「替」，「替戻」同小韻，《史稿》iat 類「戾」後有兩字「棣隸」，與「戾」同小韻。

8. 歌月元系

此系有 3 字《史稿》和《語音史》歸類產生分歧：敗邁泄。敗邁，《史稿》歸月部合口二等 oat 類，《語音史》歸月部開口二等 eat 類。「泄」，《史稿》歸短入，《語音史》歸長入。

泄，《廣韻》私列、餘制二切，《史稿》歸短入與「私列切」一致，《語音

〔註40〕《詩經韻讀》，上海古籍出版社，1980，P57。

〔註41〕《上古韻母系統研究》，《龍蟲並雕齋文集》，中華書局，1980，P143。

史》歸長入與「餘制切」一致。

通過對王力先生上古韻母系統早、中、晚三期的比較，我們認爲王力先生上古韻母系統的發展变化主要呈現出如下特點：

一、早期到中期的變化較大，中期到晚期的變化較小，這表現在如下幾個方面：

1. 早期上古韻母只分 105 類，中期分 152 類，中期除了完全分出入聲韻類外，還分出了其他韻類，雖然也合併了一些韻類，但總的趨勢是分，具體情形見本書附錄二。晚期分 151 類，與中期基本一致。

2. 早期只把中古的開合引到了上古，但中古的等還未完全引到上古，主要靠洪細來區分韻類；晚期則將中古開合、等完全引到上古，王先生將中古等呼引到上古只是將其框架引到上古，並非原封不動地把每個字的地位都推倒上古。早期一般將中古的一二等合爲洪音一類，三四等合爲細音一類。

3. 早期主要考定上古韻母主元音類別，未談及音值，中晚期則全面構擬了上古韻母系統的音值。

二、早中期表現出較強的革新性，晚期呈現出較大的承繼性。

早期的革新性體現在如下幾個方面：

1. 提出並闡明脂微分部學說；

2. 區分中古開合與上古開合；

3. 提出梳理上古韻母系統的新方法；

4. 不依等韻成規，根據客觀分析，用洪細、開合的框架構建上古韻母音類。

中期王先生用歷史比較法，二呼八等框架來構擬上古音系統，形成了完整的現代化古音體系，其革新性表現在如下幾個方面：

1. 實踐「一部一主元音」主張；

2. 由考古派轉向審音派，堅持陰、陽、入三分體系；

3. 陰聲韻構擬爲開音節；

4. 爲二等韻母構擬了介音 e、o。

早期是在承繼清代學者的基礎上的革新，中晚期是在早期基礎上的發展，王先生上古韻母系統革新與承繼是辯證統一的。

三、早、中、晚三期韻部排列順序不同。《研究》將古韻分爲十一系二十三

部，《史稿》將古韻分爲十一類二十九部，《語音史》將古韻分爲二十九部，下面將陰聲韻部排列如下：

表 3-19

《研究》	之	幽	宵	侯	魚	歌	支	脂	微
《史稿》	之	幽	宵	侯	魚	支	脂	微	歌
《語音史》	之	支	魚	侯	宵	幽	微	脂	歌

　　王力先生在《研究》《史稿》《語音史》中對上古韻部的排序不完全相同。段玉裁之前，古音學家排列古韻部的標準是《廣韻》的次序，段玉裁首創按遠近親疏關係排列古韻部的方法，對之後的古音學家產生了深遠的影響。王先生說：「這種排列有兩個好處：第一，可以說明合韻（鄰韻才能通押）；第二，可以用作擬測的根據之一。」〔註42〕

　　我們將《詩經韻讀》陰聲韻的合韻作了統計，結果如下：

表 3-20

合韻部	脂微	幽宵	之魚	之幽	幽侯	脂支	脂歌
合韻數	34	11	5	5	3	1	1

　　從表中可知，《詩經》幽宵合韻僅次於脂微合韻，《研究》《史稿》《語音史》把它們連在一起，是符合《詩經》用韻的。

　　歌部，《史稿》《語音史》的排列與《研究》有差別，這主要與王力先生中期、晚期發現歌微關係較深有關。《研究》將歌部排在魚支之間，可能認爲其對應的陽聲韻收喉音韻尾。

　　王先生的韻部排列考慮了如下幾個因素：（1）傳統的因素，如《研究》之幽宵侯的排序就與江有誥一致。（2）韻文實際。我們將《詩經韻讀》中陰聲韻合韻情況作了統計，脂微、幽宵合韻次數最多，王先生在排列韻部時充分考慮了它們的密切關係。（3）語音系統。從韻尾看，《研究》《史稿》《語音史》都是按照收喉、收舌、收唇的順序排列的。

　　爲什麼早期到中期的變化較大，中期到晚期的變化較小呢？這除了王先生具有不斷探索，勇攀高峰的精神外，還有兩個原因：1. 王先生從考古派向

〔註42〕《先秦古韻擬測問題》，《王力語言學論文集》，商務印書館，2000，P224。

審音派的轉變是造成早期與中晚期分歧較大的內因。考古派主張古韻陰陽二分，審音派則主張陰陽入三分，王先生早期屬考古派，入聲韻沒有完全獨立，併入相應的陰聲，這必然造成早期韻類較少；2. 參照系不同是造成早期與中晚期分歧較大的外因。早期，王先生主要參照的是江有誥的《入聲表》，中期，主要參照的是高本漢，晚期的例字雖採自段玉裁《詩經均分十七部表》和《群經均分十七部表》，然其音系框架大體仍為中期的。

王先生於上古音系各方面都有探討，但韻母部分始終是王先生用力最深的部分，因而王先生於韻母研究方面取得的成果最豐碩。1. 提出並不斷闡明脂微分部學說。2. 不依等韻成規，用開合、洪細詳盡地梳理了上古韻母系統的音類。3. 全面系統地構擬了上古韻母系統的音值。4. 由重視押韻、諧聲轉向重視中古音系統。

第三節　聲調學說的發展變化

現代漢語有聲調，中古漢語也有聲調，那麼上古漢語有沒有聲調？如有，有多少聲調呢？這兩個問題是上古音研究中較為困難的問題，一代代學人做過不少研究。對於第一個問題，陳第雖傾向於古無聲調說，但隨著研究的深入，大家逐漸有著較為一致的看法，即上古有聲調。至於第二個問題，聚訟紛紜，顧炎武提出「四聲一貫」，江有誥主張「古有四聲」，孔廣森設想「古無入聲」，段玉裁斷定「古無去聲」，黃侃主張「古無上去二聲」。

王力先生是研究上古音的大家，他對上古聲調也作了可貴的探索。

早期，王先生在《中國音韻學》《上古韻母系統研究》中談到聲調問題。王先生此時對上古聲調有如下幾點認識：（1）上古是有聲調的；（2）上古聲調暫時認為有四個；（3）上古聲調調值與後來的調值一定不同；（4）上古陰聲有兩個聲調，即後世的平上，入聲也有兩個聲調，即後世的去入，陽聲暫時依照《切韻》定為平上去三聲。

在《中國音韻學》中，王先生贊成古代有聲調，並說明了理由：「古代大約是有聲調的。我們可以舉出兩個理由：第一，在詩經的用韻裏，我們雖看見古調類不與今調類相符，但我們同時注意到之幽宵侯魚支等部平上入三聲的畛域並未完全混亂，尤其是入聲與平聲往往不混。……第二，與漢語同系的藏緬語，泰語等，也都有聲調存在，可見聲調是與『單音語』（monosyllabic language）有密切關係的」。關於古代的調類是否為四個的問題，王先生態度比較謹慎：「關於古代的調類是否為四個，問題就不很簡單了。……我們對於這一點，不敢下十分確定的斷語，但我們比較地傾向於相信上古的聲調有四個，因為現代中國各地方言都保存著四聲的痕跡。例如北京平聲分為兩個，入聲歸入平上去；大部分的吳語平上去入各分為二，唯有許多地方的陽上歸入陽去；廣州平上去各分為二，唯入聲分化為三。這都是按著四聲的條理而為系統的分合，所以我們料想四聲由來已久，也許會早到漢魏以前。至於『諧聲時代』的調類是否為四個，就很難〔註43〕斷定了。」王先生確信古代的調值決不能與現代的調值相同，他說：「在音韻學上有兩個原則：第一是音類難變，音值易變……第二是調類難變，調值易變……嚴格說起來，恐怕調值比音值更為易變，因為音值須視發音的部位與方法為轉移，而調值只是呼氣緩急及喉頭肌肉鬆緊的關係。一個人把某一個字連唸兩次，實驗起來，其聲調的曲線也不會完全一樣的，何況數千年來的調值，還能不發生變化嗎？」王先生雖然堅信古代音值與現代不相同，但古代調值到底如何，很難考定，「究竟什麼地方的某種聲調與古代聲調相仿佛，現在已經很難推知；至於古代實際調值如何，更難考定了。」

　　在《上古韻母系統研究》中，王先生假定古有四聲，王先生說：「在未研究得確切的結論以前，我們不妨略依《切韻》的聲調系統，暫時假定古有四聲。陰聲有兩個聲調，即後世的平上，入聲也有兩個聲調，即後世的去入。陰聲也有轉為後世去聲的，例如之部的『忌』『賚』，歌部的『賀』『貨』，脂部的『涕』『穧』等。陽聲的聲調數目難決定，現在只好暫時依照《切韻》的平上去三聲。關於這個問題，我暫時不想詳論。」

　　中期，王先生於《漢語史稿》中提出了完整的聲調學說，於《漢語音韻》中給出了長入的分化條件。這一時期王先生對上古聲調的認識是在前期的基礎上進一步的發展，主要觀點有如下幾點：（1）上古聲調分為舒入兩大類；（2）舒入兩大類再按長短各分兩類，成為上古四聲；（3）上古四聲與中古四聲有對應關係。與前期相比，王先生此時的聲調學說最大特點是考慮了音長，將音長引入上古聲調中，是王先生對上古聲調的一大貢獻，它標誌著王先生上

〔註43〕原文此處無「難」，據文義補。

古聲調學說的最終形成。王先生中期與早期的上古聲調還有一點明顯的不同，早期上古聲調中含的中古聲調痕跡很重，而中期卻較多地從上古實際出發，對上古聲調提出更加合理的假設。此外，早期上古陽聲包括去聲，中期不包括去聲。

1957 年，王先生於《漢語史稿》中正式提出自己的聲調學說。王先生說：「我們以爲王江的意見基本上是正確的。先秦的聲調除了以特定的音高爲其特徵外，分爲舒促兩大類，但有細分爲長短。舒而長的聲調就是平聲，舒而短的聲調就是上聲。促聲不論長短，我們一律稱爲入聲。促而長的聲調就是長入，促而短的聲調就是短入。」王先生認爲這樣區分有兩個理論根據：「（1）依照段玉裁的說法，古音平上爲一類，去入爲一類。從詩韻和諧聲看，平上常相通，去入常相通。這就是聲調本分舒促兩大類的緣故。（2）中古詩人把聲調分爲平仄兩類，在詩句裏平仄交替，實際上像西洋的『長短律』和『短長律』。由此可知古代聲調有音長的音素在內。」

1963 年，王先生於《漢語音韻》中進一步闡述自己對入聲的觀點。王先生認爲應從兩個角度看入聲：「第一，入聲是以-p，-t，-k 收尾的，這是韻母問題，從這個角度看，段氏所謂去入爲一類是正確的，《廣韻》裏的去聲字，大部分在上古都屬於入聲；第二，入聲是一種短促的聲調，這是聲調問題，從這個角度看，段氏所謂古無去聲是不對的，因爲《廣韻》裏的陰聲去聲字雖然大部分在上古收音於-t，-k，但是它們不可能於《廣韻》裏的入聲字完全同調，否則後代沒有分化的條件，不可能發展爲兩聲。」王先生不贊成黃侃上古沒有上聲的說法，並且認爲江永四聲雜用的意見是正確的。王先生給出自己對聲調的看法並得出結論：「上古陰陽入各有兩個聲調，一長一短，陰陽的長調到後代成爲平聲，短調到後代成爲上聲；入聲的長調到後代成爲去聲（由於元音較長，韻尾的塞音逐漸失落了），短調到後代仍爲入聲。」此時王先生對《漢語史稿》中提出的長入給出了分化條件。我們將《漢語音韻》聲調系統列表如下：

表 3-21：《漢語音韻》聲調系統

上古		中古
陰聲韻	長	平
	短	上

	長	平
陽聲韻	短	上
	長	去
入聲韻	短	入

第四節　脂微分部學說的發展變化

1936 年，王先生發表了《南北朝詩人用韻考》，發現南北朝脂微韻與《切韻》脂微韻有別，考定《切韻》的脂韻舌齒音合口呼在南北朝該歸微韻。1937 年，王先生於《上古韻母系統研究》中正式提出上古韻母系統的脂微分部學說，王先生詳細論述了脂微分部的緣起、標準、證據，並就脂微分部以後產生的脂微合韻現象作出了科學的解釋。

首先，王先生說明了脂微分部的緣起。王先生認為受了《文始》與《南北朝詩人用韻考》的啓示，自己就試著將脂微分部。王先生說：「章太炎在《文始》裏，以『嵬隗鬼夔畏傀虺隤卉衰』諸字都歸入隊部；至於『白』聲『隹』聲『畾』聲的字，他雖承認『詩或與脂同用』，同時他卻肯定地說『今定為隊部音』。」又「去年七月，我發表《南北朝詩人用韻考》，其中論及南北朝的脂微韻與《切韻》脂微韻的異同，我考定《切韻》的脂韻舌齒音合口呼在南北朝該歸微韻，換句話說，就是章氏『追綏推衰誰蕤』等字該入微韻。這裏頭的「追推誰衰」等字，恰恰就是章氏歸入隊部的字。」

其次，確立了脂微分部的標準。王先生提出了如下的脂微分部標準：

（甲）《廣韻》的齊韻字，屬於江有誥的脂部者，今仍認為脂部。

（乙）《廣韻》的微灰咍三韻字，屬於江有誥的脂部者，今改稱微部。

（丙）《廣韻》的脂皆兩韻是上古脂微兩部雜居之地；脂皆的開口呼在上古屬脂部，脂皆的合口呼在上古屬微部。

上古脂微兩部與《廣韻》系統的異同如下：

廣韻系統	齊韻	脂皆韻		微韻	灰韻	咍韻
等呼	開合口	開口	合口	開合口	合口	開口
上古韻部	脂部			微部		
例字	鷖衹黎迷奚體濟（瞹）稽替妻繼弟犀啓棣眭	皆彝鶤司喈遲示私伊二屍比饑利師眉夷脂資	淮惟歸懷遺毀壞蘦唯追悲雖衰睢	衣祈韋肥依頎歸微晞威鬼尾幾翬非豈徽飛	虺摧回莦巍雷傀隤敦	哀開凱

　　王先生於《上古韻母系統研究》中正式提出「脂微分部」學說之後，後來在《漢語史稿》《漢語語音史》中對「脂微分部」學說均有不同程度的修正與發展。《上古韻母系統研究》《漢語史稿》《漢語語音史》分別代表了王先生「脂微分部」學說的早、中、晚三期。

　　我們對王先生的早、中、晚三期脂微部情況進行了統計分析，現將其列表如下：

表 3-22：《上古韻母系統研究》脂微部情況

上古韻部	脂部		微部	
開合	開	合	開	合
韻類	皆脂齊	齊	咍微	灰微
例字	皆階伊饑雞啓	騤葵揆	愛開衣豈	回雷威徽

表 3-23：《漢語史稿》脂微部情況

上古韻部	脂部		微部	
開合	開	合	開	合
韻類	皆脂齊	脂	咍皆微	灰皆微脂
例字	皆階伊饑笄泥	夔葵癸揆	開凱排俳衣豈	回雷乖懷歸威追唯

表 3-24：《漢語語音史》脂微部情況 〔註44〕

上古韻部	脂部		微部	
開合	開	合	開	合
韻類	咍皆脂齊	脂齊	咍皆微	灰皆微脂
例字	開皆階伊美體禮	夔葵騤睽揆癸	凱愷排俳衣豈	枚雷懷壞歸威

　　通過以上三張表，我們可以看到：1. 《上古韻母系統研究》脂部合口為齊韻，《漢語史稿》卻為脂韻，《漢語語音史》又為脂韻、齊韻；2. 咍韻，《上古韻母系統研究》《漢語史稿》只收於微部開口，《漢語語音史》脂部、微部均收有咍韻。

　　先來看第一個問題。《上古韻母系統研究》標為「脂部合口齊韻」的字一共

_____

〔註44〕《漢語語音史》未標中古韻目，我們根據收字補出韻目。

只有四個：骙葵揆睽，而「骙葵揆」三字在《廣韻》中均爲脂韻合口三等，這與「脂皆的合口呼在上古屬微部」的標準是不一致的。《漢語史稿》中「夔葵癸揆」等字，王先生明確標的是「脂」韻，屬脂部，這與王先生早期「脂皆的合口呼在上古屬微部」的標準也是有出入的。《漢語語音史》收「睽」，使脂部合口既有脂韻字又有齊韻字，仍然與早期「脂皆的合口呼在上古屬微部」的標準相違。王先生脂部合口或爲齊韻字，或爲脂韻字，或爲脂齊韻字，前後似乎矛盾，但從具體歸字來看，實質變化不大，「睽联」爲齊韻字，「夔葵癸揆骙」爲脂韻合口，王先生都歸爲脂部。「葵癸揆骙」等歸脂部，王先生有解釋，《上古韻母系統研究》有「脂微分部的理由」一節，其中「脂微分部的標準」丙條爲：「《廣韻》的脂皆兩韻是上古脂微兩部雜居之地；脂皆的開口呼在上古屬脂部，脂皆的合口呼在上古屬微部」，此條下王先生加了個註腳：「只有『癸』聲的字當屬脂部，因爲『癸』聲的字有『睽』『联』等字入《廣韻》齊韻」，也就是說王先生把從「癸」聲的字全歸爲上古脂部合口，從「癸」之字在《廣韻》中雖分佈於脂、齊兩韻中，但王先生卻把從「癸」的脂韻合口字全視爲齊韻類。然而，「夔」歸脂部，王先生卻沒有解釋。

　　我們再來看第二個問題。第二個問題實際上就是「開」的歸部問題，開，《廣韻》咍韻：苦哀切，根據「《廣韻》的微灰咍三韻字，屬於江有誥的脂部者，今改稱微部」，〔註45〕《上古韻母系統研究》《漢語史稿》均將其歸爲微部是合理的，然而《漢語語音史》卻將其歸爲脂部，這是爲什麼呢？高本漢說：「『開』『闓』二字一個是平聲一個是上聲，同爲一個詞根的兩個變體，『闓』從『豈』聲。」〔註46〕

　　王先生對脂部韻腳及相關問題的認識早期和晚期也有不同，下面將不同處列表對照如下：

〔註45〕《上古韻母系統研究》，《龍蟲並雕齋文集》，中華書局，1980，P142～143。

〔註46〕《中上古漢語音韻綱要》高本漢著、聶鴻音譯，齊魯書社，1987，P137。

表 3-25

《上古韻母系統研究》	《詩經韻讀》
《載馳》三章：濟閟。脂部獨用。	《載馳》二章：濟閟。脂質通韻。
《大田》二章：穉穧。《大田》三章：淒祈私。	《大田》三章：萋祈私穉穧。
《碩人》一章	《碩人》二章
《大東》	《大東》一章
《瞻彼洛矣》一章：茨師	《瞻彼洛矣》一章：茨師
《行葦》二章：弟爾幾。脂部獨用。	《行葦》一章：葦履體泥弟爾幾。微脂合韻。
無	《靜女》二章：荑美
無	《杕杜》一二章：比佽比佽
無	《杕杜》四章：偕邇
無	《六月》一章：棲騤
無	《思齊》二章：妻弟
《葛覃》一章：萋喈。脂部獨用。	《葛覃》一章：萋飛喈。脂微合韻。
《谷風》（邶風）二章：遲違。可以認為脂部獨用。	無

王先生對微部韻腳及相關問題的認識早期和晚期也有不同，下面將不同處列表對照如下：

表 3-26

《上古韻母系統研究》	《詩經韻讀》
《式微》一二章：微歸微歸	《式微》一二章：微微歸微微歸
《揚之水》（王風）：懷歸懷歸懷歸	《揚之水》（王風）一二三章：懷懷歸懷懷歸懷懷歸
《七月》二章	《七月》三章
《東山》三章	《東山》四章
《旱麓》六章：枚回	《旱麓》五章：蘽枚回
《北門》三章：敦遺摧。微部獨用。	《北門》三章：敦遺摧。文微通韻。
《采芑》四章：（焞）靁威。微部獨用。	《采芑》四章：焞靁威。文微通韻
《谷風》（小雅）三章：嵬萎（怨）。微部獨用。	《谷風》（小雅）三章：嵬萎怨。微元合韻。

《靜女》三章：煒美。微部獨用。	《靜女》三章：煒美。微脂合韻。
《瞻卬》二章：罪罪。微部獨用。	無
《北風》二章：霏歸。微部獨用。	《北風》二章：喈霏歸。脂微合韻。
《四月》二章：腓歸。微部獨用。	《四月》二章：淒腓歸。脂微合韻。
不必認爲入韻。	《桑柔》二章：騤夷黎哀。脂微合韻。
不必認爲入韻。	《桑柔》三章：維階。脂微合韻。
無	《燕燕》一二三章：飛歸飛歸飛歸。

由上面兩表可知：

1. 早、晚期韻腳、韻段確認不同。早期認爲入韻，晚期不認爲入韻，如「《谷風》（邶風）二章」；晚期認爲入韻，早期不認爲入韻，如「《靜女》二章」等。

2. 早、晚期分章不同。有二章合爲一章的，如早期「《大田》二章」「《大田》三章」，晚期合爲「《大田》三章」；有章數不同的，如早期爲「《碩人》一章」，晚期爲「《碩人》二章」，「《大東》」早期未標章數，晚期標爲「一章」。

3. 同一韻段，早、晚期分析不同。如「《載馳》三章：濟閟」，早期分析爲「脂部獨用」，晚期分析爲「脂質通韻」。

早期，王先生脂部的韻例是在段玉裁的基礎上整理而成的，晚期王先生《詩經韻讀》全面整理《詩經》用韻，這可能是早、晚期分章、韻腳、韻段不同的原因之一。所據版本不同可能也是早晚期分章不同的原因。王先生古音學說的發展變化是早、晚期對同一韻段分析不同的主要原因，如「《載馳》三章：濟閟」，「閟」爲去聲字，王先生二十世紀五十年代提出長入說後，將其歸到入聲，故分析爲「脂質通韻」。

通過以上研究，我們可以知道：

1. 王力先生的脂微分部學說是有發展變化的。

2. 王力先生對《詩經》脂微兩部韻腳的處理早期與晚期存在差異。

第四章　王力上古音學說的成就

第一節　早期上古音學說成就

一、將上古音研究從傳統的韻部系統水平提高到韻母系統水平

　　清人方東樹说：「學問之道非一人之智所能畢其全功者也。」（《許氏說文解字雙聲疊韻譜》）清代古韻分部猶如一場接力賽，集眾人之力畢其功，明末清初大經學家顧炎武（1613～1682）總結前人研究古音的經驗教訓，花三十年功夫寫了《音論》《詩本音》《易音》《唐韻正》《古音表》，合稱《音學五書》，顧炎武將《詩經》三百篇互相押韻的字儘量歸到一起，分古韻爲十部。王力先生說：「顧氏是清代古音學的先驅者，他的篳路藍縷之功是不可磨滅的。」〔註1〕顧氏離析《唐韻》，改入聲配陰聲，這些都爲後來的古韻分部開了個很好的頭。顧氏學說曾遭到毛奇齡的極端排斥，然顧氏方法科學，爲後人所稱道。顧氏十部中後來成爲定論的有四部：歌、陽、耕、蒸。

　　江永（1681～1762）在顧炎武的基礎上繼續分部，江永曾批評顧炎武「考古之功多，審音之功淺」，故江氏很注重審音，他根據弇侈分立理論來審音，這使得他將古韻分部又向前推進了一步。江永將眞元分部、侵談分部、幽宵分部，

──────────

〔註 1〕《清代古音學》，中華書局，1992，P36。

又將侯部從魚部分出，同時併入幽部。

段玉裁（1735～1815）繼承了江永的研究成果，在江氏的基礎上將古韻分爲十七部。段玉裁從中古音系中得到啓發，劃分支、脂、之，戴震對此大加讚賞：「大箸辨別五支六脂七之，如清眞蒸三韻之不相通，能發自唐以來講韻者所未發。」此外段氏還將眞文分部、侯部獨立。王先生說：「清代古韻之學到段玉裁已經登峰造極，後人只在韻部分合之間有所不同（主要是入聲獨立），而於韻類的畛域則未能超出段氏的範圍。」〔註2〕

清代古音學的研究方法到段玉裁已臻完備，顧炎武確定古音研究對象爲《詩經》音系，用「韻腳字歸納法」將古韻分十部，江永又將審音思想引入古韻分部，段玉裁將諧聲系統用到古音研究中，後人即用這些方法對上古韻部進行增修。

段氏之後，孔廣森將古韻分爲十八部，王念孫、江有誥分爲二十一部。王國維說：「古韻之學，自昆山顧氏，而婺源江氏，而休甯戴氏，而金壇段氏，而曲阜孔氏，而高郵王氏，而歙縣江氏，作者不過七人，然古音二十二部之目遂令後世無可增損。故訓詁名物文字之學有待於將來者甚多；至古韻之學，謂之前無古人，後無來者，可也。」〔註3〕

縱觀清代古音學史，我們可以知道，清代學者研究古音多在韻部分合上做文章，被稱爲小學殿軍的「章黃」仍然走清代學者的路子。章太炎將古韻分爲二十三部，他是在王念孫二十一部的基礎上，再接受孔廣森的多部，加上自己的隊部而成。黃侃在章氏的基礎上，按戴震陰陽入三分的原則將古韻分爲二十八部。

清代古韻學家大體分爲考古、審音兩派，章黃的古韻分部分別代表了考古、審音兩派的最終結果。民國時的學者基本上也只是在述及前人古韻成就的基礎上，取章或黃一家作爲自己的理論基礎，如馬宗霍《音韻學通論》，在敍述了顧炎武等古韻分部後，取章太炎二十三部。

上古音研究經過清代學者幾代人的努力，到清末民初已基本無法在原有的路子上繼續向前推進，歷史呼喚既有傳統學術功底又有西方學術背景的學者，

〔註2〕《清代古音學》，中華書局，1992，P129。

〔註3〕《周代金石文韻讀序》，《觀堂集林》，中華書局，1959，P394。

王力先生便是符合這個歷史要求的人。王先生早年曾失學十年，在這十年裏，他有幸得到了 14 箱書，刻苦攻讀，1926 年考進清華國學研究院學習，從王國維、梁啓超、陳寅恪、趙元任諸大師學習，這些爲王先生打下了深厚的傳統學術底子。1927 年王先生去法國留學，這使王先生掌握了西方學術的精髓。王先生有了如此深厚的中西文化底子，使他的《中國音韻學》《上古韻母系統研究》大大超邁了前人。

首先，王力先生上古韻母系統是繼承清代七家，加上章、黃，並結合西方高本漢的成果而形成的。

其次，用「開合」「洪細」將上古韻部分析到韻母層次。江有誥《入聲表》已標有開合，然江氏所標爲中古開合，王先生用「諧聲系聯法」，不依等韻成規，重新釐定上古開合。黃侃認爲上古一個韻部要麼只有洪音，要麼只有細音，如黃侃直接以灰、沒、痕、歌、曷、寒、模、鐸、唐、侯、屋、東、豪、沃、冬、咍、德、登、合、覃二十部爲洪音，屑、先、齊、錫、青、蕭、帖、添八部爲細音。王先生通過「開合」「洪細」，將《詩經》所有的字整理了一遍，構建了完整的上古韻母系統，將上古音研究提高到上古韻母水平。

最後，確定選字範圍。王力先生以前的學者，多以《說文》所有的字爲標準，但《說文》裏有許多字是先秦古籍所無的，王先生將選字的範圍定在《詩經》範圍內，爲什麼要確定此範圍，王先生說：「第一，《詩經》是最古而且最可靠的書之一；第二，《詩經》的字頗多（約有 2,850），足以表示很豐富的思想，及描寫很複雜的事情；第三，普通研究上古韻部就等於研究《詩經》韻部，如果我們把《詩經》所有的字作爲研究上古韻母系統的根據，也很相宜。」〔註4〕

二、確定了上古音研究中的幾條重要原則

1. 一部一主元音

1931 年，李方桂先生在《切韻â的來源》中提出一個重要的看法：「我覺得押韻的字他的主要元音是最重要的，韻尾還在其次，現在韻尾雖有些相似，元音差的太多，押韻是不可能的」。爲了解釋《詩經》「來」與「贈」押韻，

〔註4〕《上古韻母系統研究》，《王力文集》第十七卷，山東教育出版社，P.127-128。

李先生說：「來是 ləg，贈是 dzəng，我們就可以看出來他們押韻的原因是因為他們的元音是一樣的。」1937 年，王力先生則明確提出「一部一主元音」學說，他說：「關於主要元音的類別，我雖不願在此談及音值，但我可以先說出一個主張，就是凡同系者其主要元音即相同。假設歌部是-a，曷部-at，寒部-an。」這個原則的確立，為日後王先生在構擬上超越高本漢奠定了基礎，因為有了這個原則，上古韻部的主元音數就不會很多。

2. 諧聲系聯問題

1937 年，王先生提出了古韻分部異同考的新標準。即王先生提出了以「諧聲偏旁分類系統」為參照系來考察古韻分部異同。原先夏炘《詩古韻表二十二部集說》，考證顧炎武、江永、段玉裁、王念孫、江有誥五家韻部異同，然夏氏以《廣韻》韻目為參照系，這樣有時會造成異名同實的毛病。所以王先生說：「故欲考求諸家分部之異同，宜捨併合韻目之舊法，但以諧聲偏旁區分。」

王先生認為段玉裁「同聲必同部」原則上是正確的，但聲符的認定，有時成為問題，《說文》所認定的聲符不一定正確。王先生把諧聲時代和《詩經》時代劃分開來，認為諧聲時代比《詩經》時代早。王先生把上古音兩大支柱性材料按時間分成兩個層次，可以解決《詩經》用韻與諧聲系統出現的矛盾。如從《詩經》用韻看，「求」應歸入幽部，然而從「求」得聲的「裘」卻歸入之部，類似的還有「夭」入宵部，而「猋」入侯部，「芹」入諄部而「頎」入微部等。如果認為諧聲時代早於《詩經》時代，那麼這些參差可視為語音演變的結果，好多問題渙然冰釋。

第二節　中晚期上古音學說成就

1937 年，王先生作《上古韻母系統研究》，站在歷史的高度，將上古音研究推向了韻母系統層次，考定了上古韻母主要元音的類別，考定了韻母的開合與洪細，提出了「一部一主元音」的主張。20 年後，王先生將「一部一主元音」主張付諸實踐，首次向學術界奉獻「一部一主元音」的上古音系統，即 1957／1958《漢語史稿》的體系，這個體系大大超越了前人尤其是高本漢。

一、聲母方面，王先生《漢語史稿》對高本漢系統作了改進

1. 取消了高本漢的不送氣濁母。高本漢通過「餘」類諧聲系統所派生的字

都帶舌尖音或（在 i 前面）舌面音聲母，高氏認為這類喻四字在上古都有某種舌尖輔音聲母，由此將喻四分為二類，一類是從上古*d-來的，一類是從*z-來的，董同龢先生已經批評了這種分類，王先生也反對高氏這種分法，認為高氏把餘母（喻四）硬分為兩類。王先生批評高氏分出不送氣濁母的做法，王先生說：「他把餘母一部分字的上古音擬成 d 之後，這 d 是不送氣的濁音，他就虛構幾個不送氣的濁音來相搭配。他把云母的上古音擬成 g，禪母的上古音擬成 d，邪母的上古音擬成 dz，來造成整齊的局面。這種推論完全是主觀的。」〔註5〕

2. 取消了高本漢複輔音的構擬。高本漢根據諧聲，構擬了十九種複輔音，王先生認為高氏的複輔音聲母系統是推測出來的，規律性不強。對於上古有無複輔音，王先生是持慎重態度的，所以王先生取消了高本漢的複輔音。

3. 高氏將莊初崇山一分為二，王先生將其合二為一。莊初崇山在中國傳統古音學研究中一直為一類，高氏根據《廣韻》韻目將它們分為兩類：凡屬江臻刪山咸銜庚耕（及其入聲）佳皆肴等韻的字，都歸入精清從心，王先生認為他這種方法是取巧的辦法，缺乏科學性。〔註6〕

二、韻母方面，大大簡化了高本漢的構擬體系，將上古韻母系統構擬提高到了一個新水平

1. 王先生是中國學人實踐「一部一主元音」的第一人。高本漢給上古音構擬了 15 個元音，其中 i 不獨立成韻，只能跟別的元音配合，這樣高氏實際為上古韻母系統構擬了 14 個主元音，董同龢先生構擬了 20 個元音，是目前為止構擬元音最多的一家。王力先生早在 1937 年就提出了「一部一主元音」原則，20 年後，王先生在《漢語史稿》中將這個原則付諸實踐，為上古韻母系統構擬了 5 個主元音，推出了嶄新的構擬體系。

2. 將陰聲韻構擬為開音尾。王先生對高本漢將大部分陰聲韻尾構擬為輔音韻尾大為不滿，並取消了高氏的陰聲韻輔音韻尾。何九盈先生（2002：138）說：「關於韻尾問題，我有一個總的看法：王力先生把陰聲韻的輔音性韻尾通通砍掉，這實在是一件值得大書特書的事，也是他別於李、陸，超越高本漢

〔註5〕《漢語史稿》中華書局，1980，P68

〔註6〕《漢語史稿》中華書局，1980，P68。

的獨到之處。在總結這幾十年來上古音構擬的工作時，對此應引起足夠的注意。」高本漢在《詩經研究》裏開始給陰聲音節後頭加-b、-d、-g，俞敏先生（1984）在《陸志韋語言學著作集》「前言」中，對高氏的推理過程作了總結：現代漢語方言入聲收-p、-t、-k（是真事兒）〔註7〕→《切韻》音入聲也收-p、-t、-k（不合邏輯。父親沒有像兒子的義務。）→古音也收-p、-t、-k（有反證）→古音和入聲通押的陰聲也一定收塞音-b、-d、-g（沒法兒保證）。俞先生說：「先生這次是吃了信高本漢的推理這個虧了。結果弄得古音一個開音節也沒有。剛造五十音圖的日語大概幾乎沒有閉音節的。全用閉音節的語言世上找不出實例來。」〔註8〕下面三個例子會使陰聲韻收輔音尾遇到不可逾越的障礙：

（1）齊桓公與管仲謀伐莒，謀未發而聞于國……「君呿而不唫，所言者莒也」。（《呂氏春秋》）

（2）《大雅》《頌》中的感歎詞「於乎」。

（3）人的第一聲啼哭，如《詩經·大雅·生民》「鳥乃去矣，后稷呱矣」。

前兩個例子，陸志韋、王力兩位先生均認為收輔尾音不妥，第三個例子也一樣，嬰兒剛生下來第一聲啼哭帶輔音尾，實在難以想像。

3. 構擬了複元音。王力先生給上古構擬了複元音，高本漢、陸志韋、董同龢先生的系統沒有複元音。高氏等人為什麼沒有複元音？王先生的複元音有什麼作用呢？這些問題，何九盈先生解決得很好，何先生說：「本來嗎，他們已經擬出了那麼多單元音，還有一套陰聲韻的特殊韻尾，這兩條已能保證他們建立起系統了。所以，在他們思想上大概就不會考慮複合元音的問題了。王力則不然，他的主要元音只有六個，又把高陸等人給陰聲韻安上的輔音性韻尾全部割掉了。這樣，複合元音的問題就提到桌面上來了。如果沒有複合元音，他的之部和微部，支部和脂部，魚部和歌部就會發生衝突，這幾個部分的界限就會泯滅。王先生給微脂歌三個部擬上複合元音，實在是很成功地解決了這個矛盾。」〔註9〕

王先生之後，李方桂先生也給上古構擬了複元音，然從結構和作用來說

〔註7〕括弧內的文字是俞敏先生的評論。下同。

〔註8〕《陸志韋語言學著作集》（一），中華書局，1985，P6。

〔註9〕《音韻叢稿》，商務印書館，2002，P140。

都與王先生的不一樣。何九盈先生說：「李氏的複合元音只用於四等韻，其中的 i，u，實際上具有介音的特點。如果說，王氏的複合元音是爲了解決部與部之間的衝突，那麼李氏的複合元音就是爲了解決『等』與『等』之間的衝突。」〔註 10〕

4. 爲上古二等構擬了二等介音 e、o。高本漢在三、四等設了介音，對於一二等，高本漢是用元音的不同來區分。王先生既定一二三四等主元音相同，三四等可用高本漢加介音的辦法來區分，那麼一二等怎麼區分呢？王先生在二等設介音來區分，後來，李方桂先生也使用這種方法。王先生的二等介音是「專職」性質的，只用於二等，李先生介音 r 帶有「兼職」色彩，不僅用於二等，還用於其他等。王先生於二等設介音，大大簡化了高本漢一二等元音。這是王先生對上古音構擬又一大創新之處。

5. 將聲母作爲上古韻母分化條件之一。例如，之部開口呼 ə，ǐə，王先生認爲喉舌齒音爲一類，發展爲中古的咍之兩韻，如「在」「基」，唇音自爲一類，發展爲中古的侯脂兩韻，如「母鄙」。王先生說：「聲母作爲韻母的分化條件，並不是孤立的、單一的，而是系統性的。大致說來，舌齒是一類，喉牙是一類，唇音則開口呼歸舌齒一類，合口呼歸喉牙一類。」〔註 11〕高本漢講上古韻母發展，沒有把聲母考慮進去，這也是造成他的元音繁多的一個因素，王先生講上古韻母發展，充分考慮了聲母因素，比高本漢更科學。

三、聲調方面，王先生將音長引入上古音，使上古聲調學說別開生面

王力先生之前，從各家所主張的聲調數看，大體可以分爲「五聲說」「四聲說」「三聲說」「二聲說」。王國維主張「五聲說」。主張「四聲說」的有顧炎武、江永、江有誥等，具體來說，這一派內部有不同，顧炎武主張「四聲一貫」，認爲上古四聲「上或轉爲平，去或轉爲平上，入或轉爲平上去，則在歌者之抑揚高下而已」。顧炎武承認臨時變調。江永主張「四聲雜用」，無需變調，江有誥一開始主張上古無聲調，後來認爲「古人實有四聲，特古人所讀之聲與後人不同。」主張「三聲說」的有段玉裁、孔廣森，段玉裁說：「古

〔註 10〕　《音韻叢稿》，商務印書館，2002，P141。

〔註 11〕　《先秦古韻擬測問題》，《王力語言學論文集》，商務印書館，2000，P217。

四聲不同今韻，猶古本音不同今韻也。考周秦漢初之文，有平上入而無去，泊乎魏晉，上入聲多轉而為去聲，平聲多轉為仄聲，於是乎四聲大備而與古不侔」，段氏認為「古無去聲」，孔廣森囿於方音，提出「古無入聲」。主張「二聲說」的有黃侃，他說：「古無去聲，段君所說。今更知古無上聲，惟有平入而已。」從某種意義上說，黃侃已經取消了上古聲調，所以殷煥先先生說：「黃季剛繼段氏之後提出，上古連上聲也不存在，但有平入，但有平入這也是個了不起的見解，它觸及到了上古漢語到底是不是『聲調語言』這一重大問題。」

王先生留學法國，學習試驗語音學，所以能夠對中國傳統聲調學說進行改造，這也使得王先生在聲調領域遠遠超過前人。王先生給上古聲調引入「音長」，根據有二：1. 段玉裁主張「平上為一類，去入為一類」，這是聲調本分舒促兩大類的緣故；2. 中古詩人把聲調分為平仄兩類，像西洋「長短律」和「短長律」。這是解決陰、入兩分的有力辦法

第五章　若干重要問題的討論

上古音是個熱點，研究者很多，問題也很多，限於篇幅，我們只討論與王力先生上古音學說有關的若干重要問題。

第一節　聲母方面的問題

一、喻四擬音問題

喻四的來源，高本漢認爲有兩個：一是從上古 d 來的，一是從上古 z 來的。董同龢先生用諧聲系統驗證了高氏分法的困難。王力先生（1980：68）、李方桂先生（1980：13）都不贊同高氏的看法。王先生在《漢語史稿》中將喻四構擬爲 d，後來於《漢語語音史》中又構擬爲 ʎ。李方桂先生構擬爲 r，並將那些與唇音或舌根音諧聲的喻四分別擬爲 brj- 或 grj-。蒲立本（Pullyblank1962：3）把以母擬爲 ð，後來改爲 l，薛斯勒（1974）、包擬古（1980）、梅祖麟（1981）、俞敏（1985）、龔煌城（1990）、鄭張尚芳（1987，2003）、潘悟雲（2000）均主張將以母擬爲 l。將以母擬爲 l 的一派，其主要根據是漢藏語同源詞，金理新（1999：56）說：「除了俞母中跟見組有諧聲關係的頤母（即跟見組相諧的俞母）可以偶爾對應外。上古漢語的俞母跟藏語的 l-並不存在系統的語音對應關係。俞母，除了跟藏語的舌尖濁塞輔音 d-對應外主要跟藏語的半元音 j-對應，且把俞母構擬爲*l-存在著許多不可克服的

實際困難。」薛斯勒（1974）認為以母在漢代變為ʎ-，潘悟雲（2000：271）據此說：「王力先生（1982）所擬的ʎ-實際上是以母的東漢音，而不是上古音。」雅洪托夫（1976）用《後漢書・東夷列傳》中「邪馬臺」的日譯音來說明當時以母已經對譯 j- 了。蒲立本（1962：3）認為以母在漢唐之間的譯音是舌面擦音 ź。俞敏先生（1984）用梵漢對音證明了以母在漢末是 ś 的濁音。蒲立本、俞敏先生的結論較接近，雅洪托夫雖與蒲立本、俞敏不同，但他們的結論都不支持薛斯勒（1974），因此潘悟雲（2000：271）的說法根據不充分，難以令人信服。

前面我們已經勾勒出了王力先生喻四擬音的發展過程，王先生將喻四擬音從 d 改為 ʎ，是經過反復思考的，特別是《詩經韻讀》的 j、《同源字典》的 ʎ（？）更能反映出王先生對喻四構擬的思考。因此我們認為王先生將喻四擬音從 d 改為 ʎ 是自己獨立思考的結果。

二、日母問題

李元《音切譜》卷十一「互通」下有「泥娘二母」「泥日二母」二條，「泥娘二母」條舉了 1 對異文和 9 對諧聲字，且於此條後說：「蓋泥娘二母，本無可分，或謂泥輕而娘重，或謂泥舌頭而娘舌上，皆據文言之，試以空音相詰，未有能辨者。」「泥日二母」條舉了 7 對異文，其中有 1 對為娘日互通，李元並未像「泥娘二母」條那樣說「本無可分」，且李元用了「泥娘與日」，將「泥娘」和「日」並列，足見李元並不主張將日併入泥。錢大昕《十駕齋養新錄》卷五「舌音類隔之說不可信」，證成「知徹澄」三母古讀「端透定」三母，沒有涉及到「娘日」二母。鄒漢勛《五均論》中有《廿聲四十論》，其下有「泥娘日一聲」一條，只存條目，但含有將三母歸一之思想，故楊樹達曰：「娘日歸泥之說，發自吾鄉鄒氏叔績，而章君證成之」。章太炎於 1907 年作《古音娘日二紐歸泥說》，正式提出「娘日」歸「泥」，黃侃表示贊成。

陸志韋先生（1985）通過統計，證明章炳麟「娘日二紐歸泥」說。尋仲臣先生（1987）從諧聲、讀若、又讀、異文等方面對日母歸泥作了簡單舉證，用「音素」以外的條件來解釋日娘的衝突，確定日母從泥母中分化的時間大致在漢末魏初。張儒先生（1989）從諧聲、通假、方言、漢藏語系語音等方面對日母歸泥作了舉例論證，同時用李方桂先生的理論對泥母和娘母的分化作了解

釋。張慧美先生（2004：184）認爲「王力不贊成上古日母歸泥還是有待商榷的」。張慧美先生根據李方桂先生泥母、娘母、日母的擬音，認爲李先生的擬音已經解決了泥娘日三母的分化條件，可以說明章氏「娘日二母歸泥說」是正確的。周祖庠（2006）認爲王力先生否定章太炎「娘日歸泥」，是沒有考慮到語音演變的歷史和外部條件。

　　主張「日母歸泥」的學者，他們的重要根據是日、泥二母在諧聲、異文、方言等方面關係很密切，但是這派學者需要解釋爲什麼上古三等泥母（由中古娘日二母組成）到中古分化爲娘日二母。

　　在日母問題上，王力先生不贊成將日母歸入泥，高本漢將泥娘二母擬測爲 n，日母擬測爲 ȵ，也未將日母歸泥，董同龢先生也不主張歸併。主張「日母不歸泥」的學者對日、泥二母關係的認識與主張「日母歸泥」的學者是一樣的，如王力先生說：「從諧聲系統看，日母與泥母的關係是非常密切的」，[註1] 但這派學者卻根據中古娘、日二母的對立，認爲日母不歸泥。我們傾向「日母不歸泥」一派。

　　首先，對於日母與泥母在上古的關係，我們贊成王先生所說「日母與泥母的關係是非常密切的」。陸志韋先生對日母諧聲進行了數理統計，陸志韋的統計也只能說明「日母與泥母」關係非常密切。

　　其次，主張「日母歸泥」學者對娘日二母的分化條件的解釋力不強。這派學者多從語言的外部去找娘日分化條件，如語音突變、方言等。

　　再次，李方桂先生將泥母擬爲 n，娘母擬爲 nr，日母擬爲 nj，娘母三等實際爲 nrj。關於李先生的這種擬音，陳新雄先生（1992：410）提出質疑。龍宇純先生似乎也意識到李方桂先生將知、照三兩系字的介音分別擬爲 rj 與 j 的困難，所以龍宇純先生提出了修正意見。[註2] 張慧美先生（2004）將娘母全歸爲上古二等，其主要根據是龍宇純先生的修正意見。我們認爲龍宇純先生將李方桂先生娘母 rj 介音改爲 r，即將中古的娘母全推到上古的二等，這樣是解決了娘日二母在上古的衝突，但卻產生了新的問題，即中古娘母是如何產生的？龍宇純先生認爲中古娘母三等是少數，受到類化，變爲 nj。然而，我們

〔註 1〕《漢語史稿》，中華書局，1980，P75。

〔註 2〕《上古音芻議》，《歷史語言研究所集刊》（臺灣）第九十六本第二分，1998，P339。

認爲這種解釋會遇到兩重困難，一是既然娘母二三等在上古介音毫無區別，它們後來憑什麼分化爲兩個等，如果說是例外變化，又顯牽強；二是娘母三等與二等相比，於韻中並不爲少數，我們統計了一下《韻鏡》《七音略》：娘母二等有 24 個音節，三等有 30 個音節，爲什麼有 30 個娘三發生了類化，而與它完全相同的 24 個娘二沒有發生類似的變化呢？

第四，泥、日、娘三母統計資料顯示「日母不歸泥」。我們根據陸志韋先生《古音說略》的統計〔註3〕，將日母、泥母、娘母的通轉次數和幾遇數整理列表如下：

表 5-1：泥母統計資料

奴（泥）	奴（泥）	女（娘）	而（日）	息（心）	他（透）	陟（知）	式（書）	呼（曉）	五（疑）
次數	40	9	50	8	5	3	3	5	5
比數	22.5	13.8	12.4	1.9	1.8	1.1	1.0	（1.8）	（1.6）

表 5-2：日母統計資料

而（日）	而（日）	奴（泥）	息（心）	女（娘）	醜（徹）	式（書）	五（疑）
次數	85	50	28	16	9	5	21
比數〔註4〕	15.40	12.40	3.70	1.11	2.50	0.90	（3.90）

〔註3〕1939 年，陸志韋先生於《燕京學報》第二十五期上發表了《證〈廣韻〉五十一聲類》，用相逢數來確定各聲類的遠近與分合。1940 年，陸先生又發表了《〈說文〉〈廣韻〉中間聲類轉變的大勢》，繼續運用相逢數的原理，並進一步統計出幾遇數。1947 年，陸先生出版了《古音說略》，其中第十三章《〈說文〉〈廣韻〉中間聲母轉變的大勢》是根據 1940 年一文修改而成，方法上有所改進。

〔註4〕陸志韋先生的「幾遇數」是指幾遇相逢數，陸先生舉了「古」「苦」幾遇數爲例，他說：「幾遇數是 1439×382/19581＝28.1 次。表上實得 128 次，所以是幾遇數的 128/28.1＝4.6 倍。把全表這樣統算之後，可以按着《切韻》聲類的牙唇舌齒各組列成幾個分段的表格。那些表格裏，凡是超過幾遇數的倍數或是近乎 1 的倍數都列入。其他的倍數顯然不代表相通的大道，不必計較。」由此可見，陸先生的分段表格所載的數是實際相逢數與幾遇相逢數的比值，表示實際相逢數超過幾遇相逢數的倍數。林燾先生（1996）也引用過陸先生的統計資料，我們所列的「比數」一行，林燾先生列爲「幾遇數」一列。存疑。

表 5-3：娘母統計資料

女（娘）	女（娘）	奴（泥）	之（照三）	息（心）	而（日）	陟（知）	式（書）	醜（徹）	於（影）
次數	6	9	6	3	16	2	2	9	3
比數	26.8	13.8	2.5	2.0	1.11	2.1(2)	1.8(2)	(16.0)	(1.8)

表中「次數」表示《說文》聲首作某母生形聲字另一母的次數，加上另一母生某母的次數，即實際相逢數。「比數」表示實際相逢數與幾遇相逢數的比值。如表 5-1 第一列資料，「40」表示泥母與泥母實際相逢數，「22.5」表示泥母與泥母實際相逢數與幾遇相逢數的比值。

通過以上三張表格，我們可以得到如下一些信息：（1）泥娘日三母各自互諧的次數較高。（2）娘、日「比數」僅為 1.11，遠遠小於泥娘「比數」13.8。（3）泥娘日三母與心母的幾遇數均較高。由這些信息，我們可以作些推理並對相關問題作些解釋。由信息（1），我們可以推斷，單從統計資料看，泥娘日三母有獨立的傾向，但泥娘互補，可合併，學術界對這點基本達成共識。日要不要歸入泥母呢？信息（1）不支持日歸入泥。如將日歸入泥，勢必造成娘日在上古成一類，娘日關係應密切，然信息（2）反映出娘日關係較疏遠。前人已從多方面文獻資料論證了泥與娘、日的關係，揭示出泥與娘、日關係密切，信息（3）很可能就是這些關係的資料表現，息（心）母所含的「音素」可能為它們的音理基礎。

此外，王文耀先生（1985）通過重文聲符更換的概率統計，得出這樣的結論：古音娘母歸泥，日母自古獨立，並不歸屬泥母。據郭錫良先生（2005）研究，殷商時代端組與章組重迭的極少，一般是互補的，兩組可合併，西周時代，端章組有大量的對立重迭，端章組已經一分為二了。郭先生說：「王力先生認為端（知）組和章組、精組和莊組在周秦古音中只是相近而不是相同。這是符合語言實際的結論」。郭先生的章組包括日母，在郭先生看來，《詩經》時代，日母與泥母是分開的。陳鴻（2006）對戰國文字進行了分析統計，其統計結果顯示，泥日還是以各母自諧為主，其統計結果支持「日母不歸泥」。這些學者的研究成果直接支持了「日母不歸泥」說，是值得參考的。

三、複輔音問題

19 世紀末，英國學者艾約瑟（Joseph Edkins）提出了複輔音聲母的學說，20 世紀初，瑞典高本漢（Karlgren）和中國林語堂分別在艾約瑟的基礎上，進一步研究了複輔音聲母。高本漢 1923 年出版了《中日漢字分析字典》，在此書序言中，他提出了「各」「絡」互諧反映了複輔音聲母現象的理論。林語堂於 1924 年《晨報》六週年紀念增刊上發表了《古有複輔音說》，從古今俗語、異文、文字諧聲、同語系的語言等方面證明了古有複輔音。自此，複聲母研究一直爲上古音研究的一個重要領域。嚴學宭先生說：「複聲母的研究，大致經過了三個階段」：「二十世紀三四十年代」、「六十年代」、「八十年代」。〔註 5〕《上古漢語複聲母研究綜述》也將二十世紀複聲母研究劃分爲三個階段：1924～1948 年爲第一階段、1949～1978 年爲第二階段，1979 年至今〔註 6〕爲第三階段。〔註 7〕王力先生上古聲母學說的中期約等於複聲母研究第二階段，晚期略近於第三階段，也就是說王先生上古聲母學說的創立、發展時期正處於上古複聲母研究的發展階段，那麼王先生爲什麼對當時學術界這方面的研究似乎很少問津？是王先生落後了，成了「非主流」了嗎？當然不是。王先生對當時複輔音聲母研究不滿意，持愼重的態度。

上古複聲母研究至今大體可分爲三派：1. 主張有複輔音派；2. 主張無複輔音派；3. 介於前兩派之間。王力先生多被學者歸爲「主張無複輔音派」，如趙秉璇 竺家寧、〔註 8〕鄭張尙芳、〔註 9〕梅祖麟。〔註 10〕

梅祖麟於《有中國特色的漢語歷史音韻學》一文中認爲王先生不贊成古

〔註 5〕《上古漢語複聲母研究綜述》，趙秉璇 竺家寧《古漢語複聲母論文集》，北京語言學院出版社，1998，P5。

〔註 6〕權按：指論文集編纂時。

〔註 7〕《上古漢語複聲母研究綜述》，趙秉璇 竺家寧《古漢語複聲母論文集》，北京語言學院出版社，1998，P409。

〔註 8〕《上古漢語複聲母研究綜述》，趙秉璇 竺家寧《古漢語複聲母論文集》，北京語言學院出版社，1998，P421。

〔註 9〕《上古音系》，上海教育出版社，2003，P253。

〔註 10〕《有中國特色的漢語歷史音韻學》，Journal of Chinese Lingguistics 30.2，2002，P224、233。

有複輔音，由此要將王先生逐出所謂「主流音韻學」，郭錫良先生（2002）有力地回擊了梅氏的說法，郭先生說：「正因為王力先生對從林語堂、高本漢起到後來的『古有複輔音說』正反兩方面的主要意見都是很關注、很清楚的；也因為他親自全面研究過諧聲系統，對諧聲系統的複雜性有深刻的體會，才會越到後來越『變本加厲』地對古有複輔音的學說採取保留態度。」我們贊成郭先生的說法，即王先生「對古有複輔音的學說採取保留態度」。王先生批評高本漢複輔音時說：「他在上古聲母系統中擬測出一系列的複輔音，那也是根據諧聲來揣測的。例如「各」聲有「路」，他就猜想上古有複輔音 kl- 和 gl-。由此類推，他擬定了 xm-、xl-、fl-、sl-、sn- 等。他不知道諧聲偏旁在聲母方面變化多端，這樣去發現，複輔音就太多了。

　　王先生老成持重，對複輔音說持慎重與批評的態度。唐作藩先生說：「王力先生對上古漢語有複輔音聲母的問題之所以持反對態度，除了上述的理論原則，我想是有其深刻考慮的。凡是以印歐語為母語的漢學家，都樂於提出或者贊同上古漢語有複輔音，其母語背景肯定起了重要作用。中國的學者瞭解一些外語（當然主要是印歐語）的，也易於接受複輔音說。我們也要必須注意到，反對複輔音說的王力先生，跟沒有接觸過西學的舊學者完全不同。王先生上世紀 20 年代末 30 年代初就在當時的世界語言學中心巴黎接受了正規的以印歐語為核心的西方語言學教育，他自己懂得羅曼語族的法語、日爾曼語族的英語、斯拉夫語族的俄語，國內略知印歐語的某些人跟王力先生相比有天壤之別。王力先生的學術思想既是發展的，又是一貫的，並非到了晚年趨於保守。王先生在《庚申元旦遣興》（1980 年）詩中寫到：『漫道古稀加十歲，還將餘勇寫千篇』。在最後十年裏，他修訂了《漢語史稿》，撰寫了《漢語語音史》、《〈康熙字典〉讀音訂誤》、《同源字典》等八部專著和《古無去聲例證》等多篇論文。以王先生的學問，他豈能不知道『路從各聲』、『嵐從風聲』、『樞從區聲』……？王先生瞭解到依照諧聲關係可以推出 kl-、pl-……，還可以推出 pkt-、spd-、xknd-、xsdl-……。如果嚴格按照諧聲原則推導古漢語複輔音聲母，那勢必超過嚴學宭先生構擬的三百多種。一本講古漢語的科普書，或者通論性的音韻學教材、文章，可以泛泛地談談古代漢語有複輔音聲母，舉幾個令人興奮的例子。但是專書、專論卻不能這樣，必須把正反兩

面的例證和盤托出。王先生在清華求學時代的老師梁啓超先生在其名著《清代學術概論》第十三章『樸學』裏曾談到清代『正統派之學風』的十大特色，其第四條爲『隱匿證據或曲解證據，皆認爲不德』。王力先生決不像某些複輔音說擁護者那樣，只舉有利於複輔音說的證據，而隱匿或無視不利於自己的證據；作爲一個嚴肅的科學家就是要有大勇氣，敢於臚陳反證。王先生是老成人，惟有老成人才能本著科學的良心持重；惟其持重，所以他對古漢語有複輔音說堅持愼重和批評的態度。一個智者的特立卓行往往爲常人所不理解，甚至於爲淺人所嘲諷。」〔註11〕

四、王力的諧聲說

（一）王力諧聲說的內容和主要觀點

1. 紐韻俱同

早在二十年代，王力先生就對諧聲字進行過研究，並發表了自己的看法。1927 年，王先生用文言寫了篇短文《諧聲說》，發表在《北京大學研究所國學門月刊》第一卷第五號。在這篇只有三百五十來字的精悍短文中，王先生提出了自己對諧聲字的一些重要觀點：1. 諧聲字的聲母韻母均相同；2. 同一主諧字下的諧聲字出現「紐韻」不同，是由於音變造成的；3. 諧聲字隨時間流逝而變化。

2. 韻近紐近

《諧聲說》之後，王先生沒有寫專文來論證自己的諧聲說，但在相關論著中均不同程度地論及諧聲。《諧聲說》之後，王先生對諧聲的看法最大的轉變是從「紐韻俱同」向「韻近紐近」轉變。

《古韻分部異同考》將見於《詩經》的諧聲偏旁分爲三十二類，然後以這三十二類諧聲偏旁爲參照系，將顧炎武、江永、戴震、段玉裁、孔廣森、王念孫、嚴可均、江有誥、朱駿聲、章炳麟、黃侃等古韻分部與之比較。王力先生利用諧聲偏旁對古韻分部異同進行考證，爲自己寫《上古韻母系統研究》作了準備。《古韻分部異同考》是王先生首次用諧聲偏旁系統地研究上古音，它也包含了王先生對諧聲的一些看法。首先，他肯定了諧聲偏旁在上古音特別是上古

〔註11〕《王力先生的「諧聲說」》，《語言學論叢》第二十八輯，商務印書館，2003，第 20 ～21 頁。

韻部研究中的作用。其次，他強調了以《詩經》用韻爲準的思想。

1937 年 7 月，王力先生在《清華學報》十二卷三期上發表《上古韻母系統研究》一文，此文爲寫《中國音韻學》作基礎，文中專列一小節「諧聲問題」，對諧聲問題發表了自己看法。王先生在《上古韻母系統研究》中對諧聲問題有如下三點看法：1. 段玉裁「同聲必同部」原則上是對的；2. 聲符的認定存在問題；3. 諧聲時代比《詩經》時代早；4. 諧聲偏旁可以判斷上古音的開合

1957 年，王力先生出版了《漢語史稿》，其中第二章第十一節「上古的語音系統」談到了諧聲問題。在《漢語史稿》中，王先生關於諧聲的看法有如下幾點：1. 諧聲字只能表示「原始語音的大概」；2. 諧聲系統是研究上古韻部的主要材料之一；3. 諧聲系統對《詩經》韻部是有力的佐證；4. 要辨證地看待「同諧聲必同部」，否則會犯像高本漢那樣的錯誤；5. 諧聲系統可以作爲研究上古聲母的材料。

王先生在後來的《上古漢語入聲和陰聲的分野及其收音》《古韻脂微質物月五部的分野》《漢語音韻》《中國語言學史》《先秦古韻擬測的問題》《黃侃古音學述評》《詩經韻讀》《漢語語音史》等論著中反復申述其《上古韻母系統研究》《漢語史稿》的諧聲說，唐作藩先生（2003：1～22）的闡釋全面，茲不贅述。

（二）學界對王力諧聲說的評價

梅祖麟在《有中國特色的漢語歷史音韻學》一文中對王力先生諧聲學說進行了攻擊。[註 12] 梅祖麟有如下觀點：（1）王力「沒有眞正體會段玉裁『同聲必同部』的力量」；（2）「面對諧聲字這批數據，王力的路綫是總退卻」；（3）「對王力來說，諧聲字所顯示的是上古漢語有複輔音；這個結論使王力畏諧聲字如蛇蠍。」

在梅祖麟看來，王先生不僅沒研究過諧聲字，甚至連諧聲也不懂。我們通過對王力先生諧聲說的整理研究，發現梅祖麟的攻擊是沒有根據的，梅祖麟或者是對王先生的論著沒有研讀，獲者是有意詆毀。因此，郭錫良先生撰寫《歷史音韻學研究中的幾個問題》一文對梅祖麟的觀點進行了有力的批駁，郭錫良先生主要對梅祖麟的兩個論據進行了剖析和反駁。郭先生批駁梅祖麟觀點所依

〔註 12〕Journal of Chinese Lingguistics，2002，30.2。

據的主要材料是王先生的《古韻分部異同考》和《上古韻母系統研究》漢語史稿。郭錫良的論據選得很好，因為它與梅祖麟所說的兩個論據處於同一時期。對於郭錫良的批駁，梅祖麟（2003）承認了錯誤，[註13]陳新雄先生（2003）對梅祖麟認為王力先生不懂「同諧聲必同部」的觀點再次進行批駁，陳新雄用王力先生《漢語音韻》作材料，[註14]認為王力先生那樣寫是由教科書的性質決定的。[註15]唐作藩先生《王力先生的「諧聲說」》一文，引證了王力先生整個諧聲說的內容，是對王力先生諧聲說的一次全面梳理和詮釋，以事實批駁了梅祖麟的觀點。

（三）我們對王力諧聲說的思考

下面談談我們對王力先生諧聲說的思考，同時就梅祖麟教授的觀點發表自己的看法。

我們認為王力先生早期的「紐韻俱同」論是可以商榷的。從文字學角度來看，諧聲字形成是有個過程的。文字學界一般認為，真正的文字產生要從表音算起。[註16]漢字的表音一般認為從假借開始，最早的形聲字是在假借字上加注意符或在表意字上加注音符而產生的，[註17]也就是說聲符在形聲字形成之初有兩種可能，一是假借字本身為主諧字，二是表意字上加注的音符為主諧字。我們把第一種情況的主諧字稱為 J，被諧字稱為 X1，把第二種情況的主諧字稱為 Y，被諧字稱為 X2。這樣形聲字聲符的表音程度實際上就是 J 與 X1 之間或 Y 與 X2 之間語音關係問題。王先生早期主張「紐韻俱同」，實際上就是主張最早的形聲字在語音方面 J 等於 X1 或 Y 等於 X2，也就是說主諧字與被諧字完全同音。對於第一種形聲字 J 與 X1 的語音關係其實質為假借字與被假借字之間的語音關係，裘錫圭先生（1988：196）認為「被借字的讀音（也可以說是假借字原來的讀音），跟借它來表示的那個詞的音，可以是僅

〔註13〕《比較法在中國，1926~1998》，《語言研究》2003 年第 1 期，P23。

〔註14〕原文作《漢語音韻學》，文後的參考文獻作《漢語音韻》。權按：應為《漢語音韻》。

〔註15〕《梅祖麟〈有中國特色的漢語歷史音韻學〉講辭質疑》，《南京師範大學文學院學報》2003 年第 2 期。

〔註16〕汪寧生《從原始記事到文字發明》，《考古學報》1981 年 1 期，P42。裘錫圭《文字學概要》，商務印書館，1988，P5。

〔註17〕裘錫圭《文字學概要》，商務印書館，1988，P151。

僅相近的，而不是完全相同的。」王元鹿先生（1988：102）說：「某字假借前後所記錄的詞並不一定嚴格同音」，我們贊成裘、王兩位先生的觀點。

　　朱德熙先生說：「研究上古音，除了漢藏語比較的資料以外，漢語文獻資料並沒有用完，古文字就是一大宗。我總希望研究上古音的人能注意一下古文字。……我希望上古音研究能夠跟古文字結合起來。」〔註18〕民族古文字學界認爲，納西東巴文是使用至今最原始的文字，它可以爲古漢字的研究提供有力參考。我們認爲它也可以爲上古音研究提供參考。喻遂生（2003）仔細研究了東巴文的形聲字和假借字，我們將喻先生整理的東巴文形聲字、假借字語音方面的一些信息整理如下：

表5-4：東巴文形聲字與其聲符在聲、韻、調方面的異同情況

聲母	韻母	聲調	字數	百分比
＋	＋	＋	57	47.5%
＋	＋	－	54	45.0%
＋	－	＋	3	2.5%
＋	－	－	6	5.0%

說明：形聲字的總字數爲120個。表中「＋」表示形聲字與其聲符聲、韻、調相同的方面，如表中第二行表示形聲字與其聲符在聲、韻、調方面都相同，這種情況共57字，其餘幾行類推。

表5-5：東巴文假借字與本字在聲、韻、調方面的異同情況

聲母	韻母	聲調	字數	百分比
＋	＋	＋	69	54.8%
＋	＋	－	43	34.1%
＋	－	＋	6	4.8%
－	＋	＋	3	2.4%
＋	－	－	3	2.4%
－	＋	－	2	1.6%

說明：假借字總字數爲126，表中「＋」表示假借字與本字聲、韻、調相同的方面，如第二行表示假借字與本字在聲、韻、調方面都相同，這種情況共69字，其餘幾行類推。

　　通過以上兩張表，我們可以看到，東巴文形聲字的主諧字和被諧字完全同

〔註18〕《上古音學術討論會上的發言》，《語言學論叢》第14輯，商務印書館，1984，P20。

音的只占 47.5%，假借字與本字完全同音的占 54.8%。對於這樣的資料，我們即使再把音變和地域差異等因素考慮進去，也不可能得出形聲字在造字之初主諧字與被諧字完全同音的結論。東巴文尚處於文字發展的原始階段，其形聲字形成也應是剛剛開始，歷史音變造成的語音差異也不會很大。東巴文使用範圍小，內部方言差異小，故地域因素在形聲字語音參差中所占比例也很少甚或沒有。

王力先生《諧聲說》發表於 1927 年，同年趙元任在《國學論叢》1 卷 4 期發表譯文《高本漢的諧聲說》，也就是說王力先生「紐韻俱同」論與高本漢諧聲說的中譯文是同時產生的。王先生的「紐韻俱同」論是在繼承傳統基礎上的創新假設，宋徐蕆在《韻補序》中已注意到諧聲與韻部的關係，顧炎武、江永在劃分韻部時已用到諧聲偏旁，但作為原則提出來的還是段玉裁，《六書音均表》表一「古諧聲說」：「一聲可諧萬字，萬字而必同部。同聲必同部，明乎此，而部分、音變、平入之相配，四聲之今古不同，皆可得矣。」〔註 19〕又表二卷首：「考周秦有韻之文，某聲必在某部，至賾而不可亂。⋯⋯要其始，則同諧聲者必同部也。」〔註 20〕王力先生就是在段氏的基礎上繼續思考的，他把諧聲的作用擴大到「紐」，這在當時是比較新穎的。從學術史的角度看，它的理論意義與同時的高本漢諧聲說不相上下。只不過王先生的「紐韻俱同」論尚處於假說階段，而高氏的諧聲說是在系統排列 6000 多諧聲字的基礎上的歸納結果。

關於形聲字中聲旁的表音程度，近人多認為相同或相近。「在造形聲字的時候，就存在用不完全同音的字充當聲旁的情況。」「聲旁不宜用生僻的或字形繁複的字充當。在選擇聲旁時，為了照顧這方面的條件，有時就不得不在語音條件上放鬆一點。現代人為形聲結構的簡化字所選擇的聲旁，並不一定跟這個字完全同音。例如：『審』跟『申』聲調不同；『灿』跟『山』聲母、聲調都不同；『袄』跟『夭』，一無韻頭 i，一有韻頭 i，聲調也不同。古代人造形聲字的時候，當然也會有類似的情況。」「形聲結構的分化字，有不少在產生的時候就跟聲旁不完全同音。」〔註 21〕「形聲字既要表意，又要表音，兩方面都有一定的局限性。因為在表意方面，只是表示事物的一個類屬，不能

〔註 19〕 《說文解字注》，商務印書館，1988，P817。

〔註 20〕 《說文解字注》，商務印書館，1988，P818。

〔註 21〕 裘錫圭《文字學概要》，商務印書館，1988，P171。

充分顯示詞義的內容。如從木，從心，從水，從火，只是代表一個大的範疇而已。至於表音方面，聲符也不能都與詞的讀音一致。有不少是相同的，但不同的也占很大的數量，只取相近而已。隨著時間的改變，聲符跟字音就會有差異，不能完全吻合。」〔註22〕

　　唐作藩（2003：18）認為：「王先生的諧聲說是非常明確的，而且是一貫的。這就是，諧聲字是研究上古漢語的韻部系統和聲調的重要根據，作用甚大；但是諧聲時代早於《詩經》時代，在諧聲材料和《詩經》用韻發生矛盾的時候，應以《詩經》用韻為標準。諧聲字的聲母系統很複雜，用來研究上古聲母則不可靠。」我們通過對王先生諧聲說系統全面地整理，發現王先生的諧聲說並不是不變的，而是不斷發展的，變化最大的是從「紐韻俱同」論向「韻近紐近」論轉變，王先生經歷了從早期的「紐韻俱同」論向中期、晚期的「紐近韻近論」轉變。我們不禁要問，王先生對諧聲的看法為何改變？這種改變說明了什麼？

　　我們知道，諧聲系統存在複雜的情形，倘若「紐韻俱同」，那麼它很難解釋那些複雜的情形。王力先生雖然試圖用音變和地域差異來解釋，但把諸多的參差現象全委之於音變和地域差異也不太合理。王先生早期主張「紐韻俱同」，中期、晚期主張「紐近韻近」，表面看起來，王先生只是對諧聲的看法略微有改變，但前後兩種看法卻反映了王先生對上古音系性質的不同態度。「紐韻俱同論」的基礎是上古音系是異質的，至少所有的諧聲系統是異質的，諧聲系統的參差現象是由於不同的時、空因素造成的。「紐近韻近論」的基礎是上古音系是同質的，諧聲系統的參差現象是同一時空下語音內部矛盾。

　　形聲字在漢字中占多數，對形聲字進行分析研究，可以追溯到許慎《說文解字》。許慎分析形聲字大體有二例，一是全表聲，一是聲兼意。繼許慎後，晉楊泉《物理論》，南唐二徐校改形聲，宋張有、鄭樵諧聲分子母說，王安石、陸佃主以會意說形聲，王觀國字母說，王聖美、張世南右文說，戴侗六書類推說，元楊恒形聲字分賓主說，明趙撝謙以聲統字說，吳元滿以聲為綱說，王應電形聲字因聲見義說，黃生字從某者有某義說。清代學者對形聲字的研究無論從深度到廣度都較以前有很大發展。從漢代直至清代，形聲字的研究

〔註22〕周祖謨《周祖謨語文論集》，河北教育出版社，1989，P192。

多著眼於訓詁，諧聲只是訓詁的手段。然而從明代開始，諧聲研究又沿著另一條道路走下去，焦竑、陳第、戴震都注意到諧聲在古音研究中的作用，段玉裁集大成，創「同聲必同部」學說。通過諧聲研究的這兩條綫，我們可以知道，古音學上的諧聲研究是脫胎於訓詁學的，反過來又推動了訓詁學的發展。

　　二十一世紀初，古音學界掀起了一場論戰，論戰一方以梅祖麟教授爲一方，另一方以郭錫良先生爲代表。在這場論戰中，王先生的諧聲說也是雙方爭論的焦點。梅祖麟信口開河，竟然說王先生不懂諧聲，不懂「同聲必同部」，郭錫良先生（2002）撰文迎擊，駁斥了梅祖麟的謬論。在此我們也談談自己的認識，作爲補充。

　　我們先就梅祖麟教授轉引的王力先生《漢語音韻學》的內容來說，可疑之處就有兩點：（1）據我們所見的《漢語音韻學》，王先生還徵引了「段玉裁詩經均分十七表序」，不知是梅祖麟所據版本與我們的不同，還是故意略去此條，甚或有其他原因。（2）從梅祖麟的「〈段玉裁的古音學〉那一章（《漢語音韻學》268～278）」來看，梅祖麟所據《漢語音韻學》中《段玉裁的古音學》那一章正文和參考資料的內容是從 268 頁到 278 頁，但我們看看梅祖麟列的「段玉裁〈古十七部合用類分表序〉」括弧後的頁碼是「279」，很顯然頁碼有矛盾。

　　王先生在《漢語音韻學》中雖沒有徵引段氏的「同聲必同部」，但在同書中多次徵引與諧聲偏旁有關的內容，如：第二十七節《江永的古音學》，在談到江永與顧炎武不同之處的第二點時，王先生談到了諧聲偏旁。第三十一節《孔廣森的古音學》，在「參考資料」部分列有「孔廣森論十八部之偏旁見於詩者」，並在大段引文後加了按語。第三十二節《王念孫江有誥的古音學》，在談到王念孫至部時引用了至部諧聲偏旁，在此節後的「參考資料」中列有《王念孫與李方伯書》，除了王先生正文引用的至部諧聲偏旁外，還有屋部諧聲偏旁。第三十三節「參考資料」中王先生將自己《古韻分部異同考》全附在後面。

　　我們再把眼光從《漢語音韻學》移向王先生整個上古音論著，不但發現王先生多次發表自己對諧聲的看法，而且不斷提到段氏的「同諧聲者必同部」論斷，據我們統計，王先生在其上古音論著中直接提到段氏「同諧聲者必同部」的至少有 7 處。

第二節　韻母方面的問題

一、王力與高本漢韻類的比較

　　高本漢《中上古漢語音韻綱要》將上古韻部分為 35 部，王力先生將上古韻部（《詩經》時代）分為 29 部，高王相差 6 部，其中王比高多出微部，高比王多出第十八（鐸部一部分）、第三十一（王屋部）、第二十九（多部）、第三（祭部）、第六（質、物部一部分）、第十一（質部一部分）、第八（歌、支、微部一部分）共七部。第二十九部為多部，王並入侵部，其他六部均為王先生的長入。

　　高將上古韻母分為 225 類，高氏將自己分的上古韻類均編了號。王先生《史稿》將上古韻母分為 152 類，二者相差 73 類。高有王無的韻類有 79 個；王有高無的韻類有 6 個：錫合三 ǐwek、微合二 oəi、微開三 ǐei、眞開二 en、緝合一 uəp、緝合三 ǐwəp；高王相同的為 146 類。

　　高 225 類中王所無的 79 類，王是如何處理的呢？除去高第八部（9 類），剩下 70 類王作如下處理。

1. 不規則變化，8 類。如：151æg、154wæg、155ǐwəg、143æk、146wæk、147ǐwək、161wæŋ、180ok。

2. 去聲併入入聲，31 類。如：204ug、205ŭg、206ǐug、135ɑg、139wɑg、136ăg、137ǐɑg、138ǐăg、47ǐət、48iət、52ǐwæt、55æd、56ǐəd、58iəd、59wəd、61ǐwəd、62ǐwæd、63iwəd、91ǐĕd、92ied、25ɑd、31wɑd、26ad、27ăd、32wad、33wăd、28ǐad、29ǐăd、34ǐwad、35ǐwăd、30iad。

3. 用聲母作為分化條件，10 類。如：15ăt、21wăt、17ǐăt、23ǐwăt、5ǐăn、11ǐwăn、102ăp、104ǐăp、95ăm、97ǐăm。

4. 既用聲母作為分化條件又用不規則變化作為處理辦法：3ăn。

5. 歸入不同的部：117ǐæp、118iep。

6. 其他：149iwek、188ǐŏg、131iak、141ǐwag、140wăg、73iwər、42wæn、45iwən、50wæt、53iwət、60wæd、9wăn、110ǐæm、112ŭm、67ǐær、200ǐuŋ、39ABǐæn、158æŋ。

　　有些相同的類，王、高處理也有差異，213ǐɔ 王將其推入四等，174ĕg、177wĕg、169ĕk、172wĕk、163ĕŋ、166wĕŋ 王將其推入一等，44ǐwæn 王將其推入四等，221ǐa 王將其推入四等，198ʊŋ 王將其歸入侵合一。

下面我們對第 6 點部分韻類進行討論。

149iwek。高第十七部立了合口四等 iwek 類，只有「洫」一字，此類爲王所無。高根據「洫」「淢」同源，「淢」又從「或」聲，「侐」又與「洫」同聲，將「洫淢侐」歸爲此部。高在此基礎上，又根據「殈」與「洫」同聲，將「殈」歸入此部。高本漢第十部收「血恤」，爲什麼不把「殈」也歸入第十部呢？血及從血的「洫恤」均出現於《詩經》韻腳，它們歷來都沒有被歸入收-k 的韻部，段玉裁歸十二部（即眞部入聲），孔廣森、嚴可均、江有誥均歸入脂部，朱駿聲歸入日分部，「殈」當依清代學者歸入收-t 的韻部。此外，唐五代韻書錫韻無曉紐合口（殈）。故高據「殈」給上古立了一個韻類 iwek 是不妥的。

188i̯ǒg。王將此類併入幽部。高立此類僅根據「糾」字，高認爲《周頌・良耜》：「糾趙」叶韻。「趙」高歸第二十六部不誤，但據「糾趙」叶韻，將「糾」也歸此部則不妥。趙，段玉裁《六書音均表》第四表第三部「古合韻」：「本音在第二部，[註23]《良耜》與糾蓼朽茂合韻」。王先生《詩經韻譜》也是如此處理的，從「丩」聲字多在幽尤韻，古韻家多將「丩」聲首歸幽部，如段玉裁、嚴可均、朱駿聲、江有誥等。

131iak。幎，《說文》無，不知高氏「從莫聲」據何而得。《廣韻》錫韻：「幂，覆也，亦作幎」。《說文》：「幎，幔也。從巾，冥聲。」冥，《廣韻》青韻：莫經切。從莫之字，《廣韻》絕大多數爲一二等，幎爲四等，故「從莫聲」可疑。珞，《廣韻》鐸韻：盧各切。錫韻無「珞」字。由此可見 131iak 亦不妥。

141i̯wag、140wǎg。攫，《廣韻》暮韻：胡誤切。鐸韻：胡郭切。並非爲麻韻。高當據《集韻》「胡化切」。暮韻中攫與護濩同小韻，鐸韻中攫與獲濩同小韻，高把「濩獲護」歸爲一類，而將「攫」另立一類，不妥。爲什麼高要立 140 類、141 類呢？我們認爲他是爲了與第十七部建立整齊的相配關係。

73iwər。高此類只有一字「睽」，此字王先生《語音史》歸合口二等。癸聲字，《廣韻》分佈於脂、齊二韻。高、王對這部分字在上古安排不同，高將癸聲脂韻字立一類，爲合口三等 i̯wær 類，齊韻字另立一類，爲合口四等 iwər。王將癸聲字全歸爲一類，即脂部合口三等 ĭwei 類。從高、王對癸聲字處理上我們可以看出，高多依據等韻框架，直推上古，王先生等韻、諧聲聯繫在一起考慮，

〔註23〕即宵部。

構建上古。對於癸聲字的處理，我們在此提出一種新的安排，排在韻圖三等的（即癸聲重紐三等），立爲上古合口三等，排在韻圖四等的（即癸聲重紐四等和癸聲齊韻字），立爲上古合口四等。

42wæn。此類高只有一字「鰥」，王先生《史稿》無此類，《語音史》增，亦只收「鰥」字。段玉裁《六書音均表》第四表十三部「古本音」：「鰥字在此部。《詩·敝笱》一見，今入山。」我們贊同高、王《語音史》的處理。

45iwən。高認爲「畎」從「犬」聲；《禮·坊記》以「犬」韻「珍」，而「珍」與「畛」同聲，故立此類。段玉裁、孔廣森、嚴可均、江有誥均將犬聲字歸元部，朱駿聲歸屯部（文部），幹部（元部）另立肰聲。此類存疑。

50wæt。高據「劀猾」和《國語·晉一》立此類，「劀」與「遹」同聲符；《國語·晉一》以「猾」韻「骨」「捽」。「猾」從「骨」聲。「劀猾」爲黠韻合口二等字，中古黠韻，王先生《史稿》將其分成三部分推到上古：質開二、月開二、月合二。從王《史稿》系統看，「劀猾」應歸月部，然《史稿》月部並無此二字。從《漢語音韻》《詩經韻讀》中的「諧聲表」看，王先生將骨、矞聲歸物部，《語音史》將從矞聲的「遹」（三等合口術韻）歸物合三，《史稿》將骨（合一沒）歸物合一。《廣韻》矞、骨聲的合口二等黠韻字，沒有具體的字可作參照，我們不知王先生是如何處理的，但從《史稿》系統來看，這部分字只有歸月合二。高通過諧聲和韻文將合口二等黠韻的一部分字歸入第五部，然後在此部設二等，這種方法較可取。王《史稿》系統，微文二部皆有二等（《語音史》此二部二等開合都有），與其平行的物部設個二等，系統性更強。

53iwət。闋，王《研究》歸質部合口〔屑〕類，《史稿》《語音史》此字未見，與此字同小韻的「缺」，王歸月合四。《詩經韻讀》將「闋」歸質部，《小雅·節南山》五章與惠、戾、屆爲韻。

9wăn。高根據：「湲」與「援」「媛」同聲；「幻」與「換」爲同源字，而「換」與「渙」同聲；「頑」與「完」同聲。李方桂「頑幻」亦歸寒合二。我們贊成高、李處理成中古山韻，王將「頑」歸刪是根據《廣韻》刪韻：五還切。頑，周祖謨：「此字切三入山韻，音吳鰥反。」〔註24〕但我們不贊成將「湲頑幻」等另立一類。

〔註24〕《廣韻校本》，中華書局，2004，P129。

110iæm。鷽,《史稿》未收。黔諂闇,王《史稿》歸談開三。《檜風·匪風》三章「鷽」叶「音」,可以歸入此部,然無需立一類,可以與 109 類合併為一類。

112ŭm。高根據:芃從凡聲。芃,王《史稿》歸侵合三。我們認為王先生的處理較合理,芃,《廣韻》東韻:房戎切,又音蓬。芃從凡聲,凡為三等,一等「音蓬」當為後來音變之故。

通過以上韻類的比較我們可以得出以下兩點認識:

1. 王先生運用切韻系統、韻讀、諧聲三者結合的方法,由考古轉向審音,儘量減少上古韻類,使上古韻母系統更加合理。

2. 高氏所立許多韻類經過我們的討論分析,不太合理。

二、一部一個主元音

1. 王力使上古韻部構擬實現了從「一部多個元音」向「一部一個主元音」的轉變

1937 年,王先生於《上古韻母系統研究》中明確提出「一部一個主元音」的主張,1957 年於《漢語史稿》中全面實踐這個主張。這大大簡化了高本漢的元音構擬體系,使上古音系更符合漢語實際。高本漢、董同龢給上古韻部構擬了複雜的主元音,我們將他們的主元音在韻部中的分佈情況列表如下:

表 5-6：高本漢上古主元音分佈表

韻部\等	之	職	蒸	微	物	文	緝	侵	支	錫	耕	脂	質	真
一	ə	ə	ə	ə	ə	ə	ə	ə						
二	ɛ	ɛ	ɛ	ɛ	ɛ	ɛ	ɛ	ɛ	ĕ	ĕ	ĕ			
三	ə,ŭ	ə,ŭ	ə,ŭ	ə,ɛ	ə,ɛ	ə,ɛ	ə	ə	ĕ	ĕ	ĕ	ĕ	ĕ	ĕ
四				ə	ə	ə	ə		e	e	e	e	e	e

韻部\等	魚	鐸	陽	歌	月	元	葉	談	侯	屋	東	宵	藥	幽	覺	冬
一	â	â	â	â	â	â	â	â	u	u	u	o,å	o,å	ô	ô	ô
二	ă	ă	ă	a	a,ă	a,ă	a,ă	a,ă	ŭ	ŭ	ŭ	ŏ	ŏ	ộ	ộ	ộ
三	a,ă	a,ă	a,ă	a,ă	a,ă	a,ă	a,ă	a,a	u	u	u	o	o	o	o	o
四				a	a	a	a	a				o	o	o	o	o

表 5-7：董同龢上古主元音分佈表

韻部＼等	之	職	蒸	微	物	文	緝	侵	支	錫	耕	脂	質	眞
一	ə̂,ə̂	ə	ə̂,ə̂	ə̂	ə̂	ə̂	ə̂	ə̂						
二	ə	ə	ə	ə	ə	ə	ə	ə	e	e	e	e	e	e
三	ə,ə̆	ə,ə̆	ə,ə̆	ə,ə̆	ə,ə̆	ə,ə̆	ə	ə	e	e	e	e	e	e
四						ə	ə	ə	e	e,ĕ	e	e	e	e

韻部＼等	魚	鐸	陽	歌	月	元	葉	談	侯	屋	東	宵	藥	幽	覺	冬
一	ɑ	ɑ	ɑ	ɑ	ɑ	ɑ	ɑ,ʌ	ɑ,ʌ	û	û	û	ô	ô	ô	ô	ô
二	ă	ă	ă	a	a,æ	a,æ	a,ɐ	a,ɐ	u	u	u	ɔ	ɔ	o	o	o
三	a,ă	a,ă	a,ă	a,ă	a,ă,æ	a,ă,æ	a,ă,ɐ	a,ă,ɐ	u	u	u	ŏ,ɔ	ŏ,ɔ	ŏ,o	o	o
四					æ	æ	ɐ	ɐ				ɔ	ɔ	o	o	o

從上面的表格可知，高本漢將每個韻部構擬了 2～3 個主元音，王先生是極力反對這種構擬的。王先生說：「高本漢把上古韻部看做和中古韻攝相似的東西，那也是不合理的。例如《詩經・關雎》以『采』『友』爲韻，高本漢把它們擬成 ts'əg，giŭg，我們古代的詩人用韻會不會這樣不諧和呢？《邶風・擊鼓》以『手』『老』爲韻，高本漢把它們擬成 ɕi̯ôg，lôg，爲什麼『友』字不能和讀音較近的『手』字押韻，反而經常和讀音較遠的『采』字等押韻呢？應該肯定：《詩經》的用韻是十分和諧的，因此，它的韻腳是嚴格的，決不是高本漢所擬測的那樣。由於他的形式主義，就把上古韻部擬得比《廣韻》的206 韻更加複雜，那完全是主觀的一套。」〔註25〕李方桂先生也認爲高本漢的構擬與《詩經》押韻不合，他說：「e 跟 ĕ 可以押，â，a，ă 可以押韻，ə，ε，ŭ可以押韻等。如果《詩經》的韻是天籟，決不會有這樣不自然的韻。偶爾合韻是不可避免的，但是韻部的區分相當嚴格，不應當有這樣不同的元音在相同的韻部裏頭。」〔註26〕

1957 年，王力先生向學界奉獻了嶄新的現代化的上古音構擬體系，全面實踐其 20 年前的「一部一主元音」主張。王先生各個韻部的主元音分佈情況如下，

〔註25〕《漢語史稿》，中華書局，1980，P64。

〔註26〕《上古音研究》，商務印書館，1980，P2。

我們取《漢語史稿》的擬音，王先生認為先秦古韻分為二十九部，後來又認為戰國時分出多部，成三十部：

表 5-8：王力上古主元音分佈表

韻　部	之	職	蒸	微	物	文	緝	侵	支	錫	耕	脂	質	眞
主元音	ə	ə	ə	ə	ə	ə	ə	ə	e	e	e	e	e	e

韻　部	魚	鐸	陽	歌	月	元	葉	談	侯	屋	東	宵	藥	幽	覺	（冬）
主元音	ɑ	ɑ	ɑ	a	a	a	a	a	o	o	o	a	a	ə	ə	（ə）

王力先生之後，上古音體系基本上都是一部一個主元音，如李方桂、周法高、蒲立本等。我們將李方桂先生的各個韻部的主元音分佈情況列表如下：

表 5-9：李方桂上古主元音分佈表

韻部	之	蒸	幽	中	緝	侵	微	文	祭	歌	元	葉	談	魚	陽	宵	脂	眞	佳	耕	侯	東
主元音	ə	ə	ə	ə	ə	ə	ə	ə	a	a	a	a	a	a	a	a	i	i	i	i	u	u

鄭張尚芳先生，表面說一部一個主元音，可是在實際構擬時，有些部卻是一部多個元音。鄭張主元音分佈表如下：

表 5-10：鄭張上古主元音分佈表

韻　部	之	職	蒸	幽	覺	宵	藥	侯	屋	東	魚	鐸	陽	緝	侵
主元音	ɯ	ɯ	ɯ	i,ɯ,u	i,ɯ,u	o,a,e	o,a,e	o	o	o	a	a	a	i,ɯ,u	i,ɯ,u

韻　部	支	錫	耕	脂	質	眞	微	物	文	歌	月	元	葉	談	冬
主元音	e	e	e	i	i	i	ɯ,u	ɯ,u	ɯ,u	o,a,e	o,a,e	o,a,e	o,a,e	o,a,e	u

通過上面的表格，我們可以清楚地看到，鄭張的系統裏，只有「之職蒸侯屋東魚鐸陽支錫耕脂質眞冬」等十六個韻部是「一部一個主元音」的構擬，其餘十四個韻部卻是「一部多個元音」的構擬。

2. 王力一貫主張「一部一個主元音」

鄭張尚芳先生（2003：158）說：「王力先生也曾指出：『嚴格地說，上古韻部與上古韻母系統不能混為一談。凡韻母相近者，就能押韻；然而我們不能說，凡是押韻的字，其韻母必完全相同，或其主元音相同。』（《上古韻母系統研究》，

《龍蟲並雕齋文集》148 頁）這話說得非常通達，由此可見，我們是不能強調每一個韻部的主元音必須相同的了。」由此可知，鄭張先生認為王先生早期並不主張「一部一主元音」，我們認為這種認識與事實相背，是錯誤的。1937 年，王先生在《上古韻母系統研究》一文中已明確提出了「一部一主元音」的主張，王先生說：「關於主要元音的類別，我雖不願在此時談及音值，但我可以先說出一個主張，就是凡同系者其主要元音即相同。假設歌部是-a，曷部就是-at，寒部就是-an。」

鄭張先生所引王先生的那段話，應這樣理解：1. 王先生強調上古韻部與上古韻母系統不同；2. 王先生強調脂微的主元音有別；3. 王先生說「凡韻母相近者，就能押韻；然而我們不能說，凡是押韻的字，其韻母必完全相同，或其主元音相同」，主要是針對合韻或通韻而言。

梅祖麟教授也有類似的錯誤認識，他（2006：190）說：「1937 年王先生提出了兩個問題：（1）『脂』與『微』的韻母是否相同，元音是否相同？（2）『脂』與『微』是否應該分部？這兩個問題分兩段時間做了回答。1937 年回答了第一個問題，但是第二個問題仍留做懸案。那是因為當時大家都以高本漢（1932，1934）擬測的上古韻母系統為出發點，而在那個系統裏一個韻部往往可以包含主要元音不同的兩個或兩個以上的韻母。」梅祖麟此處有兩點錯誤認識：1. 認為王先生當時主張「一部多元音」；2. 認為王先生當時沒有解決脂微分部的問題。王先生的脂微分部是在傳統的基礎上進行的，王先生尊重傳統，對脂微分部持慎重態度，所以他說：「然而我們不能不承認脂微合韻的情形比其他合韻的情形多些，如果談古音者主張尊用王氏或章氏的古韻學說，不把脂微分開，我並不反對。」1937 年，王先生已經給出「脂微分部」的標準、證據，理論上已經解決了「脂微分部」問題。

梅祖麟認為王先生於五六十年代才提出「一部一主元音」主張，他（2006：190）說：「王先生在五六十年代提出『每一個韻部只有一種主要元音』的主張。」並且給「每一個韻部只有一種主要元音」加了附注：「王力先生在《先秦古韻擬測問題》（1964）裏明確地提出『每一個韻部只有一個主要元音』的主張。此文收入《王力文集》（1989）第十七卷，可參看 297、298 頁和 358 頁。更早，在 1957 年出版的《漢語史稿》（上）61～65 頁，王先生已經實行

了這個主張。」上面我們說過王先生於 1937 年已經明確提出「一部一主元音」的主張，梅教授將王先生提出此主張的時間推遲了 27 年，與王先生上古音學說發展的事實不符。

三、脂微分部的相關問題

古韻學可以追溯到宋代，但真正的古韻分部始於清代，顧炎武《音學五書》拉開了有清一代韻部劃分的大幕，繼之者有江永、段玉裁、戴震、孔廣森、王念孫、江有誥等。前修未密，後出轉精，經過清代學者幾代人的努力，韻部劃分至江有誥已基本告一段落，所以夏炘說：「《廿二部集說》者，集昆山顧氏亭林、婺源江氏慎修、金壇段氏茂堂、高郵王氏懷祖、歙江君晉三五先生之說也。自宋鄭庠分唐韻為詩六部，粗具梗概而已，顧氏博考群編，釐正《唐韻》，撰《音學五書》，遂為言韻者之大宗，嗣後，江氏、段氏精益求精，並補顧說之所未備，至王、江兩先生出，集韻學之大成矣。王氏與江君未相見而持論往往不謀而合，故分部皆二十有一，王氏不分東中，未為無見，然細繹經文，終以分之之說為是，而至部之分則王氏之所獨見而江君未之能從者也。今王氏已歸道山而江君與炘夙契，爰斟酌兩先生之說定為二十二部。竊意增之無可復增，減之亦不能復減，凡自別乎五先生之說者皆異說也。」〔註 27〕夏炘對清代學者古韻分部作了充分肯定，但古韻分部也並非「凡自別乎五先生之說者皆異說也」，繼清代學者之後章炳麟分出隊部，王力先生分出微部，才最終劃定了古韻部居。

從整個韻部劃分史來看，脂微分部是王先生對古韻分部最大的貢獻。對於脂微分部的發明權，脂微分部的緣起，學術界存在一定的分歧，我們擬就這兩個方面問題進行討論，並發表自己的看法。

（一）脂微分部的發明權問題

1937 年，王力先生發表了《上古韻母系統研究》一文，王先生於此文中提出了著名的「脂微分部」學說，王先生以中古音為參照系，在江有誥脂部的基礎上進行了脂微分部。〔註 28〕

1944 年，董同龢先生在李莊發表了《上古音韻表稿》，用諧聲材料檢驗了

〔註 27〕 《詩古韻表廿二部集說》，《續修四庫全書》248 冊，上海古籍出版社，2002，P313。
〔註 28〕 《龍蟲並雕齋文集》，中華書局，1980，P142～143。

王力先生脂微分部的三個標準，認爲「王力先生的甲乙兩項標準就可以完全成立」，[註29]「丙項標準須要稍微改正一下。我們不能說脂皆的開口字全屬脂部而合口字全屬微部。事實上脂皆兩韻的確是上古脂微兩部的雜居之地，他們的開口音與合口音之中同時兼有脂微兩部之字。」[註30]董同龢先生在脂微分部方面的貢獻有兩點，第一，用諧聲系統證明了脂微分部學說的正確性，第二，用脂微分部學說解釋了中古的一些重紐現象，換句話說，他也用中古的重紐證明了脂微分部學說。董同龢先生證明脂微分部學說，主要是爲自己構擬脂微兩部主元音服務的，所以他說：「脂微分部說是值得而且必須採納的。這項學說的價值在確定古代-n-t-d-r 之前 e 與 ə 兩個元音的一致區分。」[註31]脂微分部本身並沒有到董同龢先生這就劃上了句號，直至王力先生《古韻脂微質物月五部分野》才基本上劃定脂微兩部。

在脂微分部史上，曾運乾也是有貢獻的。對於曾運乾的古韻學，楊樹達曾評說過：「君（曾運乾）謂段氏知眞諄之當分爲二，而不悟脂微齊皆灰當分，非也；戴氏因脂微齊皆灰之未分，而取眞諄之應分爲二者合之，尤非也。齊與先對轉，故陸韻以屑配先；灰與痕魂對轉，故以沒配痕。《三百篇》雖間有出入，然其條理自在也。君既析齊於微，與屑先相配，又參稽江段孔王朱章諸家之成說，定爲陰聲九部，入聲十一部，陽聲十部，合之爲三十部，於是古韻分部臻於最密，無可復分矣。」[註32]楊氏的評價突出了曾氏的脂微分部，也就是說曾氏的脂微分部至少得到了楊氏的肯定，那麼曾氏的脂微分部是否與王先生的完全一致呢？答案是否定的。我們先來看看王力先生與曾氏脂微兩部的範圍。

表 5-11

古韻家 ＼ 韻部	脂（衣）	微（威）
王力	脂皆齊之半	微，灰三分之二，脂皆之半
曾運乾	齊脂皆微之半	灰全，脂皆微之半

[註29]　《上古音韻表稿》，《歷史語言研究所集刊》18 本，商務印書館，1948，P69。

[註30]　《上古音韻表稿》，《歷史語言研究所集刊》18 本，商務印書館，1948，P70。

[註31]　《上古音韻表稿》，《歷史語言研究所集刊》18 本，商務印書館，1948，P72。

[註32]　《積微居小學述林》，中華書局，1983，P309。

從範圍來看，王力先生的脂部比曾氏衣攝小，因為曾氏比王力先生多出微韻一半的字，王先生微部與曾氏威攝大小差不多。從脂微齊皆灰五韻在上古的分佈來看，曾氏將微韻分成兩半，一半歸衣攝，一半歸威攝，王先生全歸微部；王先生將灰韻分成兩部分，三分之二歸微部，三分之一歸之部，而曾氏將灰全歸威攝。

現在我們再通過王、曾兩位的「諧聲表」來比較脂微二部的異同。王先生的諧聲表，我們取自於《詩經韻讀》，曾氏的我們取自於《音韻學講義》。

表 5-12

王部	脂			微		
曾部	衣			威		
異同數	同	異		同	異	
	32	曾有王無	王有曾無	10	曾有王無	王有曾無
		20	17		10	25

說明：1. 「王部」指王力先生的韻部名，「曾部」指曾運乾的韻部名。
　　　2. 「曾有王無」指曾運乾有，王力先生無，餘類推。

從表中，我們可以看到，王脂部與曾衣攝相同為 32 個，不同的聲旁曾有王無的有 20 個，王有曾無的有 17 個；王微部與曾威攝相同的 10 個，不同的聲旁曾有王無的有 10 個，王有曾無的有 25 個。同者不論，異者為何異呢？我們認為王、曾脂微的諧聲偏旁差異是由於以下幾點原因造成的：1. 對聲首的認定不一，王認為聲首，曾卻不列，曾認為聲首，王卻不列。例如厶與私、梨與爾、穎與追。2. 中古音韻地位相同，只是字不同。例如毇與毀 3. 同一聲首歸部不同。例如口毇利聲王歸質部，曾歸脂部。

「衣豈尾幾希火眉」為曾、王脂微均有的諧聲偏旁，但曾、王歸部有分歧，具體來說，「衣豈尾幾希火」等字，王力先生歸微部，曾歸衣攝，「眉」王歸脂部，曾歸威攝。

脂微分部學說史上也存在審音與考古二途，我們在後面還要談到這個問題。曾氏的脂微分部走的是審音之路，並且其脂微分部學說沒有進一步修正發展。王力先生脂微分部走的是考古之路，其脂微分部學說呈現不斷發展的態勢。曾氏堅持陰陽入三分體系，「陰陽二聲，音本相同，惟有無鼻音為異，對轉之故，即由於此。此其論發於江氏，至章君而大成。實則陸法言作《切

韻》時，陰陽對轉之理，已寓其中。蓋《切韻》之例，大率陰陽對轉，以入聲爲相配之樞紐」，〔註33〕曾氏將 206 韻按照陰（平上去）、入、陽（平上去）的順序排列，由此可見曾氏的脂微兩部包括平上去聲字。王力先生早年堅持陰陽二分體系，中晚期轉爲陰陽入三分體系，王力先生所堅持的陰陽入三分體系與曾氏的也不完全相同，曾氏的陰聲陽聲包括平上去，入聲無中古去聲，也就是說曾氏沒有接受段玉裁的「平上爲一類，去入爲一類」的學說。王力先生早期的脂微部包括平上去入聲字，中晚期脂微部只包括平上聲字。

　　鄒漢勛《五均論》將古韻分爲十五類。鄒氏的十五類是演繹式的，他先把韻分爲五大類：宮、商、角、徵、羽，然後每個大類下再分三小類。脂微齊皆灰實際上他分了三類，即脂皆類、蒸登灰微類、之咍齊類，這與眞正的脂微分部不是一回事。若不把脂微齊皆灰分爲三處，則徵大類三個空將無法塡滿，從其所舉角大類來看，他對脂微齊皆灰合爲一部也並不反對。鄒氏的目的不在分部，而在於建立一種分部模式。此外，鄒氏將「蒸登灰微」歸爲一類，「之咍齊」作爲一類，甚爲不類。因此，李葆嘉（1998：146）說「鄒漢勛首倡脂皆、灰微分立」，〔註34〕不可信。

　　我們認爲，王力先生的脂微分部是獨立發現，曾運乾雖提出脂微劃分，但王力先生與他的分部是有區別的，這主要體現在如下幾個方面：一、脂微分部之路不同。曾運乾走審音之路，王力先生主要偏重《詩經》用韻，走的是考古之路。二、脂微分部所處的古音體系不完全相同。三、脂微兩部歸字不完全相同。至於鄒漢勛的分部，由於是在十五個大類的框架下進行的，與眞正的脂微分部不是一回事。此外，脂微分部學說最終爲學界所認可，在很大程度上得力於王力先生。因此，我們認爲將脂微分部學說的發明權歸爲王力先生並不爲過，王力先生自己也不無自豪地說「脂微分立是王力的發現。」〔註35〕

（二）脂微分部的緣起問題

　　脂微分部的緣起，王力先生最先於《上古韻母系統研究》中提到，並且說得很清楚。〔註36〕王先生除了於《上古韻母系統研究》中提到這個問題外，在

〔註33〕 《音韻學講義》，中華書局，1996，P172。

〔註34〕 《當代中國音韻學》，廣東教育出版社，1998，P146。

〔註35〕 《漢語語音史》，中國社會科學出版社，1985，P41。

〔註36〕 《龍蟲並雕齋文集》，中華書局，1980，P141～142。

其他論著中也屢次提到，如《古韻脂微質物月五部的分野》〔註37〕《中國語言學史》〔註38〕《漢語語音史》〔註39〕等。

陳新雄先生認為王力先生的脂微分部一定受到戴震《答段若膺論韻書》的啓發，陳先生說：「我認為王力的脂微分部，除受章太炎的文始及他自己研究南北朝詩人用韻的影響外，戴震的答段若膺論韻書也應該給了他莫大的啓示」。〔註40〕陳新雄的觀點得到王金芳（2002：40）贊同：「事實上，在具體韻部的分合歸屬上，王力也是深受戴震影響的。例如，王力著名的脂微分部，就是受了戴震影響的。」〔註41〕

陳新雄肯定地說戴震「一定對王力的脂微分部有所啓示」，其根據就是 1. 戴氏《答段若膺論韻書》對脂微分部有指示作用；2. 王力先生在寫脂微分部時讀過戴氏《答段若膺論韻書》。

首先，我們來分析一下戴震《答段若膺論韻書》的那段話：

「昔人以質、術、櫛、物、迄、月、沒、曷、末、黠、鎋、屑、薛隸真、諄、臻、文、殷、元、魂、痕、寒、桓、刪、山、先、仙，今獨質、櫛、屑仍其舊，餘以隸脂、微、齊、皆、灰，而謂諄、文至山、仙同入。是諄、文至山、仙與脂、微、齊、皆、灰相配亦得矣，特彼分二部，此僅一部，分合未當。又六術韻字，不足配脂，合質、櫛與術始足相配，其平聲亦合真、臻、諄始足相配，屑配齊者也，其平聲則先、齊相配。今不能別出六脂韻字配真、臻、質、櫛者合齊配先、屑為一部，且別出脂韻字配諄、術者，合微配文、殷、物、迄、灰配魂、痕、沒為一部。廢配元、月，泰配寒、桓、曷、末，夬配刪、黠，夬配山、鎋，祭配仙、薛為一部。而以質、櫛、屑隸舊有入之韻，或分或合，或隸彼，或隸此，尚宜詳審。」

我們將這段話整理列表如下：

〔註37〕《古韻脂微質物月五部的分野》，《王力文集》第 17 卷，山東教育出版社，1989。

〔註38〕《中國語言學史》，山西人民出版社，1981，P153。

〔註39〕《漢語語音史》，中國社會科學出版社，1985，P41。

〔註40〕《戴震答段若膺論韻書對王力脂微分部的啓示》，《歷史語言研究所集刊》（臺灣）第五十九本第一分，1988，P5。

〔註41〕《戴震古音學成就略評》，《江漢大學學報》（人文社會科學版），2002 第 2 期，P40。

表 5-13

一			二				三					
脂	脂	齊	脂	微	微	灰	廢	泰	泰	皆	夬	祭
質	櫛	屑	術	物	迄	沒	月	曷	末	黠	轄	薛
眞	臻	先	諄	文	殷	魂痕	元	寒	桓	刪	山	仙

　　戴氏的這段話主要是從審音角度批評段氏的眞文分部，具體來說就是從陰、陽、入三聲相配來評判眞文分部，若按戴氏「別出六脂韻字配眞、臻、質、櫛者合齊配先、屑爲一部，且別出脂韻字配諄、術者，合微配文、殷、物、迄、灰配魂、痕、沒爲一部」，則脂微分爲二部，然而戴氏卻由脂微不分得出眞文不分的錯誤結論。戴氏這段話只是爲脂微分部提供了審音的暗示，隱含著脂微分部可走審音之路。正如李開（1996：71）所說：「有理由認爲，戴震已爲脂、微分部奠定了初步的基礎，但如同合眞諄文、合尤侯幽那樣，已指明了審音相異處，卻未能走到分立爲二部的地步。」〔註42〕那麼現在問題是王力先生脂微分部走的是什麼路，考古抑或審音？當然，簡單地回答考古或審音都是不太確切的，因爲考古和審音都貫穿於王力先生脂微分部發展史。唯物辨證法有一條規則：看問題要看主流。王先生脂微分部發展史雖包含考古、審音兩種因素，但從整體來看，考古占主導地位，是主流。王先生在寫脂微分部時明確認定了自己屬於考古派，那麼他的脂微分部走考古之路是理所當然的。《古韻脂微質物月五部的分野》又從審音角度對脂微分部及相關問題作了進一步修正。王先生脂微分部的早期基本走的是考古之路，後來雖然走上審音之路，卻是在考古基礎上的審音。因此，我們認爲王先生脂微分部走的是考古之路，而戴震《答段若膺論韻書》卻暗示著脂微分部可走審音之路，從學理上來說，戴書不會給王先生以啓發。

　　其次，戴震與段玉裁關於眞文分部的爭論，其實質是清代審音派與考古派在具體韻部劃分問題上的交鋒，戴氏合併眞文固然不確，但審音派的原則並沒錯，並且眞文分部問題的最終解決還是靠審音來完成的。從考古角度看，眞文分部是事實，但眞文分部的確帶來了音系的不平衡。在眞文分部的問題上段氏是對的，戴氏是不正確的，但他們在對待與眞文分部相關問題上所犯的錯誤是

〔註42〕《戴震〈聲類表〉考踪》，《語言研究》1996 第 1 期，P71。

一致的，即都據守著「脂微齊皆灰」爲一部，試想，段氏若不把它們據守爲一部，其眞文分部將更有說服力，也不會引起戴氏的質疑，戴氏若把它們分爲兩部，很可能不會主張眞文合併。戴段眞文分部之爭的意義不僅體現在眞文分部本身，還體現在它暗示著脂微分部有兩條路可走，一條路著眼於審音，從審音角度將「脂微齊皆灰」分開，一條路是從考古出發，將「脂微齊皆灰」分開。我們知道，清代古音學史上，考古與審音是相互推動發展的，但具體到個人來說，都有所偏向，也就是說考古派往往側重事實的歸納，審音多以音系齊整爲依歸。脂微分部之所以在戴段時代沒有完成，在很大程度上是因爲審音與考古在具體分部上並未眞正達到統一的高度。戴氏若以考古派得出的結論去審音，脂微自然會分開，段氏若將眞文分部的事實按審音的思路一直貫徹到與之相配的陰聲，脂微也會劃然分開。戴段眞文分部之爭暗示著脂微分部有兩條路綫是一回事，而後人能否從中得到啓發又是另一回事。

再次，我們來看看王先生脂微分部從哪開始的。關於這個問題，王先生自己也提到過。《上古韻母系統研究》：「因爲受了《文始》與《南北朝詩人用韻考》的啓示，我就試著把脂微分部。先是把章氏歸隊而黃氏歸脂的字，如『追歸推誰雷衰隤虺』等，都認爲當另立一部」，〔註43〕《古韻脂微質物月五部的分野》：「直到我寫《南北朝詩人用韻考》（1936），才提出了微部獨立。」〔註44〕由此可見，王先生脂微分部是從微部著手的。假如王先生受到戴氏《答段若膺論韻書》的影響，那麼王先生應該會從脂部入手，即陳先生所說的「照戴震陰陽入三分的辦法，把眞部與質部獨立，同時把與眞質相配的脂開三、皆開二、齊諸韻也獨立爲脂部。」

四、「新派」的古韻再分類

（一）從脂微再分類看「新派」的再分類

近年來，學術界對所謂的「傳統韻部」進行了再分類，如白一平、沙加爾、鄭張尚芳等。在對脂微進行再分類的學者中，鄭張先生的分類從時間角度來說最新，所以我們的討論以鄭張先生的脂微再分類爲基礎進行。

〔註43〕 《上古韻母系統研究》，《龍蟲並雕齋文集》，中華書局，1980，P142。

〔註44〕 《古韻脂微質物月五部的分野》，《王力文集》第 17 卷，山東教育出版社，1989。

　　鄭張認爲自己的脂微分部與王力先生的著眼點不同。「脂、眞、質部與微、文、物部如果光從古韻押韻上著眼，它們相叶很普遍，本來完全可以像侵緝、幽覺那樣也分別並爲一部。其所以分成兩類，主要從諧聲看來，脂、眞、質部有兩種韻尾來源：-i、-iŋ、-ig 與-il、in、id，至上古後期它們才合併爲-i / ij、-in、-id。所以我們的『脂微』分部、『眞文』分部，著眼點在韻尾分別，跟王力、董同龢兩先生的著眼點在元音分別，是有所不同的。」〔註45〕這在某種程度上等於說鄭張從韻尾的角度對脂微進行了分部。實際情況如何呢？鄭張在該書159頁曾這樣說過「本書對韻部問題不多糾纏，只採用現在大家較熟悉的王力30部稍加修改，當作韻母的大類使用，而把力量用在韻母系統本身上。」「稍加修改」的是哪個或哪些地方，鄭張未作說明，我們也不敢妄下斷語，但從其對古韻部進行再分類的結果來看，改動並不小，拿脂微兩部來說，鄭張將其分別分爲兩類。然而，鄭張脂微再分類是在王力先生脂微分部的基礎上利用諧聲和民族語來進行的，而不是他自己先從韻尾角度將脂微分開再進行分類的。即便從鄭張所分的韻尾看，也不能將脂微完全分開，因爲「脂部的大半也帶-l尾」，〔註46〕與微部韻尾相同。

　　鄭張說「脂、眞、質部與微、文、物部如果光從古韻押韻上著眼，它們相叶很普遍」，是脂微、眞文、質物兩兩「相叶很普遍」，還是「脂眞質微文物」六部各自「相叶很普遍」呢？從上下文來看，鄭張此處「相叶很普遍」當指後者，然其又說「我們的『脂微』分部、『眞文』分部，著眼點在韻尾分別，跟王力、董同龢兩先生的著眼點在元音分別，是有所不同的」，這似乎在說傳統的脂微分部。總之，鄭張這段話是把傳統的脂微分部與自己的再分類攪到一起了。那麼，以鄭張爲代表的新派對脂微進行再分類到底合理不合理？下面我們就來剖析新派的脂微再分類。

（一）脂部的再分類問題

　　首先，將脂質眞三部分別一分爲二，很難解釋《詩經》押韻。鄭張的脂質眞三部再分類情況如下：

〔註45〕《上古音系》，上海教育出版社，2003，P167～168。

〔註46〕《上古音系》，上海教育出版社，2003，P165。

表 5-14

韻部	再分類	擬音（主元音＋韻尾）
脂	脂 1	il
	脂 2	i
質	質 1	id
	質 2	ig
眞	眞 1	in
	眞 2	iŋ

《詩經》中，鄭張所分的-il 與 i、-id 與-ig、-in 與-iŋ 分別可以系聯爲一組，這已是數代人歸納的客觀結果，現在鄭張將每組的韻尾構擬爲不同的音素，根據不同的韻尾對每組重新分類。這樣一來，在《詩經》中，-l 與-ø（-ø 表示零韻尾）、-d 與-g、-n 與-ŋ 分別可以相當自由地押韻，也就是說，脂系在《詩經》中可以自由地異尾相叶。我們再來看看與脂系相似的微系是如何押韻的。從鄭張系統看，微系全是同韻尾（-l 尾）相押，這與傳統的觀點是一致的，被章炳麟稱爲「同門異戸」的脂微在《詩經》押韻上出現如此不同的現象，很難解釋。此外，《詩經》押韻或主元音相同，或韻尾相同，或主元音、韻尾均不同，這恐怕不是《詩經》押韻的實際，是不符合中國詩歌韻律特點的，甚至也不符合世界詩歌押韻規律。〔註47〕

下面我們用「擬音代入驗證法」來檢驗鄭張脂部再分類。所謂「擬音代入驗證法」，是指將某家擬音代入《詩經》韻腳，加以觀察研究，看其擬音合理不合理。在沒有檢驗之前，我們先將有關情況作個說明。（1）《詩經》韻腳的確認以王力先生的《詩經韻讀》爲主，必要時參以其他幾家。（2）個別字我們作了適當處理。如《大田》三章「祈」字，王先生《詩經韻讀》正文作「祈」，《〈詩經〉入韻字音表》脂部未收「祈」，段玉裁《六書音均表》作「祁」〔註48〕，我們取「祁」字。《杕杜》四章「邇」字，鄭張將其擬爲「njelʔ」，即爲歌部 2，段玉裁《六書音均表》：「邇，爾聲在此部〔註49〕，《詩經》（《汝墳》《小雅・杕

〔註47〕參梁守濤《英詩格律淺說》，商務印書館，1979；吳翔林《英詩格律及自由詩》商務印書館，1993。

〔註48〕《說文解字注》，上海古籍出版社 1988，P854。

〔註49〕指十五部，即脂部。

杜》）二見。今入紙。」〔註50〕鄭張將其處理爲歌部，與傳統不符，應歸脂部，王力先生將其放在「脂質眞」類，按鄭張系統擬音爲「njil?」。《載驅》二章「瀰」，鄭張將其處理爲歌2，亦不妥，《廣韻》「瀰」與「彌」同在一個小韻，《集韻》奴禮切，我們取《集韻》反切。《泉水》二章「沛」，鄭張《古音字表》未收，《集韻》子禮切，按鄭張系統擬音爲?slii?。

《詩經韻讀》脂部獨用35例，我們將鄭張的擬音代入這35例中。從韻尾來看，有三種情況：同押「-l」尾、同押「-ø」尾、「-l」尾與「-ø」尾互押。

1. 同押「-l」尾的又分爲il、iil、il-iil三種形式。il形式是指押韻的字均爲il；iil形式是指押韻的字均爲iil；il-iil形式是指押韻的字既有il又有iil。例如：

（1）《七月》二章：遲il祁il

（2）《鼓鍾》二章：喈iil湝iil

（3）《瞻卬》三章：鴟il階iil

2. 同押「-ø」尾的，又分爲i、i-ii兩種形式。例如：

（1）《瞻彼洛矣》一章：茨i師i

（2）《吉日》四章：矢i兕i醴ii

3. 異尾相押分爲：i-ii-iil、i-iil、i-il-iil、i-ii-il-iil等四種形式。例如：

（1）《豐年》：秭i醴ii姊i禮ii皆iil

（2）《賓之初筵》一章：旨i偕iil

（3）《大東》一章：匕il砥il矢i履i視il涕iil

（4）《板》五章：懠iil毗i迷ii屍i屎i葵il資i師i

現把統計的結果列表如下：

表5-15

韻尾	-l			-ø			-l　-ø		
形式	il	iil	il-iil	i	i-ii	i-ii-iil	i-iil	i-il-iil	i-ii-il-iil
韻例	3	6	8	3	4	3	5	2	1

脂部獨用的35例中，有11例是異尾相押，在同尾相押的24例中，同押「-l」尾的爲17例，同押「-ø」尾的爲7例，也就是說嚴格意義上的同尾相押，

〔註50〕《說文解字注》，上海古籍出版社1988，P855。

脂部獨用的 35 例最多只有 17 例。如果把元音長短〔註51〕、韻尾等均考慮進去，脂部獨用的 35 例，可以分為 9 種形式。如果再把聲調考慮進去，形式將更多，《詩經》押韻能這樣不諧和嗎？「擬音代入驗證法」來檢驗鄭張的脂部再分類，使我們更加懷疑再分類的正確性。

其次，脂質真一分為二的根據不充分。

鄭張脂部再分類主要根據有二：（1）據中古-t、-k 組有諧聲、通假、轉注關係，分出-ig、-iŋ，即質 2、真 2。〔註52〕（2）據民族語分出脂部大半。〔註53〕另外，鄭張還認為「其所以分成兩類，主要從諧聲看來，脂、真、質部有兩種韻尾來源：-i、-iŋ、-ig 與-il、-in、-id，至上古後期它們才合併為-i／ij、-in、-id」。

我們先來分析鄭張脂部再分類的第一個證據。

（甲）-t　昵　實　乙　騺　密　血　節　戛　溢
（乙）-k　匿　寔　肊　陟　窨　淢　即　棘　益

鄭張先通過各種方式證明乙組一定收-k，再由甲組與乙組存在諧聲、通假、轉注的關係，推出甲組在上古也收喉。我們看兩個例子就知道這種推理合理不合理了。「匿從若聲，作慝的聲符，其收-k 無可疑」。首先，段玉裁就主張「匿」收-t，昵收-k。匿，《說文》：「匿，亡也。從匸若聲。」段注：「匿讀若鷙，即讀若質也，古亦讀尼質切，在十二部，不在一部也。」昵，《說文》：「日近也。從日匿聲。或從尼聲。」段注：「古音在一部，魚力切。」其次，這種推理不太合理。如獜從粦，然粦收-n 獜收-ŋ，弇作鵪聲符，然弇收-m 鵪收-ŋ。淢，《詩·文王有聲》寫作「減」，從「或」聲。昵，《左傳》：「私降昵燕」，今本「暱」作「昵」，從尼聲。從「匿淢」兩個例子來看，鄭張的質部再分類的依據不充分。

我們認為既然「昵匿」分別收喉、收舌，那麼上古「匿」就可能有收喉、收舌兩種情況。昵，《詩經》中僅入韻一次，即《菀柳》一章：息昵極。僅憑這一例很難斷定「昵」收喉，即使此例「昵」收喉，也不能說上古「昵」只有收喉一讀。此外，「昵」在中古並非僅有收舌一讀，收喉一讀也是存在的，我們不

〔註51〕關於這一點，李方桂先生在《上古音研究》中有一段很好的說明：有些人假定上古元音有長短、鬆緊之別，但是可以相互押韻。這種辦法的困難是我們不知道上古元音是否實有長短、鬆緊之別，就是有的話，也不敢說他應該互相押韻。

〔註52〕《上古音系》，上海教育出版社，2003，P160～161。

〔註53〕《上古音系》，上海教育出版社，2003，P165。

能完全排除中古「昵」收喉一讀與上古收喉一讀無關。鄭張的思路是：「匿」聲字在中古有收喉、收舌兩讀，其中收喉一讀一定爲上古音，而上古音「匿」聲字應只有一讀，所以中古收舌那部分字在上古爲收喉。這個推理過程有這樣幾點可疑之處：（1）上古音「匿」聲字一定只有一讀嗎？（2）中古收喉一讀一定爲上古音嗎？

我們再來看看這幾組諧聲字的發生關係：

（1）匿—昵　即—節　陟—驚　益—溢

（2）乙—肊　血—洫

從鄭張先生的系統看，第（1）組是被諧字變成了收-t 尾，第（2）組是主諧字變成收-t 尾。也就是說，主、被諧字都有變成中古-t 的可能，同樣的音變現象，爲什麼會在諧聲字中呈現不同的分佈？

通過以上一番分析，新派質部再分類證據不足，故很難成立。

鄭張的第二個證據也是舉例性的，僅憑幾個破讀字的例子和民族語的例子就把眞、脂分別一分爲二，其證據是不充分的，因而其結論也是值得懷疑的。

（二）微部再分類問題

首先，我們仍然用「擬音代入驗證法」來檢驗鄭張的微部再分類。鄭張微部再分類的情況如下：

表 5-16

再分類	擬音（主元音＋韻尾）
微 1	ɯl
微 2	ul

王力先生《詩經韻讀》微部獨用 45 例，我們將鄭張的擬音代入這 45 例中，按主元音排列的形式，大體可分爲兩種情況：相同主元音押韻和不同主元音押韻，具體可分爲 9 種形式，其中相同主元音押韻的有 5 種形式：u、uu、ɯ、u-uu、ɯ-ɯɯ，不同主元音押韻的有 4 種形式：u-ɯ、ɯ-uu、u-ɯɯ-uu、u-ɯ-ɯɯ。此外還有兩種形式 aa-ɯ、i。

1. 相同主元音押韻 5 種形式：u、uu、ɯ、u-uu、ɯ-ɯɯ。u 形式表示韻例中的字主元音均爲 u，uu、ɯ 兩形式類推。u-uu 形式表示韻例中的字主元音既有 u 又有 uu，ɯ-ɯɯ 形式類推。例如：

（1）《樛木》一章：累 u 綏 u

（2）《卷耳》二章：嵬 uu 隤 uu 罍 uu 懷 uu

（3）《柏舟》（邶風）五章：微 ɯ 衣 ɯ 飛 ɯ

（4）《南山》一章：崔 uu 綏 u 歸 u 歸 u 懷 uu

（5）《采薇》六章：悲 ɯ 哀 ɯɯ

2. 不同主元音押韻 4 種形式：u-ɯ、ɯ-uu、u-ɯɯ-uu、u-ɯ-ɯɯ。u-ɯ 形式表示韻例中的字主元音既有 u 又有 ɯ，ɯ-uu、u-ɯɯ-uu、u-ɯ-ɯɯ 等形式以此類推。例如：

（1）《葛覃》三章：歸 u 衣 ɯ

（2）《鼓鍾》二章：悲 ɯ 回 uu

（3）《旱麓》五章：黃 u 枚 ɯɯ 回 uu

（4）《東山》一章：歸 u 悲 ɯ 衣 ɯ 枚 ɯɯ

我們將統計的結果列表如下：

表 5-17

主元音	u 或 ɯ					u 與 ɯ				其他	
形式	u	uu	ɯ	u-uu	ɯ-ɯɯ	u-ɯ	ɯ-uu	u-ɯɯ-uu	u-ɯ-ɯɯ	aa-ɯ	i
韻例	2	2	12	10	2	11	1	1	1	2	1

將鄭張的擬音代入微部獨用 45 例中，有兩種形式比較特殊，即 aa-ɯ 與 i。這兩種形式是有問題的，它們涉及的《詩經》用例爲：

（1）《七月》一二章：火 aa 衣 ɯ 火 aa 衣 ɯ

（2）《七月》三章：火 aa 葦 ɯ

（3）《敝笱》三章：唯 i 水 i

段玉裁曰：「火聲在此部 [註54]。《詩》（《七月》《大田》）四見。今入果。」[註55] 在《漢字諧聲聲符分部表》中，鄭張將火聲分別歸爲歌部 3（鄭張將此火聲稱爲火 2）和微部 2（鄭張將此火聲稱爲火 1），然鄭張《古音字表》中，火 2 擬音卻爲歌部 1 類，火 1 未見。水，《廣韻》旨韻：式軌切。爲合口字，應歸微部。唯，《廣韻》旨韻：以水切。爲合口字，也應歸微部。

〔註54〕指十五部，即脂部。

〔註55〕《說文解字注》，上海古籍出版社，1988，P855。

將鄭張的擬音代入微部獨用 45 例中，從主元音（長短也考慮進去）角度看，有 11 種形式，除去兩種特殊的韻例，還有 9 種，再將聲調考慮進去，形式會更多。我們知道，這些形式在王力先生《詩經韻讀》中只有一種形式，由此可見，微部再分類使得《詩經》押韻相當不諧和，是值得懷疑的。

其次，微物文各部一分為二的標準與實際操作不一致。

鄭張將微物文各部一分為二，那麼其分類的標準是什麼呢？鄭張說：「微、文、物各部應依開合分別 ɯ、u 元音」，〔註 56〕也就是說，鄭張將微物文各部一分為二的標準是「開合」，「開」的為一類，即主元音為 ɯ 的微 1、物 1、文 1，「合」的為一類，即主元音為 u 的微 2、物 2、文 2。鄭張《上古音系》的「附表」第四表是《古音字表》，此表收了一萬八千字，並標出了這些字的古音音韻地位及所屬聲符系統。我們將《古音字表》中「微物文」三部字作了統計，現將統計的結果列表如下：

表 5-18：微　部

	微 1		微 2	
開合	開	合	開	合
聲符數	22	17	1	36
中古韻	咍皆微脂齊	灰微脂	齊	灰皆脂微支
聲符	妃非朏幾冀斤開厤閔奇豈氣妥微尾西希先衣矣意疹	奔豩妃肥飛朏卉斤厤閔微口唯尾文釁自	侖	罘敦非骨鬼貴果褱回卷巂軍夔畾厽耒磊頪免豈氣豨衰夊妥危威委畏兀家允隹追卒罪

表 5-19：物　部

	物 1（隊 1）		物 2（隊 2）	
開合	開	合	開	合
聲符數	18	12	3	30
中古韻	咍皆齊脂微黠屑質迄	灰微沒術物	沒質	灰皆脂微沒術黠物
聲符	弻轡睸弗隶念戾凷旡乞氣肸壂疹出豙勿未	孛弗由類沒配未勿欻㷉曰戉	出乞聿	出盾朏市骨鬼貴欳蒯凷戾卒內乞聖術帥遂突胃尉昷兀聿鬱夗月允叕卒

〔註 56〕《上古音系》，上海教育出版社，2003，P167。

表 5-20：文　部

	文 1		文 2	
開合	開	合	開	合
聲符數	36	11	0	47
中古韻	痕眞欣山先諄臻	魂文		魂文諄山
聲符	彬斌豩辰塵疢丞存典殿分㠯昏巾今斤筋堇巠門閔念刃文西希先釁奞言因㲃隱曾疢朕	奔犇本存分昏門民文勿釁		辰川舜寸罤殿敦盾焚㠯官丑巂丨鯀園卷軍君坤昆壼困侖芇兔內嫩磨困閏孫飧退屯豚尉豆兀熏巽寅元員雲允尊

說明：（1）「開合」為《古音字表》所目標開合

　　　（2）「中古韻」是指聲符所轄字涉及的中古韻

　　　（3）「聲符」為《古音字表》所標的聲符

　　從以上三張表我們可以看出：微1、微2、物1、物2、文1均有開合口，只有文2全為合口。根據鄭張167頁所定的標準，微1、物1、文1均應為開口，微2、物2、文2均應為合口，然而統計結果卻只有文2符合標準，這是為什麼呢？我們暫不下結論，先來分析一下與標準不符的情況。

　　與標準不符的為合口微1、開口微2、合口物1（隊1）、開口物2、合口文1，現將它們列表如下：

表 5-21：微　部

五音	合微 1												開微 2
	唇							喉					半舌
聲母	滂	明	非	敷	奉	微	微	曉	曉	曉	匣	云	來
等	1	1	3	3	3	1	3	1	3	3b	1	3	4
聲符	妃朏	麻文	肥飛	妃朏	奔	微尾	微釁	閔	卉微	豩	斤唯自	囗	侖

表 5-22：物　部

五音	合物 1（隊 1）															開物 2		
	唇										牙喉					唇	牙喉	
聲母	幫	幫	滂	並	明	明	非	敷	奉	微	見	影	曉	曉	曉	云	幫	見	溪	匣
等	1	3b	1	1	1	3b	3	3	3	3	1	1	1	3b	3	3	3b	1	1	1
聲符	孛	弗	孛配	孛弗	沒未	未	孛弗由	配弗	弗	勿未	曰	勿	頯未勿	戉	燢欻	曰	聿	乞	乞	出乞

表5-23：文　部

五音			脣				齒	喉	
				合文1					
五音			脣				齒	喉	
聲母	幫	並	滂	明	非	微	從	曉	曉
等	1	1	1	1	3	3	1	1	3
聲符	奔犇本	奔本分	奔本分	門民	奔	門民文勿	存	昏	奔釁

從以上三張表可見：那些與標準不符的字，除了「蜦」外，全為一三等，除了「蜦」和以「存」得聲的字，全為脣牙喉音。頁412蜦的「郎計切」為齊韻，微部中沒有齊韻字，恐誤。頁297以「存」為聲符的合口文1字，擬音為文2類，也有問題。這樣看來，那些與標準不符的字，分佈很有規律，即全為脣牙喉的一三等字。脣音本身有合口因素，「無所謂開合」，[註57]牙喉音合口用墊音-w體現。但是「蜦」和「存」卻無法解釋，這與「微、文、物各部應依開合分別 ɯ、u 元音」[註58]是矛盾的。

按照鄭張的聲母系統，微2、物2、文2的合口應該沒有脣牙喉音，然而《古音字表》微2、物2、文2的合口卻有脣牙喉音，這是理論與實踐不一致。我們把《古音字表》中微2、物2、文2的合口脣牙喉音列表如下：

表5-24：合微2

五音	脣		牙						
聲母	並	明	見	見	見	溪	溪	群	疑
等	1	1	1	3b	3	1	3b	3b	1
聲符	非	免	鬼貴褢氣	鬼	鬼貴	骨鬼	卷危	鬼	鬼豈危豙
五音	牙		喉						
聲母	疑	影	影	影	曉	曉	曉	匣	匣
等	3	1	2	3	1	2	3	1	2
聲符	鬼	畏	鬼威畏	鬼威畏	兀	兀	軍兀	鬼貴回	鬼

〔註57〕《上古音系》，上海教育出版社，2003，P169。

〔註58〕《上古音系》，上海教育出版社，2003，P167。

表 5-25：合物 2

五音	唇		牙						
聲母	滂	非	見	見	見	溪	溪	溪	群
等	1	3	1	2	3	1	2	3b	3b
聲符	朏	巿	骨貴乞	聖	欮	凸乞	鬼貴蒯胃	貴胃	貴

五音	牙		喉						
聲母	疑	疑	影	影	影	曉	匣	匣	云
等	1	2	1	2	3	1	1	2	3
聲符	兀月	貴	畾	骨畾	尉鬱夗	貴	骨貴乞	骨	胃

表 5-26：合文 2

五音	牙							
聲母	見	見	見	見	溪	溪	群	群
等	1	2	3b	3	1	3b	3b	3
聲符	官毌丨穌軍昆	侖	君困	軍君困	艮坤壼困兀	君昆困	卷君困	君

五音	唇				牙		喉					
聲母	明	敷	奉	微	疑	疑	影	影	影	曉	匣	云
等	1	3	3	3	1	3	1	3b	3	3	1	3
聲符	芇	侖	焚	免	軍困	軍	畾	畾	軍尉畾	軍君熏員	圂軍昆侖元	軍員

《上古音系》的正文只將微部、物部分爲了微 1、微 2、物 1（隊 1）、物 2（隊 2），然而「附表」的第四表《古音字表》卻出現了微 3、隊 3 的字。這些字都是脂韻合口三等字，現將其列表如下：

表 5-27

聲母	澄	生	昌	日	日	精	心	心	心	心	心	以	以
聲符	垂	衰	頪	委	需	巂	妥	奞	允	出	遂	巂	貴
擬音	du	srul	ruds	njul	njul	ʔslul ʔsluls	snul	sul	slul	sqhluds	sluds ljuds l'uds	Gʷiʔ	lul
頁碼	293	470	398	488	507	387	482	510	549	291	474	343	345

其中頁 293「錘」字擬音 du 可能爲 dul 之誤。因爲脂韻合口三等字（「癸」聲字除外）應歸微部，所以頁 343 巂字 Gʷiʔ 可能爲 Gʷuʔ 或 Gʷɯʔ 之誤。其餘的從擬音來看，應該爲微 2 或對 2。

「微物文」三部的各小類還有些具體錯誤，我們將其羅列於下。

頁 296 從崔的兩音標為微 1 類，擬音卻為微 2 類，微 1 恐為微 2 之誤。

頁 316 從非的灰韻字共 6 個：輩裴徘俳誹痱，它們的擬音的主元音均為合口 u，應為微 2 類，然而 6 個字中只有誹標為微 2 類，其餘 5 個字均標為微 1 類。

頁 527 豙聲的皆韻字有一個，但有兩個音，擬音均為合口，應為微 2 類，然而兩個音均標為微 1 類。

頁 486 從韋聲的開口字為「鄣」，標為微 2 類，擬音為 qʷul，應為微 1。

頁 486～487 從韋聲的合口字共 22 個，有 24 個音，這些字均標為微 2 類，其主元音為 ɯ，這些字聲類為影曉云，它們的合口體現在上古聲母上，用墊音 -w 表示（澞可能漏標了-w），現在問題是同從韋聲的開合口字在上古主元音一點沒有區別了，這與鄭張的「微、文、物各部應依開合分別 ɯ、u 元音」是不符的。

頁 346 埦擬音 kloonʔ當為 khluuls 之誤。

頁 438 黁，標為物 1 類，擬音卻為 guud。

頁 392 鞼，只標了隊，應該為隊 1。

頁 320 從市的物 1 類字有兩個：芾市，擬的主元音卻是 u。

頁 526 從佾的字有 5 個：潃佾屑楣繘，其中有兩個質 1 類字，擬的主元音與物 1 類相同，均為 ɯ，恐誤，「屑」字的物 1 類擬音為 sluud，「物 1」恐為「物 2」之誤。

頁 320～321 從弗的物 1 類字共 16 個，有 19 個音，其中只有一個是開口，其他均為合口，應標為物 2。

頁 291，聇標的是物 2 類，擬音卻為 ŋrɯd。

頁 320 弗聲的隊 2 字有三個：狒怫費，它們的中古音韻地位完全相同，但其上古擬音卻不同，狒為 buds，怫費為 buuds。

頁 489 衛聲隊 2 類字，擬音為 qhrɯɯds。

頁 395「文」字後漏標了「1」。

頁 395 郴，其擬音為 ruulʔ，但卻標為「之」部。

頁 277 從弁文 1 有兩字：畚抃，標為文 1 類，但它們擬音卻為文 2 類，分

別爲：puunʔ、puns。

頁 509 爟，標爲文 1 類，但擬音卻爲文 2 類：qhuns。

頁 530 穩影母魂韻，標爲文 2，擬音爲 qʷɯɯnʔ。

通過以上一番分析，我們可以知道，鄭張的微部再分類標準與實際操作不一致，在《古音字表》裏還多處出現微 3、隊 3 類字，再加上些瑣碎的錯誤，這些都讓我們對微部再分類產生懷疑。

（二）檢驗「新派」再分類的一條重要原則

上面我們用《詩經》驗證了「新派」的脂微再分類，現在我們再用民族語、方言驗證「新派」古韻再分類的一條重要原則。主元音與韻尾都能結合，將格子塡的滿滿的，這是「新派」對古韻進行再分類所依據的一個很重要的原則。鄭張（2003：166）說：「六元音原則上應能與所有韻尾結合，各兄弟語都是這樣，沒有限制。」又（2003：167）：「有人懷疑上古漢語 6 個元音都能與韻尾結合沒有空格的格局，說太勻稱太整齊反而不可信。那他不妨去看一下《傣語簡志》中 10 個元音都和韻尾結合的韻母表，那可是活的事實。」

1.《傣語簡志》主元音與韻尾結合的情況

我們將《傣語簡志》中的主元音與韻尾結合的情況進行了整理，現將整理的結果列表如下：

表 5-28

主元音 韻尾	a:	a	i	e	ɛ	u	o	ɔ	ɯ	ə
-∅	a:	a	i	e	ɛ	u	o	ɔ	ɯ	ə
-k	a:k	ak	ik	ek	ɛk	uk	ok	ɔk	ɯk	ək
-ŋ	a:ŋ	aŋ	iŋ	eŋ	ɛŋ	uŋ	oŋ	ɔŋ	ɯŋ	əŋ
-ʔ		aʔ	iʔ	eʔ	ɛʔ	uʔ	oʔ	ɔʔ	ɯʔ	əʔ
-u	a:u	au	iu	eu	ɛu					əu
-p	a:p	ap	ip	ep	ɛp	up	op	ɔp	ɯp	əp
-m	a:m	am	im	em	ɛm	um	om	ɔm	ɯm	əm
-n	a:n	an	in	en	ɛn	un	on	ɔn	ɯn	ən
-t	a:t	at	it	et	ɛt	ut	ot	ɔt	ɯt	ət
-i	a:i	ai				ui	oi	ɔi	ɯi	əi

《傣語簡志》將傣語分爲西傣、德傣兩大方言，ua、aɯ 兩韻母西傣沒有，我們

沒有把它們列入表中，帶-ʔ的韻母德傣沒有。從表中我們可以看到，-i、-u 行並沒有完全填滿，至少可以補上 ei、ɛi、ou、ɔu、ɯɯ 五個韻母，然而傣語兩個方言均沒有。-ʔ行要填滿的話，也應補上 aːʔ。由此可見，即使以《傣語簡志》來看，韻尾與元音也並非把格子填的滿滿的。

　　也許有人會說，鄭張的意思可能是指元音與-m、-n、-ŋ、-p、-t、-k 等結合把格子全填滿。首先，我們承認《傣語簡志》中元音與-m、-n、-ŋ、-p、-t、-k 結合沒有空檔，然而鄭張明明說的是「10 個元音都和韻尾結合」，並沒有圈定與-m、-n、-ŋ、-p、-t、-k 六個韻尾結合。其次，退一步來說，即使我們承認鄭張的意思是指元音與-m、-n、-ŋ、-p、-t、-k 結合沒有空檔，事實情況也並非如此簡單。我們知道，《傣語簡志》出版於 1980 年，該書第 3 頁「方言」那段內容的第一句話是「根據我們現在已經掌握的材料，已確定了的有西雙版納和德宏兩方言」，此話該頁底下有個注釋「還有約占傣族人口總數三分之一的散居地區的傣話，尚待調查研究。」二十一年後，周耀文、羅美珍的《傣語方言研究》問世，此書《前言》說「由於傣族分佈較廣，有聚居又有雜居，所以存在方言、土語的差別。但方言差別究竟有多大，有幾個方言，自 50 年代至 70 年代，由於種種原因，傣語一直未能進行全面調查，所以對傣語方言分佈和差別情況還很不清楚。過去說傣語分兩個主要方言——德宏方言和西雙版納方言，只是一個籠統的說法，還缺少全面的科學依據。」〔註 59〕又「我國傣語，根據各地的語音和辭彙的異同情況分為四個方言：德宏方言、西雙版納方言、紅金方言、金平方言。」〔註 60〕由此可見，《傣語簡志》只研究了約占傣族人口總數三分之二的傣話，「未能進行全面調查」，《傣語方言研究》調查較全面，我們將《傣語方言研究》中的九個方言點元音與韻尾結合情況列表如下：

〔註 59〕《傣語方言研究》，民族出版社，2001，P3。

〔註 60〕《傣語方言研究》，民族出版社，2001，P10。

表 5-29

方言點＼參數	德宏		西雙版納	金平	紅金				
	芒市	孟連	景洪	金平	南沙	武定	紅河	馬關	綠春
主元音數	10	10	10	10	10	10	10	9	9
韻尾數	10	9	10	10	10	7	9	10	5
理論結合數	100	90	100	100	100	70	90	90	45
實際結合數	84	83	91	83	57	51	62	53	26
空格數	16	7	9	17	43	19	28	37	19
空格率（%）	16.0	7.8	9.0	17.0	43.0	27.1	31.1	41.1	42.2

從表上我們可以看出：傣語主元音數多在 10 個，它們與韻尾結合都出現空檔，空檔數從 7 到 43 不等，空格率最低 7.8%，最高 43%，平均 24.1%。

我們再來看看-m、-n、-ŋ、-p、-t、-k 六個韻尾與元音結合情況。九個方言點中，芒市、孟連、景洪、金平、南沙、馬關六個點-m、-n、-ŋ、-p、-t、-k 全有，武定有-n、-ŋ、-t、-k，紅河有-m、-n、-ŋ、-p、-t，綠春只有-ŋ。芒市、孟連、景洪、金平-m、-n、-ŋ、-p、-t、-k 全與元音結合，其餘四點都不完全與元音結合，南沙-m、-n、-ŋ、-p、-t、-k 不與 e、o、ɯ 結合；武定-n 不與 o 結合，-ŋ 全與元音結合，-t 不與 ɐ 結合，-k 不與 ɐ、e 結合；紅河-m 不與 ɔ、ɯ、ə 結合，-n 不與 ə 結合，-ŋ 不與 ə 結合，-p 不與 a:、e、ɯ、ə 結合，-t 不與 a:、e、o、ə 結合；馬關-m、-n 不與 e、u、o 結合，-ŋ 不與 a:、e、u 結合，-p 不與 a:、e、u、o 結合，-t 不與 a:、e、o 結合，-t 不與 a:、e、o 結合，-k 不與 a:、e、u 結合；綠春-ŋ 不與 ɒ、ɛ、u、ɯ 結合。由此可見，即使圈定與-m、-n、-ŋ、-p、-t、-k 六個韻尾結合，《傣語方言研究》中的九個點也有一半以上是有限制的。

《傣語簡志》《傣語方言研究》都表明傣語元音與韻尾的結合是有限制的，不能把格子填得滿滿的。即使圈定到-m、-n、-ŋ、-p、-t、-k 六個韻尾，它們與元音的結合，在芒市、孟連、景洪、金平等四個傣語方言中雖無限制，然在南沙、武定、紅河、馬關、綠春等五個方言中卻有限制。

2. 其他民族語元音與韻尾結合情況

我們統計了藏語拉薩話、日喀則話、拉卜楞話、噶爾話、夏河話等五處方

言，發現藏語元音與韻尾結合，除了噶爾話ʔ與元音結合無限制外，其他韻尾與元音結合均有限制。現將統計的結果列表如下：

表 5-30

結合數＼藏語方言點	拉薩	日喀則	拉卜楞	噶爾	夏河
理論結合數	54	56	42	56	42
實際結合數	35	37	25	38	26
空格數	19	19	17	18	16
空格率（%）	35.2	33.9	40.5	32.1	38.1

據孫宏開先生（1982），獨龍語有輔音韻尾 p、t、k、ʔ、m、n、ŋ、ɹ、l、mʔ、nʔ、ŋʔ，元音有 i、e、ɑ、ɔ、u、ɯ，若考慮元音長短，並且 mʔ、nʔ、ŋʔ 也作韻尾統計，則元音與輔音結合出現 29 個空格，若不考慮元音長短，mʔ、nʔ、ŋʔ不作韻尾統計，元音與輔音結合限制較少，然仍有 5 個空格。總之。獨龍語元音與輔音結合也是有限制的。

我們再來看看新近發現的民族語元音與韻尾結合情況。我們統計的新近發現的民族語有：布贏語、義都語、克蔑語、阿儂語、拉基語、莫語、浪速語。現把統計結果列表如下：

表 5-31

結合數＼民族語	布贏語	義都語	克蔑語	阿儂語	拉基語	莫語	浪速語
理論結合數	18	21	72	60	35	48	49
實際結合數	12	17	67	47	12	39	32
空格數	6	4	5	13	23	9	17
空格率（%）	33.3	19.0	6.9	21.7	65.7	18.8	34.7

新近發現的民族語，有的空格數雖較少，如克蔑語只有 5 個空格，然沒有出現格子全塡滿的情況，並且我們統計的韻尾僅爲輔音韻尾，若將元音韻尾算進去，空格數將更多。

3. 方言中元音與韻尾的結合情況

傣語與其他民族語中元音與韻尾結合並非沒有空格，那麼現代漢語方言中

元音與韻尾結合的情況如何呢？我們將《漢語方音字彙》（第二版重排本）中的20個方言點作了統計，沒有發現主元音與韻尾結合能把格子全填滿的。我們將統計的結果列表如下：

表 5-32

方言點	元音數	韻尾數	理論結合數	實際結合數	空格數	空格率（%）
北京	11	2	22	9	13	59.0
濟南	13	2	26	6	20	76.9
西安	13	2	26	6	20	76.9
太原	11	3	33	8	25	75.8
武漢	10	2	20	7	13	65.0
成都	10	2	20	7	13	65.0
合肥	14	4	56	11	45	80.4
揚州	11	4	44	12	32	72.7
蘇州	13	3	39	10	29	74.4
溫州	11	1	11	3	8	72.7
長沙	9	2	18	7	11	61.1
雙峰	12	3	36	5	31	86.1
南昌	8	4	32	19	13	40.6
梅縣	7	6	42	26	16	38.1
廣州	11	6	66	34	32	48.5
陽江	9	6	54	30	24	44.4
廈門	9	8	72	28	44	61.1
潮州	8	6	48	26	22	45.8
福州	8	2	16	13	3	18.8
建甌	10	1	10	5	5	50.0

我們在此基礎上進一步擴大方言調查統計的範圍，先後統計了《現代漢語方言大詞典》42個方言點、《山西方言調查研究報告》101個方言點，此外還抽查了安徽、江蘇、廣東、福建、浙江等一些方言點，均未發現元音與韻尾結合完全無限制的情況。（限於篇幅，材料以後再公佈）所有現代漢語方言都有空格，但卻想其祖先沒有空格，都填得滿滿的，於理難通，是我們以漢語為母語的人很難接受的。

孫玉文先生（2005）說：「從語言的普遍規律來說，世界上沒有完全對稱的、

能把所有空檔都填滿的音系，各種語言的音系都處在對稱與不對稱的對立統一之中。」〔註61〕在我們的統計範圍內，傣語及其它民族語均未發現元音與韻尾結合無限制的情況，現代漢語方言元音與韻尾結合也是有限制的，故新派「填滿格子」的思想與實際不符，在此基礎上再分類也是值得懷疑的。

五、祭廢至隊曷桓戈部問題

　　王國維說：「古韻之學，自崑山顧氏，而婺源江氏，而休寧戴氏，而金壇段氏，而曲阜孔氏，而高郵王氏，而歙縣江氏，作者不過七人，然古音廿二部之目，遂令後世無可增損，故訓故名物文字之學，有待於將來者甚多，至古韻之學，謂之前無古人後無來者可也。」〔註62〕「古音廿二部之目」後世仍有人增之，章太炎增為二十三部〔註63〕，黃侃增為二十八部〔註64〕[7]，王力增為二十九部。在這些基礎上，當代仍有學者繼續分部，李新魁便是其中之一。李新魁先生將王力先生二十九部中的歌部、月部、寒部、質部、物部分別再分部，主張古韻分三十六部。

（一）上古韻部劃分三十六部

　　李新魁（1979）提出古韻分三十六部的觀點，將王力二十九部中的歌部、月部、寒部、質部、物部分別再分部，具體是把歌部分為歌、戈兩部，月部分為祭、曷、廢、月四部，寒部分為寒、桓兩部，質部分為至、質兩部，物部分為隊、術兩部。除此之外，李先生還把覺部改稱沃部〔註65〕，把幽、沃、緝、侵歸為一類，把宵、藥、葉、談歸為一類。他說：「前人對上古韻文及諧聲系統所作的韻類區分，給我們現在研究和分析上古漢語的韻母系統提供了方便的條件。但是，前人的研究有它的局限性，而且缺乏從研究漢語語音史的審音、辨音的角度全面地來考慮各個韻類之間分分合合的關係，也欠缺比較恰當的表示語音的工具。現在，我們的研究當然比前人具有更方便的條件。下面，依據前

〔註61〕《上古音構擬的檢驗標準問題》，《語言學論叢》第 31 輯，P127。

〔註62〕王國維，《周代金石文韻讀序》，《觀堂集林》，中華書局，1959，P394。

〔註63〕章太炎、龐俊、郭誠永，《國故論衡疏證》，中華書局，2008，P99～110。

〔註64〕黃侃，《黃侃論學雜著》，中華書局，1964 P87～90。

〔註65〕李新魁（1986）又將「沃」部改稱「覺」部。

人的研究成果酌合作者個人的意見，列出上古音韻母的分類及擬音，共有三十六韻部。」李新魁（1986）重申古韻分三十六部的觀點，他說：「一般學者把古韻定爲二十九或三十部。參酌前人的意見，並根據研究所得，我們認爲古韻可以分爲三十六部。」

李新魁（1979）給出了古韻三十六部的結果，沒有闡釋具體的過程，而李新魁（1986）給出了詳細的解釋。李新魁（1986）古韻分三十六部比前期更加成熟，這主要表現在如下幾個方面：（1）列出了各部的《詩經》入韻字（2）給出了三十六部「諧聲系統聲首表」（3）討論了「次入韻」問題（4）分析了歌、戈兩類的分立（5）解釋了幽、宵兩類韻部的配對。

李新魁先生三十六部 〔註66〕 及擬音如下 〔註67〕：

陰聲韻		次入韻		入聲韻		陽聲韻	
之部	ə / ɪ			職部	ək / ɪk	蒸部	əŋ / ɪŋ
侯部	o			屋部	ok	東部	oŋ
魚部	ɒ / ʌ			鐸部	ɒk / ʌk	陽部	ɒŋ / ʌŋ
支部	ɛ / e			錫部	ɛk / ek	耕部	ɛŋ / eŋ
歌部	ɑ / a	祭部	ɑʔ / aʔ	曷部	ɑt / at	寒部	ɑn / an
戈部	ɔ	廢部	ɔʔ / œʔ	月部	ɔt / œt	桓部	ɔn / œn
脂部	ɐi / ei	至部	ɐʔ / eʔ	質部	ɐt / et	眞部	ɐn / en
微部	oi / øi	隊部	oʔ / øʔ	術部	ot / øt	文部	on / øn
幽部	ɐu / eu / əu			覺部	əu k		
				緝部	ɐp / ep	侵部	ɐm / em / əum
宵部	ɒu / au			藥部	ɒk / ak		
				葉部	ɒp / ap	談部	ɑm / am

爲了便於對照，現把王力先生二十九部及擬音羅列如下 〔註68〕：

〔註66〕 上古韻部，李新魁先生於1979年、1986年分別都列了表。1979年表無「藥」部，宵、葉、談排一行，「幽」「沃」相配，幽類韻母有 əu、əuk、əum，韻部名後無「部」字。除了「沃」外，其他可能是排印之誤。此處是1986年表。

〔註67〕 李新魁，《漢語音韻學》，北京出版社，1986，P321。

〔註68〕 王力，《漢語史稿》，中華書局，1980，P61～63。

陰聲韻	入聲韻	陽聲韻
1. 之部　ə	2. 職部　ək	3. 蒸部　əŋ
4. 幽部　əu	5. 覺部　əuk	
6. 宵部　au	7. 藥部　auk	
8. 侯部　o	9. 屋部　ok	10. 東部　oŋ
11. 魚部　ɑ	12. 鐸部　ɑk	13. 陽部　ɑŋ
14. 支部　e	15. 錫部　ek	16. 耕部　eŋ
17. 脂部　ei	18. 質部　et	19. 眞部　en
20. 微部　əi	21. 物部　ət	22. 文部　ən
23. 歌部　a	24. 月部　at	25. 寒部　an 〔註69〕
	26. 緝部　əp	27. 侵部　əm
	28. 葉部　ap	29. 談部　am

與王力二十九部相比，李新魁三十六部有如下三個顯著特點：（1）創立「次入韻」，多出祭、廢、至、隊、曷、桓、戈七個韻部；（2）幽、宵兩類韻部重新配對；（3）每一部可以有兩個以上主元音。

我們主要討論李先生建立的七個韻部合理不合理。劃分上古韻部的主要依據是《詩經》用韻和諧聲系統，李先生（1986：320）也重申了這個原則。我們討論時也始終緊扣這個原則。

（二）歌部不必再分為歌戈

李新魁（1986）說：「我們認為，就《詩經》押韻和諧聲系統來說，歌與戈兩類固然有互相糾纏、互押、互諧的地方，但大體上也有相對可以分立的界限。」事實是不是這樣呢？

我們翻開《詩經》，發現李先生的歌、戈兩部完全在一起押韻，根本沒有大體可以分立的界限。我們知道，諧聲系統開合是分明的，但那不是像李先生所說「它們（指歌戈）在上古音中的主要元音應有所不同」[11] 340，而是由於它們介音有別，一有合口介音，一無合口介音。

李新魁（1986）認為「戈部入韻字少，不足以說明問題」。與李先生相反，我們認為它們能說明問題，即說明歌部不能再分為歌、戈兩部。

〔註69〕王力先生，《詩經韻譜》P10為「元」部。

　　李先生戈部《詩經》入韻字計 7 個：瓦吪訛過禍蔍爲。我們將這些入韻字在《詩經》中的全部用例開列如下：

　　（1）沱_歌過_戈過_戈歌_歌歌_歌（《江有汜》三章）

　　（2）爲_戈何_歌（《北門》一二三章）

　　（3）皮_歌儀_歌儀_歌爲_戈（《相鼠》一章）

　　（4）阿_歌蔍_戈歌_歌歌_歌過_戈（《考槃》二章）

　　（5）羅_歌爲_戈罹_歌吪_戈（《兔爰》一章）

　　（6）宜_歌爲_戈（《緇衣》一章）

　　（7）陂_歌荷_歌何_歌爲_戈沱_歌（《澤陂》一章）

　　（8）錡_歌吪_戈嘉_歌（《破斧》二章）

　　（9）地_歌瓦_戈儀_歌議_歌罹_歌（《斯干》九章）

　　（10）阿_歌池_歌訛_戈（《無羊》二章）

　　（11）禍_戈我_歌可〔註70〕_歌（《何人斯》二章）

　　（12）議_歌爲_戈（《北山》六章）

　　（13）沙_歌宜_歌多_歌嘉_歌爲_戈（《鳧鷖》二章）

　　（14）儀_歌嘉_歌磨_歌爲_戈（《抑》五章）

　　上面 14 個用例，我們在每個韻腳字下注出了李先生的韻部名稱。通過這些用例，我們發現，李先生戈部沒有獨用例，至此我們明白了李新魁（1986）所謂「戈部入韻字少，不足以說明問題」，其實質是《詩經》中發現不了他的戈部獨用例。這正說明了歌部不能再分爲歌、戈兩部。

（三）質物兩部不必再分為至質隊術

　　李新魁（1986）：「至部與質部、隊部與術部之間也有相當明顯的分用的傾向，可以分爲不同的部類。」李新魁於上古音系中創設了「次入韻」，「至」「隊」歸爲「次入韻」，收喉塞音韻尾[-ʔ]，與「質」「術」收舌塞音韻尾[-t]相區別。

1. 李新魁先生至、質、隊、術四部與王力先生質、物二部的關係

　　我們通過「《詩經》入韻字表」來考察李新魁先生至、質、隊、術四部與王

〔註70〕李新魁「《詩經》入韻字表」未列「可」，歌部列有「阿何河荷」等字，故我們把「可」歸爲歌部。

力質、物二部的關係。李新魁先生至、質、隊、術四部「《詩經》入韻字表」如
下：

至部：至肆棄嚔畀渭戾四駟肆替利濟逮棣翳愾既溉嘅墍勘愛懮屆轡毖閟曀

質部：嚔窒挃室臺實吉袺襭結瑟珌密怭瑲韠即節櫛七漆疾匹日一抑逸栗慄
秩恎

隊部：貴潰匱遺饋蔚謂渭位對對退內類醉瘁誶萃悖遂穟襚隧惠穗嘒妹寐季
悸

術部：出卒述穴弗茀拂律仡忽血洫恤

我們將李新魁先生至、質、隊、術四部「《詩經》入韻字表」與王力先生
的作對比，發現李新魁至、質兩部相當於王力質部，李新魁隊、術兩部相當
於王力物部。王力質部「穗季悸嘒惠」五字，李先生歸隊部。「穴血洫恤」四
字，李先生歸術部。「垤櫛」兩字，李先生至、質、隊、術四部均未收。李先
生至部中「濟棣愾既溉嘅墍勘愛懮屆轡」等字，質部中「嚔瑲」，王力先生質
部均無。王力先生物部「溉墍」兩字，李先生歸至部。李先生隊部「貴遺饋
惠穗嘒季悸」、術部「穴血洫恤」，王力先生物部均無，其中「惠穗嘒季悸」，
王力先生歸質部，「穴血洫恤」，王力先生亦歸質部。

2. 王力先生的質、物要不要再分部

通過以上分析，我們已經知道王力的質、物兩部大體相當於李新魁至、質、
隊、術四部，換句話說，李新魁將王力質、物重新分為至、質、隊、術四部。
現在擺在我們面前的問題是：王力的質、物要不要再分至、質、隊、術四部？
下面我們對這個問題進行討論。

（1）李新魁先生至、質、隊、術四部《詩經》用例分析

《詩經》用例如下：

至部獨用：汝墳 $_2$ 肆棄　干旄 $_1$ 四畀　桑柔 $_6$ 懮逮　載馳 $_2$ 濟閟　終風 $_3$ 曀
曀嚔

質部獨用：桃夭 $_2$ 實室　茉莒 $_3$ 袺襭　摽有梅 $_1$ 七吉　定之方中 $_1$ 日室栗漆
瑟　伯兮 $_3$ 日疾　黍離 $_3$ 實日壹 [註71]　東門之墠 $_2$ 栗室即　東方之日 $_1$ 日室室

〔註71〕 李新魁，《漢語音韻學》P333 即為「實日壹」，「日壹」當為「曀」。《四部叢刊》中
的《毛詩》，王力《詩經韻讀》P189，此韻腳字為「嚔」。

即　山有樞 $_3$ 漆栗瑟日室　無衣 $_1$ 七吉　葛生 $_5$ 日室　車鄰 $_2$ 漆栗瑟耋　素冠 $_3$ 韠結一　隰有萇楚 $_3$ 實室　東山 $_2$ 實室　杕杜 $_1$ 實日　都人士 $_3$ 實吉結　鳲鳩 $_1$ 七一一結　瞻彼洛矣 $_7$ 〔註72〕祕室　賓之初筵 $_3$ 抑怭秩　生民 $_5$ 栗室　公劉 $_6$ 密即　良耜　挃栗櫛室

隊部獨用：皇矣 $_3$ 對季　芃蘭 $_2$ 遂悸　黍離 $_2$ 穗醉　雨無正 $_4$ 退遂瘁譖　蓼莪 $_2$ 蔚瘁　大明 $_5$ 妹渭　墓門 $_2$ 萃譖　既醉 $_5$ 匱類　蕩 $_3$ 類懟對內　抑 $_4$ 寐內　桑柔 $_{13}$ 隧類對醉悖　瞻卬 $_5$ 類瘁

術部獨用：日月 $_4$ 出卒述　漸漸之石 $_2$ 卒沒出　皇矣 $_6$ 〔註73〕茀仡忽拂　蓼莪 $_5$ 〔註74〕律弗卒

至隊合用：摽有梅 $_3$ 墍謂　谷風 $_6$ 潰肄墍　陟岵 $_2$ 季寐棄　節南山 $_5$ 惠戾屆闋　隰桑 $_4$ 愛謂　皇矣 $_8$ 類致　假樂 $_4$ 位墍　大田 $_2$ 〔註75〕穗利　采菽 $_2$ 淠嘒駟屆　晨風 $_3$ 棣檖醉　小弁 $_4$ 嘒淠屆寐

按李先生的體系，至部與質部主元音相同，它們的區別在於至部收喉塞音韻尾[-ʔ]，質部收舌塞音韻尾[-t]，隊部與術部關係也是這樣。按音理來說，至部與質部合韻的可能性要大於至隊合韻，隊部與術部合韻也應大於至隊合韻。然而，李先生給出的用例卻與此相反，至、質沒有合用例，隊、術也沒有合用例，而質、隊卻有 11 例合用。《詩經》用韻的真實情況並非如此，請看下面這些用例：

垤 $_質$ 室 $_質$ 窒 $_質$ 至 $_至$ （《東山》三章）

室 $_質$ 穴 $_術$ 日 $_質$ （《大車》三章）

穴 $_術$ 慄 $_質$ （《黃鳥》一二三章）

至 $_至$ 恤 $_術$ （《杕杜》四章）

〔註72〕李新魁，《漢語音韻學》P334 標爲「7」，表示《瞻彼洛矣》第七章。《瞻彼洛矣》共三章，「祕室」爲第二章韻段。

〔註73〕李新魁，《漢語音韻學》P334 標爲「6」，表示《皇矣》第六章。段玉裁《六書音均表》P855，王力《詩經韻讀》P344 爲第八章。

〔註74〕李新魁，《漢語音韻學》P334 標爲「5」，表示《蓼莪》第五章。段玉裁《六書音均表》P855，王力《詩經韻讀》P300 爲第六章。

〔註75〕李新魁，《漢語音韻學》P334 標爲「2」，表示《大田》第二章。《四部叢刊》中的《毛詩》，段玉裁《六書音均表》P855，王力《詩經韻讀》P313 爲第三章。

血術疾質室質（《雨無正》七章）

戾質漆質穴術室質（《縣》一章）

疾質戾至（《抑》一章）

這些用例李先生均未列舉，它們反映至部、質部、術部有聯繫，並且這些用例可以與李先生「質部獨用」例發生系聯，這說明「穴血淵恤」等字應歸質部。「至部獨用」例只有 5 例，並且獨用的 5 例內部還不構成系聯，而至部與隊部合用例達 11 例，　這些都說明至部獨立成問題。我們再來看「術部獨用」的四例，如考慮諧聲則「術部獨用」的四例內部可以系聯，通過諧聲它們又完全與「隊部獨用」系聯。

（2）李新魁先生至、質、隊、術四部《詩經》入韻字分析

下面我們分析一下李新魁先生至、質、隊、術四部《詩經》入韻字情況：

至部入韻字：至肆棄嚔屆湞戾四駟肆替利濟逮樻翳愾既溉嘅塈勩愛優屆彎悊閟曀。只用於獨用例中 8 字：嚔屆四濟逮優閟曀。只用於合用例中 7 字：湞戾駟利塈愛屆。既出現於獨用例中，又用於合用例中 2 字：肆棄。沒有出現於用例中 12 字：至肆替樻翳愾既溉嘅勩彎悊。

質部入韻字：噎窒挃室耋實吉袺襭結瑟怭密恤瓅輊即節櫛七漆疾匹日一抑逸栗慄秩瓞。只用於獨用例中 22 字：挃室耋實吉袺襭結瑟怭密恤輊即櫛七漆疾日一抑栗。沒有出現於用例中 9 字：噎窒瓅節匹逸慄秩瓞

隊部入韻字：貴潰匱遺饋蔚謂渭位對懟退內類醉瘁誶萃悖遂穟樻隧惠穗嘒妹寐季悸。只用於獨用例中 15 字：匱蔚渭對懟退內瘁誶萃悖遂隧妹悸。只用於合用例中 7 字：潰謂位樻惠嘒寐。既出現於獨用例中，又用於合用例中 4 字：類醉穗季。沒有出現於用例中 4 字：貴遺饋穟。

術部入韻字：出卒述穴弗茀拂律仡忽血淵恤。「穴血淵恤」沒有用例，獨用例中「沒」未列入字表，其餘均為獨用例。

李先生這四部《詩經》入韻字均出現了「沒有用例」的情況，有的比例相當高，如至部 29 字共有 12 字沒出現用例，看來李先生沒有窮盡性地列舉《詩經》用例，為什麼不窮盡性列舉用例，李先生沒有給出說明。我們認為李先生沒窮盡性列舉用例是因為詩經用例與他的分部不符。

李先生至、質、術三部《詩經》入韻字還出現了「只用於合用例」的情況，對於「只用於合用例」中那部分字李先生是如何將它們分出來的？

總之，從《詩經》用韻看，王力先生的質、物二部無需像李先生那樣再分成至、質、隊、術四部。

（四）月部不必再分為祭曷廢月

李新魁先生將王力先生的月部分為祭、曷、廢、月四部，我們通過分析《詩經》用例和「《詩經》入韻字表」，看看月部再分部是否合理。

李先生祭、曷、廢、月四部《詩經》用例如下：

祭部獨用：甘棠₂敗憩　有狐₂厲帶　東門之枌₃逝邁　小旻₅艾敗　都人士₄厲蠆邁　瞻卬₁厲瘵　泮水₁大邁　二子乘舟₂逝害　蟋蟀₂逝邁　民勞₄厲敗大　民勞₂愒泄　菀柳₂愒瘵邁　匏有苦葉₁厲揭。

曷部獨用：甫田₂桀怛　采薇₂烈渴　伯兮₁揭桀　君子于役₂桀渴　載芟　達傑。

祭曷合用：碩人₄揭孽朅　泉水₃薺邁衛害　大東₇舌揭　抑₆舌逝　召旻₆竭害。

月部獨用：君子于役₂佸括　蜉蝣₃閱雪說　皇矣　伐絕　都人士₂撮髮說　芣苢₂掇捋　草蟲₂蕨惙說　甘棠₁伐茇　擊鼓₄闊說　擊鼓₅闊活　瞻卬₂奪說　碩人₄活發　氓₃說說。

廢月合用：野有死麕₃脫帨吠　縣₈拔兌駾喙。

祭廢合用：采葛₃艾歲　十畝之間₂外泄逝　東門之楊₂肺晢　庭燎₂艾晢噦　白華₅外邁　閟宮₅大艾歲害。

曷月合用：板₂蹶泄　君子于役₂月佸桀括渴　采葛₁葛月　子衿₂達闕月　東方之日₂月闥闥發　匪風₁發偈怛烈截　載芟　活達傑　長發₂撥達越發。

1. 祭、曷、廢、月四部《詩經》用例辨正

我們先對李先生「月部獨用」「曷月合用」中的兩例說明一下。「月部獨用」中的「皇矣　伐絕」一例不知所出，因為《文王之什·皇矣》中沒有以「伐絕」為韻腳的。「曷月合用」中的「匪風₁發偈怛烈截」一例，《匪風》共三章，每章四句，不可能出現以「發偈怛烈截」五字為韻的情況，其中「烈截」二字《匪風》所無，它們應為《長發》二章的韻腳，即李先生「曷月合用」中的「長發₂撥達越發」一例應加進「烈截」二字。

李先生「曷部獨用」中有「桀傑」，「祭曷合用」中的「竭」，《詩經》入韻字表」未收，「祭曷合用」「泉水₃鬘邁衛害」中的「衛」在李先生的「廢部」。

現在我們來分析李先生祭、曷、月、廢《詩經》中一些值得商榷的用例。

（1）泮水一章

思樂泮水，薄采其芹。魯侯戾止，言觀其旂。其旂茷茷，鸞聲噦噦。無小無大，從公於邁。

段玉裁以「茷噦大邁」爲韻，王念孫同，江有誥同，屬祭部。王力先生亦同清儒，屬月部。此章的韻例是二、四句爲一韻，五、六、七、八句爲一韻，《泮水》整首詩除了第六章用三韻外，其餘各章均用兩韻。「茷」「噦」分別在李先生的「月部」「廢部」，如把這兩字算入韻腳，它們只能算合韻，這勢必增加合用例，所以李先生沒把它們算入韻腳。然而「茷噦」不算入韻腳，又使此章用韻太疏，並且與整首詩用韻體例不合。因此，清儒及王力先生以「茷噦大邁」爲韻是合理的，李先生那樣處理顯然是由於將王力先生的月部分開所致。

（2）蟋蟀二章

蟋蟀在堂，歲聿其逝。今我不樂，日月其邁。無已大康，職思其外。好樂無荒，良士蹶蹶。

段玉裁以「逝邁外蹶」爲韻，王念孫同，江有誥同，屬祭部。「外」在李先生的「廢部」，「蹶」未見於李先生《詩經》入韻字表」，由於其月部有「厥蕨」，「蹶」也應屬月部。如按清儒以「逝邁外蹶」爲韻，則造成「祭廢月」三部合用情形，這與《詩經》用韻實際不符。《蟋蟀》共三章，每章八句，且每章韻例相同，即一、五、七句爲一韻，二、四、六、八句爲一韻，李先生以二、四句爲一韻，顯然與整首詩韻例不一致。從此章的用韻分析來看，李先生將王力先生的月部分開也是不妥的。

（3）民勞四章

民亦勞止，汔可小愒。惠此中國，俾民憂泄。無縱詭隨，以謹醜厲。式遏寇虐，無俾正敗。戎雖小子，而式弘大。

段玉裁以「愒泄厲敗大」爲韻，王念孫同，江有誥同，屬祭部。李先生以「愒泄」爲韻，以「厲敗大」爲韻，並且「愒泄」爲「民勞₂」，即爲《民勞》第二章，「厲敗大」爲「民勞₄」，即爲《民勞》第四章。段玉裁、王念孫、江有誥均以「愒泄厲敗大」爲韻，說明他們所見《詩經》本子「愒泄厲敗大」等

在同一章,《詩集傳》在第四章,不知李先生所據何本?《民勞》共五章,每章十句,偶句押韻,每章一個韻段,清儒及王力先生的分析是合理的。

（4）君子于役二章

君子于役,不日不月,曷其有佸?雞棲于桀,日之夕矣,羊牛下括。君子于役,苟無饑渴!

段玉裁以「月佸桀括渴」爲韻,江有誥同,屬祭部,王念孫以「佸桀括渴」爲韻。王力同段、江,屬月部。《君子于役》共二章,此爲第二章,第一章二、三、四、六、八句入韻,此章第二句也當入韻,我們贊成段、江以及王力先生的看法。李先生對此章韻例的分析有兩種態度,第一種是以「桀渴」爲韻,屬曷部,以「佸括」爲韻,屬月部,第二種是以「月佸桀括渴」爲韻,認爲「曷月合用」。也就是說,李先生把此章或分作兩個韻段或合爲一個韻段,「月」字或入韻或不入韻。李先生在此章韻例分析上前後出現了矛盾,是由於其將王力先生的月部分開造成的。

（5）載芟

播厥百穀,實函斯活。驛驛其達,有厭其傑。

段玉裁以「活達傑」爲韻,江有誥同,屬祭部,王念孫以「穀活達傑」爲韻,王力同段、江,屬月部。李先生在此又表現出模棱兩可的態度,一是以「達傑」爲韻（「傑」未收入「《詩經》韻字表」）,屬「曷部獨用」,一是以「活達傑」爲韻,屬「曷月合用」。

（6）碩人四章

河水洋洋,北流活活。施眾濊濊,鱣鮪發發。葭菼揭揭。庶姜孽孽,庶士有朅。

段玉裁以「活濊發揭孽朅」爲韻,王念孫同,江有誥同,王力亦同,屬月部。李先生以「活發」爲韻,「濊」在李先生的廢部,「揭」在祭部,「孽朅」在曷部（李先生「曷部獨用」未列此例）。對於這章《詩經》用韻,段、王、江以及王力完全一致,李先生爲什麼那樣分析?我們認爲,如果李先生不那樣分析,而堅持前人的分析,勢必造成月、曷、廢、祭四部合用的情形,這顯然違背《詩經》用韻規律,爲此李先生只有對《詩經》這章用韻進行重新分析。那麼李先生的分析合理不合理呢?從整首詩用韻情況看,李先生的分

析是不妥的。李先生只認為「活發」為韻，「瀎揭孽楬」入韻與否，李先生沒給出用例。《碩人》共四章，每章七句，用韻都較密，段、王、江以及王力的分析是符合此詩用韻規律的。

2. 祭、曷、廢、月四部《詩經》用例情況分析

我們分析一下李先生祭、曷、廢、月四部《詩經》用例，情況如下：

（1）將祭部獨用例系聯，只有一組。有狐$_2$屬帶──都人士$_4$屬蠆邁──泮水$_1$大邁──東門之枌$_3$逝邁──蟋蟀$_2$逝邁──菀柳$_2$　愒瘵邁──民勞$_4$屬敗大──瞻卬$_1$屬瘵──匏有苦葉$_1$屬揭──二子乘舟$_2$　逝害──民勞$_2$愒泄──甘棠$_2$敗憩──小旻$_5$艾敗。這一組能夠與「祭曷合用」「祭廢合用」系聯。

（2）將曷部獨用例系聯，分成兩組。（a）采薇$_2$烈渴──君子于役$_2$桀渴──伯兮$_1$揭桀──甫田$_2$桀怛；（b）載芟　達傑。（a）組與「祭曷合用」系聯，（a）（b）組均與「曷月合用」系聯。

（3）將月部獨用例系聯，分成四組。（a）蜉蝣$_3$閱雪說──都人士$_2$撮發說──草蟲$_2$蕨惙說──擊鼓$_4$闊說──瞻卬$_2$奪說──氓$_3$說說──擊鼓$_5$闊活──碩人$_4$活發；（b）君子于役$_2$佸括；（c）芣苢$_2$掇捋；（d）甘棠$_1$伐茇。（a）（b）組可以與「曷月合用」系聯。

通過對李先生祭、曷、廢、月四部《詩經》用例的分析，我們可以發現：（1）廢部沒有獨用例；（2）祭、曷、月三部獨用例內部不能系聯；（3）祭、曷、月三部獨用例分別同合用例系聯；（4）李先生對有些韻例分析不當。

3. 祭、曷、廢、月四部「《詩經》入韻字表」分析

李先生祭、曷、廢、月四部「《詩經》入韻字表」如下：

祭部：敗拜害屬邁蠆帶艾瘵大逝哲憩栵世泄愒揭。

曷部：曷偈褐渴揭葛舌蘖孽怛達闥烈威瀎截糵設徹熱。

廢部：兌悅駾役喙吠歲噦濊外衛廢芾旆肺。

月部：惙掇捋茇拔載髮發撥活闊括佸月雪秣撮奪伐茷越鉞穴說脫閱厥蕨闕。

李先生祭、曷、廢、月四部《詩經》入韻字使用情況：

祭部 18 字，只用於獨用例中 7 字：敗屬蠆帶瘵憩愒。只用於合用例中 1 字：哲。既出現於獨用例中，又用於合用例中 7 字：害邁艾大逝泄揭。沒有出

現於用例中 3 字：拜枻世。

　　曷部 20 字，只用於合用例 7 字：偈葛舌孼闥截摼。既出現於獨用例中，又用於合用例中 5 字：渴搨怛達烈。沒有出現於用例中 8 字：曷褐蘖威滅設徹熱。

　　廢部 15 字，有 7 字未見用例：兌駾喙吠歲噦外，其餘 8 字只用於合用例中：悅祋濊衛廢芾斾肺。

　　月部 29 字，只用於獨用例中 13 字：惙掇捋芨髮闊雪撮奪伐說閱蕨。只用於合用例中 6 字：拔撥月越脫闕。既出現於獨用例中，又用於合用例中 4 字：發活括佸。沒有出現於用例中 6 字：軷秣茷鉞穴厥。

　　我們對祭、曷、廢、月四部入韻字用於獨用例的情況進行了統計，列表如下：

部　名	祭	曷	廢	月
獨用字數	8	0	0	13
總字數	18	20	15	29
百分比	44.4%	0	0	44.8%

　　從表中我們可以看出，曷、廢入韻字沒有獨用例，祭、月入韻字用於獨用例的還沒有一半。

　　通過以上詳細分析，我們認爲月部不必再分爲祭、曷、廢、月四部。

（五）寒部不必再分為寒桓

　　李新魁將王力的寒部分爲寒、桓二部，我們通過對比其「《詩經》入韻字表」與「《詩經》用例」，剖析其「《詩經》用例」，看看其寒部再分部是否合理？爲了便於討論，先將李新魁「《詩經》用例」和「《詩經》入韻字表」羅列如下：

　　《詩經》用例：

　　寒部獨用：泉水 ₃干言　考盤 ₁澗言　中谷有蓷 ₁乾歎歎難　君子偕老 ₃展顔　大叔于田 ₃慢罕　羔裘 ₃晏粲彦　女日雞鳴 ₁旦爛雁　狡童 ₁言餐　還 ₁還間肩儇　十畝之間 ₁間閑還　葛生 ₃粲爛旦　采苓 ₁　旆旆然言焉　常武 ₅嘽翰漢　抑 ₇顔愆　桑扈 ₃翰憲難　頍弁 ₄霰見宴　皇矣 ₈閑言連安　板 ₈旦衍　南有嘉魚 ₂汕衍　斯干 ₁干山　小弁 ₈山言　楚茨 ₄熯愆。

　　桓部獨用：柏舟 ₃轉卷選　靜女 ₂孌管　公劉 ₃泉原　君子偕老 ₃絆媛　考

盤₁寬諼　公劉₆管亂鍛　野有蔓草₁溥婉願　猗嗟₃變婉選貫反亂　素冠₁冠
欒博　小弁₈泉垣　角弓₁反遠　白華₁菅遠　韓奕₆完蠻

　　寒桓合用：匏有苦葉₃雁旦泮　泉水₄泉嘆　淇奧₁僩咺諼　公劉₂繁宣
嘆巘原　氓₂垣關關漣關言言遷　氓₆怨岸泮宴晏旦反　溱洧₁洹蕳　甫田₃
變卝見弁　盧令₂環鬠　下泉₁泉嘆　伐檀₁檀干漣廛狟餐　駟驖₃園閑　澤
陂₂蕳卷悁　匏葉₂燔獻　賓之初筵₃筵反幡遷僛　巷伯₄幡言遷　青蠅₁樊
言　皇矣₅援羨岸　六月₄〔註76〕安軒閑原憲　民勞₅安殘綣反諫　板₁板癉
然遠管亶遠諫　板₇藩垣翰　崧高₇番嘽翰憲　江漢₄宣翰　執競₁〔註77〕簡
反反　有駜₃駉然〔註78〕　殷武₆山丸遷虔梴閑安

　　《詩經》入韻字表：

　　寒部：幹衍軒乾罕岸旦雁言翰鮮展單墠癉幝嘽漢嘆熯難粲餐亶檀爛彥顏梴
筵慢山汕廛殘踐衍愆安晏宴弁旃然焉見憲霰羨獻巘關連漣閒間簡澗蕳僩肩浣諫
卝虔環僩還。

　　桓部：反阪坂板繁樊幡藩蕃燔完變欒蠻遠園宣咺峘狟鍛菅管館亂丸駉悁援
媛諼寬冠轉溥博卷綣鬠苑怨婉洹選絆泮原願蜿泉貫。

　　李先生「《詩經》用例」中的字有與「《詩經》入韻字表」中的字參差的
情況，我們先作個說明。「中谷有蓷₁乾歎歎難」中的「歎」在「泉水₄」「公
劉₂」中作「嘆」，「《詩經》入韻字表」作「嘆」，我們取「歎」。「泉水₃干言」
「斯干₁干山」「伐檀₁檀干漣廛狟餐」中「干」在「《詩經》入韻字表」中作
「幹」，我們取「干」。「十畝之間₁間閑還」「皇矣₈閑言連安」「駟鐵₂園閑」
「六月₄安軒閑原憲」「殷武₆山丸遷虔梴閑安」中的「閑」在「《詩經》入韻
字表」中作「閒」，我們取「閑」。

　　「小弁₈泉垣」「氓₂垣關關漣關言言遷」「板₇藩垣翰」中的「垣」未收入
「《詩經》入韻字表」中。「氓₂垣關關漣關言言遷」「賓之初筵₃筵反幡遷仙」

<hr>

〔註76〕李新魁，《漢語音韻學》P341 標爲「4」，表示《六月》第四章。段玉裁《六書音均
　　　　表》P853 爲第五章，王力《詩經韻讀》P267～P268 爲第四章。

〔註77〕李新魁，《漢語音韻學》P341 標爲「1」，表示《執競》第一章。段玉裁《六書音均
　　　　表》P853，王力《詩經韻讀》P392，不分章。

〔註78〕李新魁，《漢語音韻學》P341 即爲「然」。《四部叢刊》中的《毛詩》，段玉裁《六
　　　　書音均表》P853，王力《詩經韻讀》P404，均爲「燕」。

「巷伯 4 幡言遷」「殷武 6 山丸遷虔梴閑安」中的「遷」未收入「《詩經》入韻字表」中。「賓之初筵 3 筵反幡遷僊」中的「僊」未收入「《詩經》入韻字表」中，「崧高 7 番嘽翰憲」中的「番」未收入「《詩經》入韻字表」中。

李先生寒部入韻字共 68 個，它們的使用情形如下：只出現於獨用例中的有 25 字：衍乾罕旦展漢嘆難粲爛彥顏慢汕衍愆旃焉霰連間澗肩僩還。只出現於合用例中的有 22 字：軒岸癉亶檀梴筵塵殘弁羨獻爛關連簡蕑僩諫屾虔環。既出現於獨用例又出現於合用例中的有 14 字：干雁言歎餐山翰嘽安晏然憲閑宴。未出現用例的有 7 字：鮮單埠幝浣踐見。

李先生桓部入韻字共 51 個，它們使用情形如下：只出現於獨用例中的有 18 字：完攣蠻鍛菅館亂嫒寬冠轉溥愽婉選絆願貫。只出現於合用例中的有 19 字：板繁樊幡藩燔園宣咺狟丸駽悁援綣鬆怨渙泮。既出現於獨用例又出現於合用例中的有 8 字：反變諼卷原泉遠管。未出現用例的有 6 字：阪阪蕃苑蜿峘。

我們把李先生的寒部《詩經》用例作了系聯，結果發現它們系聯不起來，可以分成七組：（1）泉水 3 干言——考盤 1 澗言——狡童 1 言餐——采苓 1 旃旃然言焉——皇矣 8 閑言連安——小弁 8 山言——斯干 1 干山——十畝之間 1 間閑還——還 1 還間間僩；（2）中谷有蓷 1 乾歎歎難——桑扈 3 翰憲難——常武 5 嘽翰漢；（3）女曰雞鳴 1 旦爛雁——葛生 3 粲爛旦——板 8 旦衍——羔裘 3 晏粲彥；（4）抑 7 顏愆——楚茨 4 嘆愆——君子偕老 3 展顏；（5）大叔于田 3 慢罕；（6）頍弁 4 霰見宴；（7）南有嘉魚 2 汕衍。

按照《詩經》分部原則，同一韻部內的用例應能夠系聯。出現上面情況的原因可能有：1. 李先生沒有窮盡列舉《詩經》用例 2. 寒部分部不當。對《詩經》進行重新分部，如不窮盡列舉《詩經》用例，那麼其分部必定不當。如窮盡列舉了《詩經》用例，而這些用例又系聯不起來，仍然說明分部不當。

上面寒部七組用例，有四組可以與「寒桓合用」中的用例系聯。如按同部用例可以系聯的話，那麼其餘三組也可以和「寒桓合用」系聯上，這樣整個「寒部獨用」就與「寒桓合用」聯到一起了。

我們再來分析李先生的「桓部獨用」情況，大體情形同寒部。桓部《詩經》用例也系聯不起來，可以分成六組：（1）柏舟 3 轉卷選——猗嗟 3 變婉選貫反亂——公劉 6 管亂鍛——角弓 1 反遠——野有蔓草 1 溥婉願——白華 1 菅遠——靜

女 ₂ 變管；（2）公劉 ₃ 泉原——小弁 ₈ 泉垣；（3）君子偕老 ₃ 絆媛；（4）考盤 ₁ 寬諼；（5）素冠 ₁ 冠欒博；（6）韓奕 ₆ 完蠻。

上面六組有三組可以與「寒桓合用」系聯起來，剩下的三組，「君子偕老 ₃ 絆媛」韻例分析有問題，其他兩組可以按「同部用例系聯」原則與「寒桓合用」系聯上。

李先生取的《詩經》韻段，有些值得商榷：

1. 考盤

考盤在澗，碩人之寬。獨寐寤言，永矢弗諼。

考盤在阿，碩人之薖。獨寐寤歌，永矢弗過。

考盤在陸，碩人之軸。獨寐寤宿，永矢弗告。

此詩第一章，李新魁先生以「澗言」爲韻，屬寒部，以「寬諼」爲韻，屬桓部。段玉裁以「澗寬言諼」爲韻；王念孫同，江有誥同，屬元部。王力先生亦同，屬元部。這就牽涉到此詩韻例問題，李先生認爲第一章爲一、三句叶韻，二、四句叶韻，而清儒段、王、江以爲句句入韻，王力先生也贊成清儒的看法。那麼，李先生與清儒對此詩第一章韻例的分析孰是孰非？這要結合整首詩的韻例來看。此詩非常整齊，其每章韻例也應相當一致，如按李先生的分析，那麼第二章應是「阿歌」爲韻，「薖過」爲韻，第三章應以「陸宿」爲韻，「軸告」爲韻。「阿歌」爲李先生的歌部，「薖過」爲李先生的戈部，第二章韻例仍然同於第一章，然而第三章的「陸宿軸告」均在李先生的覺部中，屬句句入韻，顯然與前兩章隔句爲韻的韻例不協調。如按清儒及王力先生的分析，此詩每章句句入韻，韻例非常一致。李先生在此詩韻例分析上出現了參差，究其根源是把王力先生寒部、歌部分別分成兩部造成的。

2. 君子偕老 三章

瑳兮瑳兮！其之展也。蒙彼縐絺，是紲袢 [註79] 也。

子之清揚，揚且之顏也。展如之人兮，邦之媛也。

段玉裁以「展袢顏媛」爲韻，王念孫同，江有誥同，屬元部。王力先生亦同，屬元部。李新魁先生以「展顏」爲韻，屬寒部，以「絆媛」爲韻，屬桓部。清儒與王力先生均認爲偶句爲韻，即隔句入韻。李先生以「展顏」爲韻，再以

〔註79〕袢，李新魁先生所見《詩經》可能作「絆」。

「絆媛」爲韻，則隔三句爲一韻，韻太疏，與此詩前兩章用韻不合。

3. 小弁八章

莫高匪山，莫浚匪泉。君子無易由言，耳屬于垣。

段玉裁以「山泉言垣」爲韻，王念孫同，江有誥同，屬元部。王力先生亦同，屬元部。李新魁先生以「山言」爲韻，屬寒部，以「泉垣」爲韻，屬桓部。《小弁》每章最多兩個韻段，如按李先生的分析，則最後一章成了三個韻段。此前一章爲每四句爲一韻段，此章亦當如此。

通過以上的分析，我們可以發現：1. 李先生的寒部、桓部「《詩經》入韻字表」與《詩經》用例有參差。2. 寒部、桓部各自《詩經》用例不能系聯。3. 「寒部獨用」「桓部獨用」與「寒桓合用」實際上分不開。

因此，我們可知，李先生將王力先生的寒部分爲寒、桓兩部，其根據不是《詩經》用韻。我們認爲，《詩經》用韻是劃分上古韻部的重要標準，倘若拋開《詩經》用韻，僅從理論上對上古韻部進行重新劃分，那是不符合實際的，因而是不可取的。

李新魁先生將王力先生歌部分爲歌、戈二部，但從《詩經》押韻看，歌、戈二部完全互押，並且戈部《詩經》無獨用例，不必分爲歌、戈二部。

質、物兩部分爲至、質、隊、術四部，仔細分析再分部的依據，分析音理，舉出李新魁未列出的《詩經》用例，發現至、質、術部有聯繫，至、質、隊、術四部無獨用例。

月部分爲祭、曷、廢、月四部，我們具體分析了這四部的一些《詩經》用例，發現有些用例本身值得商榷，廢部沒有獨用例，祭、曷、月三部獨用例內部不能系聯，且分別同合用例系聯。從入韻字來看，曷、廢兩部入韻字沒有獨用例，祭、月兩部入韻字用於獨用例的還不到一半。

寒部分爲寒、桓兩部，寒、桓兩部「《詩經》入韻字表」與《詩經》用例有參差，寒、桓部各自《詩經》用例不能系聯，寒部獨用、桓部獨用與寒桓合用實際上分不開。

通過《詩經》用例、《詩經》入韻字分析，對歌、月、寒、質、物等再分部進行了考察，發現歌、月、寒、質、物等再分部不成功，因此上古音系不必立祭、廢、至、隊、曷、桓、戈等韻部。

六、江部問題

陳振寰先生（1986：111）在王力先生的基礎上增加了一部——江部。那麼，陳先生新立的「江」部能不能成立呢？

（一）立江部的依據與內容

陳先生（1986：109）立「江」部的方法主要是通過對《詩經》押韻的分析，得出結論：「江韻在上古跟鍾韻字接近而跟東一、東三較遠，江、東一之間除『邦』字外，都是通過鍾韻才與東一發生關係，江、東三之間只通過『降』字偶生聯繫。」根據這個結論，立了「江」部，再用諧聲、群經韻字驗證、充實。

陳先生對上古江部的發展有個設想：「我們相信上古江、鍾曾經同韻，江開，鍾合，後來鍾韻主元音受合口影響開口度變小，才逐漸近東而與江韻分離，《詩經》時期正處在離江入東的過渡階段。」

（二）新立江部的依據分析與評判

陳先生「江韻在上古跟鍾韻字接近而跟東一、東三較遠」的結論是從以下三個方面得出的。

1. 東一與江無涉

東一單獨與江韻相押韻的有四例：

（1）攻（東一）同東一龐江二東東一（《車攻》一章）

（2）同東一邦江二（《瞻彼洛矣》三章）

（3）公東一恫東一邦江二（《思齊》二章）

（4）邦江二公東一（《崧高》二章）

陳先生認為《車攻》一例一二四句為韻，「龐」為副韻，是音近穿插求變化；從諧聲系統看，從工得聲的字中古多歸為江韻，「攻」可視為江韻字，與「龐」字呼應。也就是說，陳先生通過分析《詩經》韻例和諧聲系統，來排除《車攻》「攻、龐」為東一和江叶韻。其餘三例江韻字是「邦」，陳先生（1986：109）設想上古「邦」字必有異讀。

2. 東三與江無關。

東三與江韻互押有四例：

（1）蟲東三螽東三忡東三降江二（《草蟲》一章）

（2）中東三降江二（《旱麓》二章）

（3）蟲東三蟊東三忡東三降江二仲東三戎東三（《出車》五章）

（4）湝東三宗冬一宗降江二崇東三（《鳧鷖》四章）

東三與江韻互押的例子中，江韻字均為「降」，都是下、放下、落下的意思，陳先生認為此義的「降」通「洚」，「洚」《廣韻》有「戶公」、「戶冬」、「下江」、「古巷」四個讀音，「戶冬」音在冬部，可以認為東三本身自押，「降」字江、冬兩收。陳先生通過這些，否定《詩經》中東三與江韻互押的四例。

3. 江與鍾互押。

《詩經》中江、鍾互押有五例：

（1）誦鍾三訩鍾三邦江二（《節南山》十章）

（2）雙江二庸庸鍾三從鍾三（《南山》二章）

（3）恭鍾三邦江二共鍾三（《皇矣》五章）

（4）邦江二庸鍾三（《崧高》三章）

（5）訌江二共鍾三邦江二（《召旻》二章）

至於第一個依據，我們先把《車攻》前十二句摘錄於下：

我車既攻，我馬既同。四牡龐龐，駕言徂東。

田車既好，四牡孔阜。東有甫草，駕言行狩。

之子于苗，選徒囂囂。建旐設旄，搏狩于敖。

這十二句中，每四句為一個韻段，後兩個韻段分別押幽部（好、阜、草、狩）、宵部（苗、囂、旄、敖），句句入韻，第一個韻段也應為句句入韻，段玉裁、王力先生就是如此處理的，故陳先生認為一二四句為韻，是不符合此詩韻例的，陳先生似乎也感覺那樣分析不符合此詩韻例，所以加了句「三句的龐（江）字最多是個副韻，是音近穿插以求變化。」

我們分別統計了一下《廣韻》的東韻和江韻以「工」得聲的字，東韻有 43個，江韻有 26 個，可見從《廣韻》看，從工得聲的字多見於東韻中，並且第一級聲符「工」和第二級聲符「空」均在東韻。因此，陳先生（1986：107）說「如果我們再從諧聲考慮，從工得聲的字中古多數歸江」，不知根據是什麼。

由上可知，陳先生想證明的「東一與江無涉」，其依據不足。

我們再來看看第二個依據。根據《故訓彙纂》所彙集「降」的故訓，未見

有訓「降」爲「降通洚」，只有朱駿聲《說文通訓定聲》有「假借爲洚」，而朱駿聲「假借」往往有問題。〔註80〕陳先生的「降通洚」不知有沒有訓詁根據，若沒有，「降通洚」就很難成立。即使「降通洚」成立，它們也不一定非得在冬韻上相通，也可在江韻中相通。「洚」《廣韻》有「戶公」、「戶冬」、「下江」、「古巷」四個讀音，爲什麼一定要取「戶冬」呢？陳先生還說「『降』字江、冬兩收。」其實，《廣韻》「降」只收於江韻。此外，「降」還有異文作「江」，《春秋左傳異文釋》卷四：「文十八年傳：尨降。路史後紀作龐江。夏本紀：不降。路史後紀作不江。」通過這些，我們知道，陳先生的第二個依據也不充分。

陳先生「江韻在上古跟鍾韻字接近而跟東一、東三較遠」的結論另有個很重要的證據就是《詩經》中江、鍾有五例互押。五例中除一例「雙」字外，其餘皆爲「邦」。陳先生認爲「邦」字押東韻不能視爲東江兩韻通用的常例，就是說「邦」正常情況下在上古不取《廣韻》「博江切」一音。同在一個《詩經》體系裏，這兒「邦」押鍾韻，爲什麼就可視爲通用常例呢？也就是說，爲什麼一定要取「博江切」？

陳先生對江部獨立還作了些補充說明，我們再來剖析一下這些補充說明。

（1）江部無獨用例，是由於字少。

根據王力先生《詩經韻讀》，盍部入韻字只有六個：鰈、涉、葉、捷、甲、業。《詩經》中涉及盍部押韻的共七例：

葉涉（《匏有苦葉》一章）

葉鰈鰈甲（《芄蘭》二章）

業捷（《采薇》四章）

業捷及（《烝民》七章）

業作（《常武》三章）

玷業貶（《召旻》二章）

葉業（《長發》七章）。

陳先生（1986：114）說江部無獨用例是因爲字少，陳先生江部入韻字有十一個，與盍部六個相比，還是不算少的。上面涉及盍部押韻的七例，盍部自押

〔註80〕見拙作《從〈說文通訓定聲・豐部〉引〈詩經〉看朱駿聲假借之得失》，《中國語文通訊》2005 年 12 月，第 76 期。

的就達四例，字少照樣可以有獨用例。

（2）東陽兩部互諧字都跟江有關。

陳先生認爲：傳統二十九部的東陽兩部互諧字不多，而這不多的幾處，都跟江韻有一定的關係。

東	鍾	江	陽唐
	封、豐	邦、蚌	（幫）
		胦	央
	童、蹱	幢、䇯	量

陳先生認爲東、陽交界之處是江韻的領地。從上面的例字看來，鍾韻有 4 字，江韻有 5 字，爲什麼江韻可以獨立，而鍾韻卻併入東呢？爲什麼東、陽交界之處一定是江韻，而不能是鍾韻呢？

（3）江開鍾合

上面我們提到陳先生對上古江部的發展有個設想，其中有「江開鍾合」的觀點。江韻聲符工、童、図皆爲合口，一般判斷上古音開合，根據諧聲字聲符的開合，聲符開則被諧字爲開，聲符合則被諧字爲合，所以「江扛豇腔噇撞窗」等江韻字應爲合口，故陳先生「江開鍾合」假設不妥。

我們再來看看陳先生《古韻三十一部常見字諧聲表》中的「東部」和「江部」

東部：東聲　同聲　充聲　公聲　塚聲　図聲　從聲　容聲　用聲　封聲　凶聲　邕聲　共聲　送聲　（工聲　豐聲　龍聲）

江部：江聲　尨聲　夆聲　雙聲　邦聲　（工聲　空聲　龍聲　豐聲　舂聲）

頁 295 下有個小注：「加括弧諸聲旁與它部共用。下同。」其實，「下同」只有江部用到了。也就是說陳先生的《古韻三十一部常見字諧聲表》只有東、江兩部出現共用聲旁，這與他的整個《古韻三十一部常見字諧聲表》系統不一致。究其原因，是江部獨立造成了這種「參差」，從這點看江部也不應獨立。

通過以上一番分析，我們可以知道，陳先生立「江」部的依據不足。他之所以立江部，是爲了追求上古韻部系統的完美。我們知道，王力先生古韻二十九部或三十部，其中「宵」部無陽聲對應，陳先生立「江部」就是爲了

填這個空，從而使上古韻部系統更完美。上古韻部具有系統性，這是符合語音具有系統性的事實。然而系統性並不代表完美，上古韻部系統出現幾個空檔是很正常的。曾運乾先生說過：「其有陰聲而無陽聲，或有陽聲而無陰聲者，無妨任其獨立不羈也。」「以鰥魚之不瞑，必欲求其配匹，亦終於怨偶曰儷而已。」〔註81〕總之，我們認為新立的「江部」是值得商榷的。

七、上古聲調學說相關問題

　　王力先生上古聲調晚期階段已經很成熟了，即堅信自己的一平、一上、二入的上古聲調理論，然而謝紀鋒（1984：317）認為王先生晚年「反倒擁護江有誥的古有四聲說」，這是怎麼回事呢？1981 年，王先生發表了《談談寫論文》，此文中有這樣一段話「段玉裁說古無去聲，江有誥說古有四聲，到底有沒有呢？我看是有的。到漢代有沒有去聲產生呢？如果你認為漢代去聲沒有產生，可它有單用去聲押韻的；如果你認為漢代已經產生了去聲，那麼去聲與入聲一起押韻的很多。這就要做些科學分析。」〔註82〕這段話很容易給人造成這樣的誤解：王先生贊成江有誥「古有四聲」說，謝紀鋒（1984：317）就是這麼理解的。王先生《談談寫論文》是 1979 年 9 月給研究生講課的記錄，由張雙棣先生整理，王先生同期的論著對江有誥「古有四聲說」持否定態度，如《詩經韻讀》，該文的下面也談到了這點，〔註83〕王先生這裏所說「我看是有的」，意思是古有平、上、長入、短入四聲，而不是「反倒擁護江有誥的古有四聲說」。《談談寫論文》反映出王先生在思考去聲的產生時間問題，並傾向於主張漢代已產生去聲。後來的《漢語語音史》：「我起初以為漢代已經產生去聲了；後來經過仔細考察，我認為漢代還沒有產生去聲。」〔註84〕其中「起初」可能即指《談談寫論文》的時候。

　　郭錫良先生《漢字古音手冊》一直是出五聲，從 1986 年起就是這樣，不過沒有作正式論述。唐作藩先生在《音韻學教程》裏說：「王力先生在《漢語

〔註81〕《音韻學講義》，中華書局，1996，P177。

〔註82〕《怎樣寫學術論文》　北京大學出版社，1981，P7。

〔註83〕《怎樣寫學術論文》　北京大學出版社，1981，P8。

〔註84〕《漢語語音史》，中國社會科學出版社，1985，P105。

史稿》裏提出一個新的看法，認爲上古有四類聲調，先分平入兩大類，然後平聲又分長平和短平，入聲又分長入和短入。這就是說，上古漢語的聲調不僅有音高的因素，而且有音長的音素。這考之於和漢語同語系的聲調情況，有一定的根據和道理，但還需要作進一步的研究。」〔註85〕2006 年，唐先生發表了《上古漢語有五聲說》一文，提出上古有五聲說。唐先生說：「上世紀九十年代我們在給研究生講授『古音學』的教學實踐中，重新審視《詩經》的用韻，感到王力先生的主張需要有所修正。因爲我們發現《詩經》用韻所反映的聲調情況，與《切韻》音系的四聲既有一些差異，更有許多共同點。」〔註86〕「上古去聲的獨立性還是很強的，至少在王力先生的古韻體系裏屬於陰聲韻部的去聲字在《詩經》時代是已經存在的。而那些經常與入聲相押的、王先生歸屬入聲韻部的去聲字則可看作長入。也就是說。上古聲調仍然是以音高爲主要機制（包括平、上聲的區別），音長只起部分作用。所以我們主張上古音系有五個聲調，即平聲、上聲、去聲和長入、短入五個聲調。其長入到後代亦演變爲去聲。此五聲不同於王國維先生的五聲說。」〔註87〕

〔註85〕《音韻學教程》，北京大學出版，2002，P201～202。

〔註86〕《上古漢語有五聲說》，《語言學論叢》，商務印書館，2006，P1。

〔註87〕《上古漢語有五聲說》，《語言學論叢》，商務印書館，2006，P4。

第六章　結　語

　　有清一代，音學昌明，亭林發軔，慎修踵後，懋堂登峰，此後治古音之法悉盡。清末民初，章黃治學，法同清儒。時代呼喚英才，古音需要巨擘。了一先生，研習清華，留學法國，擔此重任，捨其誰取？

　　語言學一代宗師王力先生一生筆耕不輟，在諸多領域內，創獲卓卓，成就輝煌。我們選取其上古音作爲研究對象，分三個階段對其上古音學說進行了較爲全面系統的研究。王先生「上古音」概念內涵豐富，其核心是指周秦音，包括「諧聲時代」「詩經時代」「戰國時代」的語音。

一、王力上古音學說發展變化及其成就

（一）王力上古音學說的發展變化

　　聲母方面，早期，王先生將上古聲母定爲四十一類。中期，王先生根據歷史比較法原則，定上古聲母爲三十二個，並且進行了構擬。晚期，王先生在中期的基礎上增加了一個「俟」母，對中期有些聲母的構擬作了修訂，如喻四，晚期擬爲 ʎ。

　　韻母方面，早期，王力先生用「開合」「洪細」將上古韻母分爲 105 類。中期，王先生用「開合」「四等」將上古韻母分爲 152 類，使韻類分析更加科學，中期王先生對早期有些韻部的開合作了調整，使上古韻母系統性更強。中期，王先生全面推出了上古韻母系統的構擬，大大發展了早期的上古韻母學說。構

擬過程中，王先生貫徹了「一部一主元音」的原則，堅持陰、陽、入三分體系，將陰聲韻構擬成開音節，這些都是對早期上古韻母學說的發展。晚期，王先生對中期的學說進行了一定的修訂。

聲調方面，王先生早期認爲上古有四個聲調，中期接受段玉裁的古無去聲說，將音長引入上古聲調中，形成了自己獨特的聲調學說。

總之，王力先生的上古音學說至最終形成歷時五六十年，我們是以「變化發展」的觀點來研究此歷程的，「動態觀」是本書的特點。

（二）王力上古音學說的成就

早期，王先生最大的貢獻是將上古音研究從傳統的韻部系統水平提高到韻母系統水平，這是件具有劃時代意義的事。王先生用「開合」「洪細」將上古韻部分析到韻母層次；明確提出了「一部一主元音」的主張。 同時王先生將古韻分部又向前推進了一步，提出了脂微分部學說。

中晚期，王先生推出了一套嶄新的構擬體系，在很多方面都超越了前人尤其是高本漢，也有許多地方爲後人所難以企及。

1. 聲母方面，王先生《漢語史稿》對高本漢系統作了如下改進：

（1）取消了高本漢的不送氣濁母。

（2）取消了高本漢複輔音的構擬。

（3）高氏將莊初崇山一分爲二，王先生合之爲一。

2. 韻母方面，大大簡化了高本漢的構擬體系，將上古韻母系統構擬提高到了一個新水平。

（1）王先生是實踐「一部一主元音」主張的第一人。

（2）將陰聲韻構擬爲開音尾。

（3）構擬了少量複元音。

（4）爲上古二等構擬了二等介音。

（5）將聲母作爲上古韻母分化條件之一。

二、王力上古音學說相關問題

聲母方面，王先生在《漢語史稿》中將喻四構擬爲 d，後來於《漢語語音史》中又構擬爲 ʎ。我們認爲王先生將喻四擬音從 d 改爲 ʎ 是自己獨立思考的

結果。王先生不贊成將日母歸入泥，我們傾向「日母不歸泥」一派。在複輔音問題上，王先生老成持重，持慎重與批評的態度。

韻母方面，1937 年，王先生明確提出了「一部一主元音」的主張，1957年實踐之，此後在中外出現的各種上古音體系基本上是「一部一主元音」格局，而鄭張尚芳先生在「之職蒸侯屋東魚鐸陽支錫耕脂質眞冬」等十六個韻部中實行「一部一主元音」的構擬，其餘十四個韻部卻是「一部多元音」的構擬。鄭張先生和梅祖麟教授認爲王先生早期主張「一部多元音」，我們認爲王先生一貫堅持「一部一元音」。

對於脂微分部的發明權，脂微分部的緣起，學術界存在一定的分歧。經過一番分析研究，我們認爲脂微分部是王先生獨立的創新發現。

我們剖析了「新派」的「脂微再分類」，檢驗了他們再分類的一條重要原則，認爲再分類值得商榷，其所謂的理論基礎，元音與韻尾結合無限制的空格理論不能成立。

李新魁（1979：62～63）先生在王力先生二十九部基礎上分出祭、廢、至、隊、曷、桓、戈七部，將上古韻部分爲三十六部。我們仔細分析了其分部的依據，發現其分部的依據不合理。

陳振寰先生（1986：111）在王力先生的基礎上增加了江部，我們仔細分析了建立江部的依據，認爲證據不太充分。

聲調方面，近年來有學者在王先生的基礎上提出了上古有五個聲調的學說，這是對王先生聲調學說的進一步發展。

參考文獻

1. 《詩集傳》，〔宋〕朱熹，1980，上海：上海古籍出版社。

2. 《毛詩古音考》，〔明〕陳第，1988，北京：中華書局。

3. 《音學五書》，〔清〕顧炎武，1982，北京：中華書局。

4. 《六書音均表》，〔清〕段玉裁，1983，北京：中華書局。

5. 《說文解字注》，〔清〕段玉裁，1988，上海：上海古籍出版社。

6. 《詩聲類》，〔清〕孔廣森，1983，北京：中華書局。

7. 《江氏音學十書》，〔清〕江有誥，嘉慶道光間江氏刻本。

8. 《釋名疏證補》，〔清〕王先謙撰集，1984，上海：上海古籍出版社。

9. 《詩古韻表廿二部集說》，〔清〕夏炘，2002，《續修四庫全書》248 冊，上海：上海古籍出版社。

10. 包擬古，1980，《原始漢語與漢藏語》，潘悟雲、馮蒸譯，北京：中華書局。

11. 北京大學中國語言文學系語言學教研室編，2003，《漢語方音字彙》（第二版重排本），北京：語文出版社。

12. 陳復華、何九盈，1987，《古韻通曉》，北京：中國社會科學出版社。

13. 陳國慶，2005，《克蔑語研究》，北京：民族出版社。

14. 陳鴻，2006，《從戰國文字的諧聲看戰國語言的聲類》，中國音韻學研究會第十四屆學術討論會暨漢語音韻學第九屆國際學術討論會論文。

15. 陳新雄，1983，《古音學發微》，臺北：文史哲。

16. 陳新雄，1988，《戴震答段若膺論韻書對王力脂微分部的啟示》，《歷史語言研究所集刊》（臺灣）第五十九本第一分。

17. 陳新雄，1992，《李方桂先生〈上古音研究〉的幾點質疑》，《中國語文》第 6 期。

18. 陳新雄，1993，《黃侃的古音學》，《中國語文》第 6 期。

19. 陳新雄，1995，《怎樣才算是古音學上的審音派》，《中國語文》第 5 期。

20. 陳新雄，2000，《曾運乾之古音學》，《中國語文》第 5 期。

21. 陳新雄，2003，《梅祖麟〈有中國特色的漢語歷史音韻學〉講辭質疑》，《南京師範大學文學院學報》第 2 期。。

22. 陳振寰，1986，《音韻學》，長沙：湖南人民出版社。

23. 戴慶廈，2005，《浪速語研究》，北京：民族出版社。

24. 丁邦新，1998，《丁邦新語言學論文集》，北京：商務印書館。

25. 董同龢，1948，《上古音韻表稿》，《歷史語言研究所集刊》18 本，商務印書館。

26. 馮蒸，2004，《高本漢、董同龢、王力、李方桂擬測漢語中古和上古元音系統方法管窺：元音類型説——歷史語言學箚記之一》，《首都師範大學學報》（社會科學版）第 5 期。

27. 馮春田，梁苑、楊淑敏，1995，《王力語言學詞典》，濟南：山東教育出版社。

28. 高本漢，1927，《高本漢的諧聲説》（趙元任譯），《國學論叢》1 卷 2 期。

29. 高本漢，1930，《上古中國音當中的幾個問題》（趙元任譯），《歷史語言研究所集刊》1 本 3 分。

30. 高本漢，1997，《漢文典》（修訂本），上海：上海辭書出版社。

31. 高本漢，1987，《中上古漢語音韻綱要》，濟南：齊魯書社。

32. 格桑居冕、格桑央京，2002，《藏語方言概論》，北京：民族出版社。

33. 耿振生、趙慶國，1996，《王力古音學淺探——紀念王力先生逝世 10 週年》，《語文研究》第 2 期。

34. 耿振生，2002，《古音研究中的審音方法》，《語言研究》，2002 年第 2 期。

35. 耿振生，2003，《論諧聲原則——兼評潘悟雲教授的「形態相關」説》，《語言科學》第 2 期。

36. 耿振生，2004，《20 世紀漢語音韻學方法論》，北京：北京大學出版社。

37. 耿振生，2005，《漢語音韻史與漢藏語的歷史比較》，《湖北大學學報》（哲學社會科學版）第 1 期。

38. 龔煌城，1990，《從漢藏語的比較看上古漢語若干聲母的擬測》，《西藏研究論文集》第 3 輯。

39. 郭錫良，1984，《也談上古韻部的擬音問題》，《語言學論叢》第 14 輯。

40. 郭錫良，1986，《漢字古音手冊》，北京：北京大學出版社。

41. 郭錫良，2002，《王力在漢語史方面的貢獻——重讀〈漢語史稿〉》，《紀念王力先生百年誕辰學術論文集》，北京：商務印書館。

42. 郭錫良，2002a，《歷史音韻學中的幾個問題——駁梅祖麟在香港語言學年會上的講話》，《古漢語研究》第 3 期。

43. 郭錫良，2003，《音韻問題答梅祖麟》，《古漢語研究》第 3 期。

44. 郭錫良，2005，《漢語史論集》（增補本），北京：商務印書館。

45. 郭錫良，2018，《漢字古音表稿》，《文獻語言學》第 8 輯，北京：中華書局。

46. 郭錫良、魯國堯，2006，《一代語言學宗師》，《古漢語研究》第 4 期。

47. 何九盈，2002，《音韻叢稿》，北京：商務印書館。

48. 和即仁、姜竹儀，1985，《納西語簡志》，北京：民族出版社。

49. 洪誠，2000，《洪誠文集》，南京：江蘇古籍出版社。

50. 華侃、龍博甲，1993，《安多藏語口語詞典》，蘭州：甘肅人民出版社。

51. 黃侃，1980，《黃侃論學雜著》，上海：上海古籍出版社。

52. 黃典誠，1980，《關於上古漢語高元音的探討》，《廈門大學學報》（哲社版）第 1 期。

53. 《紀念王力先生百年誕辰學術論文集》編輯委員會，2002，《紀念王力先生百年誕辰學術論文集》，北京：商務印書館。

54. 江荻，2002，《藏語語音史研究》，北京：民族出版社。

55. 江荻，2005，《義都語研究》，北京：民族出版社。

56. 金理新，1999，《上古漢語的＊l-和＊r-輔音聲母》，《溫州師範學院學報》（哲學社會科學版）第 4 期。

57. 金鵬，1983，《藏語簡志》，北京：民族出版社。

58. 金有景，1984，《論日母——兼論五音、七音及娘母》，《羅常培紀念論文集》，北京：商務印書館。

59. 金有景，2002，《關於遠古語言語音面貌的若干設想——兼懷王力對我古音研究的支持和鼓勵》，《古漢語研究》第 2 期。

60. 金有景，1982，《上古韻部新探》，《中國社會科學》第 5 期。

61. 瞿靄堂、譚克讓，1983，《阿里藏語》，北京：中國社會科學出版社。

62. 黎錦熙，1994，《對於王力著〈中國音韻學〉審校及修訂意見之意見》，《漢字文化》第 2 期。

63. 李開，1996，《戴震〈聲類表〉考踪》，《語言研究》，第 1 期。

64. 李開，2002，《黃侃的古音學：古本聲十九紐和古本韻二十八部》，《江蘇大學學報》（社會科學版）第 1 期。

65. 李開，2004，《論上古韻眞、文兩部的考古和審音》，《南京師範大學學報》，第 4 期。

66. 李開，2005，《現代學術史關於古音學的三次大討論》，《南京大學報》2005 年第 18 期。

67. 李葆嘉，1998，《當代中國音韻學》，廣州：廣東教育出版社。

68. 李長仁，1991，《試論黃侃上古音的研究方法》，《松遼學刊》（社科版）第 2 期。

69. 李方桂，1980，《上古音研究》，北京：商務印書館。

70. 李榮，2002，《現代漢語方言大詞典》，南京：江蘇教育出版社。

71. 李新魁，1979，《古音概說》，廣州：廣東人民出版社。

72. 李新魁，1986，《漢語音韻學》，北京：北京出版社。

73. 李新魁，1991，《從方言讀音看上古漢語入聲韻的複韻尾》，《中山大學學報》第 4
期。

74. 李新魁，1997，《李新魁音韻學論集》，汕頭：汕頭大學出版社。

75. 李毅夫，1984，《上古韻祭月是一個還是兩個韻部》，《音韻學研究》第 1 輯。

76. 李雲兵，2000，《拉基語研究》，北京：民族出版社。

77. 李雲兵，2005，《布賡語研究》，北京：民族出版社。

78. 李珍華、周長楫，1993，《漢字古今音表》，北京：中華書局。

79. 梁守濤，1979，《英詩格律淺説》，北京：商務印書館。

80. 梁永斌，2011，《王力古音學研究》，西北師範大學碩士學位論文。

81. 林燾，1996，《日母音值考》，《燕京學報》新 1 期。

82. 林燾，2001，《林燾語言學論文集》，北京：商務印書館。

83. 劉蕊，2004，《王力上古音研究》，廣西師範大學碩士學位論文。

84. 龍宇純，1998，《上古音芻議》，《歷史語言研究所集刊》（臺灣）第九十六本第二
分。

85. 魯國堯，2003，《魯國堯語言學論文集》，南京：江蘇教育出版社。

86. 魯國堯，2003，《論歷史文獻考證法和歷史比較法的結合》，《古漢語研究》第 1
期。

87. 陸侃如，1936，《風雅韻例》，《燕京學報》第二十期單行本，北京：燕京大學哈
佛燕京學社。

88. 陸志韋，1985，《陸志韋語言學著作集》（一），北京：中華書局。

89. 陸志韋，1999，《陸志韋語言學著作集》（二），北京：中華書局，。

90. 羅常培、周祖謨，1958，《魏晉南北朝韻部演變研究》（第一分冊），北京：科學
出版社。

91. 梅祖麟，2003，《比較法在中國，1926～1998》，《語言研究》第 1 期。

92. 梅祖麟，2002，《有中國特色的漢語歷史音韻學》，Journal of Chinese Lingguistics
30.2。

93. 梅祖麟，2006，《從楚簡「散（美）」字來看脂微兩部的分野》，《語言學論叢》第
三十二輯。

94. 潘傑、李曉春，1996，《重讀王力的〈中國語言學史〉》，《淮北煤炭師範學院學報》
（哲學社會科學版）第 1 期。

95. 潘悟雲，2000，《漢語歷史音韻學》，上海：上海教育出版社。

96. 彭炛幹，1958，《清代古音學研究的殿後人黃侃》，《中國語文》5 月號。

97. 蒲立本，1999，《上古漢語的輔音系統》，北京：中華書局。

98. 錢玄同遺著、曹述敬選編，1988，《錢玄同音學論著選輯》，太原：山西人民出版
社。

99. 裘錫圭，1988，《文字學概要》，北京：商務印書館。

100. 沙加爾，2004，《上古漢語詞根》，上海：上海教育出版社。

101. 沈兼士，1985，《廣韻聲系》，北京：中華書局。

102. 孫宏開，1982，《獨龍語簡志》，北京：民族出版社。

103. 孫宏開、劉光坤，2005，《阿儂語研究》，北京：民族出版社。

104. 孫玉文，2002，《先秦聯綿詞的聲調研究》，《語言學論叢》第二十六輯。

105. 孫玉文，2005，《上古音構擬的檢驗標準問題》，《語言學論叢》第三十一輯，北京：商務印書館。

106. 唐作藩，1982，《上古音手冊》，南京：江蘇人民出版社。

107. 唐作藩，2001，《漢語史學習與研究》，北京：商務印書館。

108. 唐作藩，2002，《〈說文〉「讀若」所反映的聲調現象》，《紀念王力百年誕辰學術論文集》，北京：商務印書館。

109. 唐作藩，2002a，《音韻學教程》，北京：北京大學出版社。

110. 唐作藩，2003，《王力先生的「諧聲說」》，《語言學論叢》第二十八輯，北京：商務印書館。

111. 唐作藩，2006，《上古漢語有五聲說——從〈詩經〉用韻看上古的聲調》，《語言學論叢》第三十三輯，北京：商務印書館。

112. 汪寧生，1981，《從原始記事到文字發明》，《考古學報》1 期。

113. 王國維，1959，《周代金石文韻讀序》，《觀堂集林》，北京：中華書局。

114. 王金芳，2002，《戴震古音學成就略評》，《江漢大學學報》（人文社會科學版），第 2 期。

115. 王力，1937，《中國音韻學》上海：商務印書館。

116. 王力，1956，《漢語音韻學》，北京：中華書局，。

117. 王力，1958，《漢語史論文集》，北京：科學出版社。

118. 王力，1962－1964，《古代漢語》，北京：中華書局。

119. 王力，1963，《漢語音韻》，北京：中華書局。

120. 王力，1978，《古代漢語》，北京：中華書局。

121. 王力，1980，《詩經韻讀》，上海：上海古籍出版社。

122. 王力，1980a，《楚辭韻讀》，上海：上海古籍出版社。

123. 王力，1980b，《漢語音韻》，北京：中華書局。

124. 王力，1980c，《漢語史稿》，北京：中華書局。

125. 王力，1980d，《音韻學初步》，北京：商務印書館。

126. 王力，1980e，《龍蟲並雕齋文集》，北京：中華書局。。

127. 王力，1980f，《漢語音韻學》，北京：中華書局。

128. 王力，1981，《中國語言學史》，太原：山西人民出版社。

129. 王力，1982，《同源字典》，北京：商務印書館。

130. 王力，1983，《王力論學新著》，南寧：廣西人民出版社。

131. 王力，1985，《漢語語音史》，北京：中國社會科學出版社。

132. 王力，1985-1992，《王力文集》，濟南：山東教育出版社。

133. 王力，1991，《漢語音韻》，北京：中華書局。

134. 王力，1992，《清代古音學》，北京：中華書局。

135. 王力，2000，《王力古漢語字典》，北京：中華書局。

136. 王力，2000a，《王力語言學論文集》，北京：商務印書館。

137. 王力，2002，《王力漢語散論》，北京：商務印書館。

138. 王力，2003，《漢語音韻》，北京：中華書局。

139. 王力、朱光潛，1981，《怎樣寫學術論文》，北京：北京大學出版社。

140. 王寧、黃易青，2001，《論清儒古音研究中考古與審音二者的相互推動》，《古漢語研究》第 4 期。

141. 王文耀，1985，《周秦古聲母新論》，《社會科學戰線》4 期。

142. 王元鹿，1988，《漢古文字與納西東巴文字比較研究》，上海：華東師範大學出版社。

143. 吳翔林，1993，《英詩格律及自由詩》，北京：商務印書館。

144. 謝紀鋒，1984，《從〈說文〉讀若看古音四聲》，《羅常培紀念論文集》，北京：商務印書館。

145. 徐從權，2005，《從〈說文通訓定聲・豐部〉引〈詩經〉看朱駿聲假借之得失》，《中國語文通訊》第 76 期。。

146. 許紹早，1994，《〈詩經〉時代的聲調》，《語言研究》第 1 期。

147. 薛鳳生，2003，《中國音韻學的性質和目的》，《古漢語研究》第 2 期。

148. 尋仲臣，1987，《上古「日紐不歸泥」說質疑》，《齊魯學刊》第六期。

149. 雅洪托夫，1976，《上古漢語的開頭輔音 L 和 R》，《漢語史論文集》，北京：北京大學出版社。

150. 楊軍，2002，《七音略校注》，上海：上海辭書出版社。

151. 楊樹達，1983，《積微居小學述林》，北京：中華書局。

152. 楊通銀，2000，《莫語研究》，北京：民族出版社。

153. 余迺永，1985，《上古音系研究》，香港：中文大學出版社。

154. 俞敏，1985，《等韻溯源》，《音韻學研究》第 2 輯，北京：中華書局。

155. 喻翠容、羅美珍，1980，《傣語簡志》，北京：民族出版社。

156. 喻遂生，2003，《納西東巴文研究叢稿》，成都：巴蜀書社。

157. 曾運乾，1996，《音韻學講義》，北京：中華書局。

158. 張谷、王緝國，1992，《王力傳》，南寧：廣西教育出版社。

159. 張覺，2002，《王力上古入聲説質疑》，《寧夏大學學報》（人文社會科學版）第 3 期。

160. 張慧美，2004，《論王力上古日母不歸泥的問題》，《音韻論叢》，濟南：齊魯書社。

161. 張慧美，2011，《王力之上古音》，臺灣：花木蘭文化出版社。

162. 張民權，2002，《清代前期古音學》，北京：北京廣播學院出版社。

163. 張儒，1989，《日母歸泥再證》，《山西大學學報》第 2 期。

164. 趙秉璇、竺家寧，1998，《古漢語複聲母論文集》，北京：北京語言學院出版社。

165. 趙誠，1991，《古代文字音韻論文集》，北京：中華書局。

166. 鄭張尚芳，2003，《上古音系》，上海：上海教育出版社。

167. 鄭張尚芳，1987，《上古韻母系統和四等、介音、聲調的發源問題》，《溫州師範學院學報》第 4 期。

168. 鄭張尚芳，1981，《漢語上古音系表解》，劉利民、周建設主編，2003，《語言》第四卷，北京：首都師範大學出版社。

169. 中國音韻學研究會，2006，《音韻學研究通訊》，2006 年 8 月總第 25 期。

170. 中國語言學會《中國現代語言學家傳略》編寫組，2004，《中國現代語言學家傳略》，石家莊：河北教育出版社。

171. 周法高，1984，《中國音韻學論文集》，香港：中文大學出版社。

172. 周季文、謝後芳，2006，《敦煌吐蕃漢藏對音字彙》，北京：中央民族大學出版社。

173. 周耀文、羅美珍，2001，《傣語方言研究》，北京：民族出版社。

174. 周祖謨，2004，《廣韻校本》，北京：中華書局。。

175. 周祖謨，1966，《問學集》，北京：中華書局。

176. 周祖謨，1989，《周祖謨語文論集》，石家莊：河北教育出版社。

177. 周祖庠，2006，《「娘日歸泥」新證——〈篆隷萬象名義〉音論之一》，中國音韻學研究會第十四屆學術討論會暨漢語音韻學第九屆國際學術討論會論文。

178. 朱德熙，1984，《上古音學術討論會上的發言》，《語言學論叢》第十四輯，北京：商務印書館。

179. 朱曉農，2006，《音韻研究》，北京：商務印書館。

180. 宗福邦、陳世鐃、蕭海波，2003，《故訓彙纂》，北京：商務印書館。

181. Schuessler, A 1974 *R and L in Archaic Chinese, Journal of Chinese Linguistics,* 2

182. William H.Baxter 1992 *A Handbook of Old Chinese Phonology,* Berlin.NewYork：Mouton de Gruyter.

附錄一　王力上古音論著目錄

論　著	時間	發表刊物或出版社	收　錄　情　況
諧聲說	1927	《北京大學研究所國學門月刊》第一卷第五號	《王力文集》第 17 卷，《音韻學研究通訊》第 25 期
古韻分部異同考	1937	《語言與文學》	《龍蟲並雕齋文集》第 1 冊，《漢語史論文集》，《王力文集》第 17 卷
上古韻母系統研究	1937	《清華學報》12 卷 3 期	《漢語史論文集》，《龍蟲並雕齋文集》第 1 冊，《王力文集》第 17 卷，《王力語言學論文集》
中國音韻學	1936	上海：商務印書館	
漢語史稿	1957	北京：中華書局	《王力文集》第 9 卷
上古漢語入聲和陰聲的分野及其收音	1960	《語言學研究與批判》第二輯	《龍蟲並雕齋文集》第 1 冊，《王力文集》第 17 卷，《王力語言學論文集》
古韻脂微質物月五部的分野	1963	《語言學論叢》第五輯	《龍蟲並雕齋文集》第 3 冊，《王力文集》第 17 卷，《王力語言學論文集》
漢語音韻	1963	北京：中華書局	《王力文集》第 5 卷
先秦古韻擬測問題	1964	《北京大學學報》（人文社會科學版）第 5 期	《王力文集》第 17 卷，《王力語言學論文集》
同源字典	1982	北京：商務印書館	《王力文集》第 8 卷
清代古音學	1983	北京：中華書局	《王力文集》第 12 卷

《詩經韻讀》答疑	1985	《中國語文》第 1 期	《慶祝呂淑湘先生語言教學與研究六十年論文集》,《王力文集》第 17 卷
中國語言學史	1963 / 1981	太原：山西人民出版社	《王力文集》第 12 卷
黃侃古音學述評	1978	《大公報在港復刊三十週年紀念文集》	《王力論學新著》
音韻學初步	1980	北京：商務印書館	《王力文集》第 5 卷
詩經韻讀	1980	上海：上海古籍出版社	《王力文集》第 6 卷
楚辭韻讀	1980	上海：上海古籍出版社	《王力文集》第 6 卷
古無去聲例證	1980	《語言研究論叢》	《王力文集》第 17 卷
上古音學術討論會上的發言	1983	《語言學論叢》第十四輯	
漢語語音史	1985	北京：中國社會科學出版社	《王力文集》第 10 卷

附錄二　王力上古韻母系統比較表

一、早期與中期上古韻母系統比較

（一）之蒸系

《研究》	音類	咍	之	登	蒸	灰	尤		〔登〕	〔東〕
	字數	42	120	10	19	18	49		7	6
《史稿》	音類	ə	ək	ĭə	ĭək	əŋ	ĭəŋ	uə	uək	ĭuə	ĭwək	uəŋ	ĭwəŋ
	字數	21	21	52	33	14	21	13	4	18	16	4	6
《研究》與《史稿》相同字數		23	75	10	16	10	30		3	5
相同字百分比（%）		37.7	57.7	71.4	66.7	40.0	56.6		37.5	71.4

我們將表格作個說明，下面各系表格類推。「音類」一行是《研究》《史稿》分類標目。「字數」一行是各音類所收之字數，如「42」表示《研究》咍類收 42 字。「咍」列中有 ə 、ək 兩小列，表示《研究》咍類相當於《史稿》ə 、ək 兩類。「23」表示《研究》咍類與《史稿》ə 、ək 兩類所收的相同字數。相同字百分比，若拿「咍」列來說，是這樣計算出來的：23÷〔42＋（21＋21－23）〕×100。

（二）幽系

《研究》	音類	〔豪〕	〔肴〕	〔尤〕		〔蕭〕		皓	〔肴〕	〔尤〕	蕭
	字數	35	9	42		12		23	6	101	15
《史稿》	音類	əu	əuk	eəu	eəuk	ĭeu	ĭəuk	iəu	iəuk			
	字數	26	11	11	3	48	33	18	3			
《研究》與《史稿》相同字數		19		6		34		9				
相同字百分比（％）		35.8		35.2		38.2		37.5				

（三）宵系

《研究》	音類	豪		肴		宵		〔蕭〕	
	字數	38		17		71		20	
《史稿》	音類	au	auk	eau	eauk	ĭau	ĭauk	iau	iauk
	字數	13	9	8	15	23	21	7	12
《研究》與《史稿》相同字數		14		10		26		18	
相同字百分比（％）		30.4		33.3		29.2		85.7	

（四）侯東系

《研究》	音類	侯	〔覺〕	遇		東	江	鍾
	字數	54	14	69		35	9	45
《史稿》	音類	o	ok	eok	ĭwo	ĭwok	oŋ	eoŋ	ĭwoŋ
	字數	19	30	17	46	25	27	11	30
《研究》與《史稿》相同字數		26	8	38		16	8	20
相同字百分比（％）		33.7	34.7	37.2		34.7	66.6	36.3

（五）魚陽系

《研究》	音類	模		馬		魚				唐	庚	陽	
	字數	94		62		85				30	10	89	
《史稿》	音類	a	ak	ea	eak	ĭa	ĭak	ia	iak	aŋ	eaŋ	ĭaŋ	iaŋ
	字數	61	28	22	16	62	8	12	23	19	13	42	14
《研究》與《史稿》相同字數		56		18		44				15	3	34	
相同字百分比（％）		44.0		21.9		30.1				44.1	15.0	30.6	

《研究》	音類	〔模〕		〔馬〕	虞		〔唐〕	〔庚〕	〔陽〕	
	字數	27		6	37		17	5	20	
《史稿》	音類	ua	uak	oa	oak	ǐwa	ǐwak	uaŋ	oaŋ	ǐwaŋ	iwaŋ
	字數	18	9	7	2	30	3	6	2	18	3
《研究》與《史稿》相同字數		10		4	24		5	1	8	
相同字百分比（%）		22.7		36.3	52.1		27.1	16.6	24.2	

（六）歌曷寒系

《研究》	音類	歌	麻	支	〔齊〕	曷	轄	薛	〔屑〕	寒	山	仙	霰
	字數	37	11	30	5	20	7	39	5	36	15	40	18
《史稿》	音類	a	ea	ǐa	ia	at	eat	ǐat	iat	an	ean	ǐan	ian
	字數	19	6	18	2	19	7	41	13	25	20	49	13
《研究》與《史稿》相同字數		14	6	8	0	12	2	19	1	17	7	20	8
相同字百分比（%）		33.3	54.5	20	0	44.4	16.6	31.1	5.8	38.6	25.0	28.9	34.7

《研究》	音類	戈	〔麻〕	〔支〕	末	夬	月	〔屑〕	桓	〔山〕	元	〔霰〕
	字數	18	2	8	29	5	28	3	40	13	61	6
《史稿》	音類	ua	oa	ǐwa	uat	oat	ǐwat	iwat	uan	oan	ǐwan	iwan
	字數	10	5	12	22	8	29	3	38	10	5	4
《研究》與《史稿》相同字數		6	1	5	13	3	17	3	16	3	28	3
相同字百分比（%）		27.2	16.6	33.3	34.2	30.0	42.5	100	25.8	15.0	73.6	42.8

（七）支耕系

《研究》	音類	佳	支		〔齊〕	耕	清	青		〔支〕		〔齊〕		〔清〕	迥
	字數	11	41		20	9	38	28		3		4		12	5
《史稿》	音類	e	ek	ǐe	ǐek	ie	iek	eŋ	ǐeŋ	ieŋ	ǐwe	ǐwek	iwe	iwek	ǐweŋ	iweŋ
	字數	10	14	32	11	15	22	6	42	24	2	1	4	1	7	5
《研究》與《史稿》相同字數		5	18		9	3	24	16		1		3		5	0
相同字百分比（%）		16.6	27.2		18.7	25	42.8	44.4		20.0		50.0		35.7	0

（八）脂質真系

《研究》	音類	皆	脂	齊	〔怪〕	質	屑	〔痕〕	眞	〔先〕	〔齊〕	〔屑〕	〔先〕	
	字數	5	71	44	1	50	20	1	47	22	3	9	10	
《史稿》	音類	ei	ĭei	iei	et	ĭet	iet	en	ĭen	ien	ĭwei	ĭwet	iwet	ĭwen	iwen
	字數	6	32	22	7	39	23	5	41	22	4	8	24	10	4
《研究》與《史稿》相同字數		3	27	12	1	26	12	0	25	13	0	3	2	
相同字百分比（％）		37.2	35.5	22.2	14.2	41.2	38.7	0	39.6	41.9	0	7.8	9.0	

（九）微術諄系

《研究》	音類	〔咍〕		〔微〕	〔代〕	迄	痕	殷	
	字數	3		11	3	6	1	31	
《史稿》	音類	əi	eəi	ĭéi	ət	ĭət	ən	eən	ĭén	iən
	字數	3	2	9	7	7	5	4	16	19
《研究》與《史稿》相同字數		2		6	2	2	1	6	
相同字百分比（％）		33.3		42.8	25.0	18.1	11.1	9.0	

《研究》	音類	〔灰〕		微	沒	物	魂	諄	
	字數	22		50	14	29	30	63	
《史稿》	音類	uəi	oəi	ĭwəi	uət	ĭwət	uən	ĭwén	iwən
	字數	17	5	35	23	34	35	50	7
《研究》與《史稿》相同字數		11		23	9	15	16	25	
相同字百分比（％）		33.3		37.0	32.1	31.2	32.6	26.3	

（十）侵緝系

《研究》	音類	合		緝		覃	侵	冬	〔東〕	
	字數	7		25		19	45	9	22	
《史稿》	音類	əp	uəp	eəp	ĭép	ĭwəp	əm	eəm	ĭém	iəm	uəm	oəm	ĭwəm
	字數	8	2	1	26	4	19	6	41	3	6	3	25
《研究》與《史稿》相同字數		2		17		8	27	5	18	
相同字百分比（％）		12.5		44.7		22.2	43.5	38.4	62.0	

（十一）談盍系

《研究》	音類	談		鹽		盍		葉			
	字數	21		15		3		13			
《史稿》	音類	am	eam	ǐam	iam	ap	eap	ǐap	iap	ǐwap	ǐwam
	字數	15	9	34	9	5	9	17	7	2	4
《研究》與《史稿》相同字數		5		6		0		5			
相同字百分比（％）		12.5		11.5		0		15.6			

二、中期與晚期的上古韻母系統比較

（一）之職蒸系

《史稿》	音類	ə	ǐə	ək	ǐək	əŋ	ǐəŋ	uə	ǐwə	uək	ǐwək	uəŋ	ǐwəŋ
	字數	21	52	21	33	14	21	13	18	4	16	4	6
《語音史》	音類	ə	i̯ə	ək	i̯ək	əŋ	i̯əŋ	uə	i̯uə	uək	i̯uek	uəŋ	i̯uəŋ
	字數	28	60	18	24	8	12	7	14	3	8	2	3
《史稿》與《語音史》相同字數		5	26	15	21	8	12	7	14	3	8	2	3
相同字百分比（％）		11.3	30.5	62.5	58.3	57.1	57.1	53.8	77.7	75.0	50.0	50.0	50.0

（二）支錫耕系

《史稿》	音類	e	ǐe	ie	ek	ǐek	iek	eŋ	ǐeŋ	ieŋ
	字數	10	32	15	14	11	22	6	42	24
《語音史》	音類	e	i̯e	ie	ek	i̯ek	iek	eŋ	i̯eŋ	ieŋ
	字數	9	23	10	9	12	20	3	26	17
《史稿》與《語音史》相同字數		5	16	5	8	8	8	2	14	8
相同字百分比（％）		35.7	41.0	25.0	53.3	53.3	23.5	28.6	25.9	24.2

《史稿》	音類	ue	ǐwe	iwe	uek	ǐwek	iwek	ueŋ	ǐweŋ	iweŋ
	字數	2	2	4	2	1	1	1	7	5
《語音史》	音類	oe	i̯ue	iue	oek	i̯uek	iuek	oeŋ	i̯ueŋ	iueŋ
	字數	6	6	7	1	1	1	1	20	5
《史稿》與《語音史》相同字數		2	2	4	1	1	1	1	6	3
相同字百分比（％）		33.3	33.3	57.1	50.0	100	100	100	28.5	42.8

（三）魚鐸陽系

《史稿》	音類	ɑ	eɑ	ǐɑ	iɑ	ak	eak	ǐak	iak	aŋ	eaŋ	ǐaŋ	iaŋ
	字數	61	22	62	12	28	16	8	23	19	13	42	14
《語音史》	音類	ɑ	eɑ	i̯ɑ	iɑ	ak	eak	i̯ak	iak	aŋ	eaŋ	i̯aŋ	iaŋ
	字數	51	17	58	5	26	9	9	21	31	11	57	7
《史稿》與《語音史》相同字數		33	13	33	4	9	7	7	10	14	5	26	5
相同字百分比（%）		41.7	50.0	37.9	30.7	20.0	38.8	70.0	29.4	38.8	26.3	35.6	31.2

《史稿》	音類	uɑ	oɑ	ǐwɑ	uak	oak	ǐwak	uaŋ	oaŋ	ǐwaŋ	iwaŋ
	字數	18	7	30	9	2	3	6	2	18	3
《語音史》	音類	uɑ	oɑ	i̯uɑ	uak	oak	i̯uak	uaŋ	oaŋ	i̯uaŋ	iuaŋ
	字數	19	7	24	6	2	3	9	2	12	3
《史稿》與《語音史》相同字數		14	7	15	2	1	3	4	1	9	3
相同字百分比（%）		60.8	100	38.4	15.3	33.3	100	36.3	33.3	42.8	100

（四）侯屋東系

《史稿》	音類	o	ok	eok	oŋ	eoŋ	ǐwo	ǐwok	ǐwoŋ
	字數	19	30	17	27	11	46	25	30
《語音史》	音類	ɔ	ɔk	eɔk	ɔŋ	eɔŋ	i̯ɔ	i̯ɔk	i̯ɔŋ
	字數	17	15	7	22	9	33	14	35
《史稿》與《語音史》相同字數		9	13	4	13	6	16	11	15
相同字百分比（%）		33.3	40.6	20	36.1	42.8	25.8	39.2	30

（五）宵沃系

《史稿》	音類	au	eau	ǐau	iau	auk	eauk	ǐauk	iauk
	字數	13	8	23	7	9	15	21	12
《語音史》	音類	o	eo	i̯o	io	ok	eok	i̯ok	iok
	字數	21	5	39	7	7	6	7	5
《史稿》與《語音史》相同字數		7	2	18	2	4	5	5	5
相同字百分比（%）		25.9	18.1	40.9	16.6	33.3	31.2	21.7	41.6

（六）幽覺系

《史稿》	音類	əu	eəu	ĭəu	iəu	əuk	eəuk	ĭəuk	iəuk
	字數	26	11	48	18	11	3	33	3
《語音史》	音類	u	eu	ĭu	iu	uk	euk	ĭuk	iuk
	字數	33	9	68	7	6	5	26	4
《史稿》與《語音史》相同字數		15	4	21	5	5	2	19	2
相同字百分比（％）		34.0	25.0	22.1	25.0	41.6	33.3	47.5	40.0

（七）微物文系

《史稿》	音類	əi	eəi	ĭəi	ət	ĭət	ən	eən	ĭən	iən
	字數	3	2	9	7	7	5	4	16	19
《語音史》	音類	əi	eəi	ĭəi	ət	ĭət	ən	eən	ĭən	iən
	字數	3	2	13	8	7	8	3	15	2
《史稿》與《語音史》相同字數		2	2	8	7	5	3	2	6	1
相同字百分比（％）		50.0	100	57.1	87.5	55.5	30	40	24	5.0

《史稿》	音類	uəi	oəi	ĭwəi	uət	ĭwət	uən	ĭwən	iwən
	字數	17	5	35	23	34	35	50	7
《語音史》	音類	uəi	oəi	ĭuəi	uət	ĭuət	uən	ĭuən	oən
	字數	12	3	26	10	24	13	29	1
《史稿》與《語音史》相同字數		8	3	12	9	9	7	16	0
相同字百分比（％）		38.0	60.0	24.4	37.5	18.3	17	22.8	

（八）脂質真系

《史稿》	音類	ei	ĭei	iei	et	ĭet	iet	en	ĭen	ien	ĭwei	ĭwet	iwet	ĭwen	iwen
	字數	6	32	22	7	39	23	5	41	22	4	8	4	10	4
《語音史》	音類	ei	ĭei	iei	et	ĭet	iet	en	ĭen	ien	ĭuei	ĭuet	iuet	ĭuen	iuen
	字數	5	39	22	6	26	14	5	24	12	6	3	5	5	2
《史稿》與《語音史》相同字數		3	23	7	6	17	6	5	14	11	4	2	3	3	2
相同字百分比（％）		37.5	47.9	18.9	85.7	35.4	19.3	100	27.4	47.8	66.6	22.2	50.0	25.0	50.0

（九）歌月元系

《史稿》	音類	a	ea	ǐa	ia	at	eat	ǐat	iat	an	ean	ǐan	ian
	字數	19	6	18	2	19	7	41	13	25	20	49	13
《語音史》	音類	ai	eai	i̯ai	iai	at	eat	i̯at	iat	an	ean	i̯an	ian
	字數	24	7	26	2	14	7	25	6	20	18	26	6
《史稿》與《語音史》相同字數		13	5	9	2	10	3	10	3	12	12	13	4
相同字百分比（％）		43.3	62.5	25.7	100	43.4	27.2	17.8	18.7	36.3	46.1	20.9	26.6

《史稿》	音類	ua	oa	ǐwa	uat	oat	ǐwat	iwat	uan	oan	ǐwan	iwan
	字數	10	5	12	22	8	29	3	38	10	52	4
《語音史》	音類	uai	oai	i̯uai	uat	oat	i̯uat	iuat	uan	oan	i̯uan	iuan
	字數	9	1	2	16	6	21	5	17	4	28	5
《史稿》與《語音史》相同字數		3	1	2	8	5	10	3	10	2	14	4
相同字百分比（％）		18.7	20.0	16.6	26.6	55.5	25.0	60.0	22.2	16.6	21.2	80

（十）緝侵系

《史稿》	音類	əp	eap	ǐəp	ǐwəp	əm	eam	ǐəm	iəm	uəp	uəm	oəm	ǐwəm
	字數	8	1	26	4	19	6	41	3	2	6	3	25
《語音史》	音類	əp	eəp	i̯əp		əm	eəm	i̯əm	iəm	uəp	uəm	oəm	i̯uəm
	字數	7	1	18		6	6	26	4	2	4	3	19
《史稿》與《語音史》相同字數		6	1	12		4	6	15	3	2	3	3	16
相同字百分比（％）		66.7	100	33.3		19.0	100	28.8	75.0	100	42.9	100	57.1

（十一）盍談系

《史稿》	音類	ap	eap	ǐap	iap	am	eam	ǐam	iam	ǐwap	ǐwam
	字數	5	9	17	7	15	9	34	9	2	4
《語音史》	音類	ap	eap	i̯ap	iap	am	eam	i̯am	iam	i̯uap	i̯uam
	字數	6	4	16	8	10	5	27	9	2	5
《史稿》與《語音史》相同字數		5	4	16	7	5	5	26	8	2	4
相同字百分比（％）		83.3	44.4	94.1	87.5	25.0	55.5	74.3	80.0	100	80.0